当代哈萨克斯坦诗歌精选

民族出版社

RÝHANI
JAŃǴYRÝ

“新世纪现代化哈萨克斯坦文化愿景”，
是在哈萨克斯坦共和国民族领袖首任总统努尔苏丹·纳扎尔巴耶夫
首倡的“精神振兴”国情咨文指引下得以实施。

如果我们要在21世纪的世界版图成为不同于任何民族，具有独特地位的民族，那么，就必须实现“新世纪现代化哈萨克斯坦文化愿景”规划。这个世界不仅需要通过石油、外交政策等各种重大举措认识哈萨克斯坦，更需要通过独特的文化成就来认识。要想通过联合国所使用的英文、俄文、中文、西班牙文、阿拉伯文和法文等六种语言文字来传播哈萨克斯坦文化，那么我们就必须具有鲜明的核心价值观。

只有这样，我们这个民族千百年来的悠久历史文化，才能通过上述主要语言文字传播到全世界。

哈萨克斯坦共和国首任总统，领袖努尔苏丹·纳扎尔巴耶夫

卷首语

哈萨克斯坦是我国近邻。中哈已宣布发展永久全面战略伙伴关系。哈萨克斯坦文学源远流长，前不久我用哈萨克语和中文向媒体朗读过《阿拜箴言录》节选，我的感觉是亲切与易于接受的。

现在，摆在我面前的是即将用中文出版的《当代哈萨克斯坦小说精选》和《当代哈萨克斯坦诗歌精选》，相信它们将对进一步推进中哈两国文化沟通、文学交流起到积极作用。这是中哈建交以来第一次在我国结集出版哈萨克斯坦当代文学作品精选集，它们由我国译者译出，最终经艾克拜尔·米吉提译审、润色、敲定。

“一带一路”是文明之路、文化之路，当然也是文学翻译和交往之路，相信中哈两国间的文学交流会越来越紧密，中哈两国的读者会通过文学作品彼此了解，彼此欣赏，加深友谊。

期待有更多的好作品在两国间翻译出版。

王蒙

目 录

哈德尔·米尔扎阿勒

（1935—2011 年）

1959 年，哈德尔·米尔扎阿勒出版第一部诗集《春天》。之后，写出《大兔子》《小纳斯尔丁》《摔跤手》等儿童文学作品。1965—1976 年，出版《思想丛林》《原野意境》《雀园》《白毡房》和两卷《冬不拉》《地坛》诗集。著有诗歌集、文学评论集、散文集、翻译作品和儿童文学作品等 50 余部。创作《一次性交易》《圈套》等讽刺剧和《受伤的老虎》《埃米尔－铁木尔大帝》等历史剧。

他的作品曾被翻译成俄语、德语、英语、法语、芬兰语、波兰语和保加利亚、匈牙利、蒙古、立陶宛、吉尔吉斯、塔塔尔等国家的语言。哈德尔·米尔扎阿勒把维克多·雨果、M. 莱蒙托夫、S. 奥尔茨斯·萨默诺弗、谢尔盖·压历山德罗维奇·叶赛宁等人的优秀作品翻译成哈萨克文。

1984 年，他创作的近二百首歌词以《日子》为名集结出版。2010 年出版 20 卷作品精选集。他是谱写哈萨克斯坦共和国国歌歌词的作家之一。其作品被列入哈萨克斯坦学校的语文教科书中。

1966 年，哈德尔·米尔扎阿勒获得共青团列宁勋章；1980 年，获得哈萨克苏维埃社会主义共和国国家奖；1993 年，获得蒙古国文学奖；2001 年，获得哈萨克斯坦国家“塔尔兰”奖。

大　地

这广袤的大地
我们辽阔的家园
不知遭受过多少次劫难
若你一一知悉——
肯定不寒而栗
因为它遭受的苦难太多太多

黎明之前
洋洋洒洒第一场雪来了
谁会喜欢用鲜血去染红它
大地无数次奄奄一息
那灯盏差一点就熄灭消失
那样的时候啊
哪一方曾伸出手来慰藉它

它拥抱着千千万万个雄心男儿
不知有多少次它痛心疾首悔恨万千
奥斯维辛，还有布痕瓦尔德集中营
就是留给大地的永恒创伤

大地遭受的苦难太多太多
够多了
如果它会哭泣
那么泪水会洒满衣襟
我太心疼它
真想犹如拥抱一个婴儿那样
将它抱在怀里轻轻抚慰

草　原

啊！哈萨克美丽的草原
你要将我引向何方
什么样的力量
才能将神奇与原野的界线分得清楚

啊！那是草原悦耳动听的音韵
你早就让我痴迷于言语和乐曲
为了将其表演给大众
并传向四方
兄弟呀，语言与乐曲已经含混不清

但它非常清醒
它的睡眠是雪豹的睡眠
它的空气不是空气
绿草也不是绿草
绿草、还有空气
都无比神奇

草原的奥妙
我们只了解百分之一
如果你想知道
草原就是你的意志
你的眼睛只能看到其中一部分
而另一些则必须用耳朵和鼻子去捕捉

若你用高昂的声音呼唤
我就会低声与草原说说心里话
我不知吮吸了故乡多少清新的空气
那是还没有被装进瓶子里的芬芳

大地呀
为何挤在宇宙那带着天平的音格上
如果你到山间
你那无神的眼眸
顿时会在美景之中频频转动

草原上的茵陈还有艾蒿依然茂盛
仿佛春天的色彩还未褪去
灰雀在歌唱
难道他们在我的耳际筑起了巢

可　能

我们说悬崖上的积雪融化了
那可能是春天来临
我们说惊雷划过天空
那可能是它要去赴死

我们说雨水淅淅沥沥
那可能是阴云脸上的愁苦
我们说天空电闪雷鸣
那可能是它在重重地叹息

我们说自己心潮澎湃
那可能是心灵已经被诗歌打动
我们说百灵鸟在歌唱
那可能是它在悲痛地哭泣

我的秘密

我不知道究竟是什么在折磨着人们
有时我无法在这个世界安身立命
真想拿起锈迹斑斑的斧头
将那空洞的头颅砸个稀巴烂

我有时很想折断自己的手指
使劲地掰它
没有力量的手
有什么存在的价值
有时还想割掉没滋没味笨拙的舌头
将它扔到荒芜的野地

因为常常有癫狂不已的念头
我真想把自己吊起来
但这样做又有什么用呢
没有用，没有用，我为此而惊恐不已

所以我一次又一次猛戳自己的心灵
从而成为一个沉默的人

优点　缺点

就像先祖踩过火堆的脚板
哈萨克人的优点和缺点一样多
缺点是我们一直在不断地迁徙
优点是我们一直无法舍弃广袤的大地

缺点是我们喜好闲言碎语
优点是我们给予言论以自由
缺点是我们不擅长使用坎土曼
优点是我们都善用长矛都是神枪手

缺点是我们很晚才识文断字
优点是冬布拉乐曲响彻云霄
缺点是将女儿当商品换成牲畜
优点是有中意的人就去抢婚

缺点是做起事情拖拖拉拉
优点是不会狡猾地保全生命
缺点是会迎娶守寡的嫂子为妻子
优点是不会让寡妇到处流浪

邻居们和睦相处从不红脸
人们相濡以沫有难同当
缺点是即便这样也不建造房屋
优点是从来就不建造监狱

无　题

即便层层乌云压顶而来
小伙子
你也别皱着眉头，别胆怯
如果我们退缩
如果我们沮丧
那么，时世在观察我们的后代
他们将来会做什么

即便身处火堆
即便被熊熊大火包围
你也不要低头
不要跪倒在地上
不要畏惧
男子汉可能会低头
但只在
只在他深深热爱故乡大地之际

会 死 去

嫉妒会死去
因为火焰会撩拨胸襟
真正的英雄会死去
因为他履行了自己的天职

惹是生非的人会死去
因为他总在弄枪舞棒

美人会死去
因为在他的怀抱中窒息

走马会死去
因为身后扬起了滚滚尘埃
诗人也会死去
因为他们对一切都感到好奇

母 亲

母亲啊
一切都从你一个人那里开始
最初的诗歌就是为你而创作

我高兴
因为有你才高兴
我哭泣
因为没有你而哭泣

母亲啊
一切都从你一个人那里开始
我从你的眼里看到最初的天空

我会撒娇
但只给你一个人撒娇
我胆怯
但只面对你一个人时才会胆怯

我最初品尝的佳肴就是你的乳汁
哺育我的人任何时候都怀着希冀
祖国也从你那里开始——
直到面对敌人之时才会终结

无　题

金子无用
银子也无用
只要每天有事可做就成
但有时看到幼小的婴儿
我真想在沙滩上撒欢

黄昏时分
炎热的天气才会稍稍凉爽
瞌睡随时令我睡眼惺忪
这个时候
我像一个旅人
很想让乘骑吃点草
自己趴在草地上打个盹儿

我在学校学会计算
还学会文字
我用艺术使生命精彩纷呈
看到那些意气风发的年轻人
我真想随着他们一起离去

我的心事只有自己最清楚
我每一天都在磨砺自己的意志
我真想拦住一个不认识的美人
告诉她有多么美丽

一句话会让我痛心疾首
一句话会让我备感温馨
但又有谁会理解我的心灵
又有谁会懂得我的忧愁

我就是这样的人
昨天也是这样的人
许多诗句都曾经燃烧而后陨灭
但我深深隐藏着这一切
匆匆地走在大街上

啊！多么美丽

啊！看看天空，有多么美丽
就像懦弱的眼神害怕犀利的眼神
溪水沿着山涧潺潺流淌
仿佛血管里涌动的一股股鲜血

啊！看看群山，有多么美丽
仿佛掀翻了七重大地
沐浴在阳光下拼足力气
日日漫长，杨柳吃不饱乳汁
也无法尽情沐浴阳光

啊！看看原野，有多么美丽
仿佛顽童总是在疯玩
你仔细打量一下
月亮恰似刚刚产犊的母牛
舔着簇拥在身边的群星

啊！看看大地，有多么美丽
大地的魅力恰似熟知交错小路的旅人
地平线晃动着幻影的波浪
给辽远的原野增添了无穷遐想

山涧溢满了白色的幻影
天空的睫毛滴着光芒
若用青春的眼光去审视
即便在石缝里也能找到诗歌

日复一日

不需要偿还双亲全额的债务
难道这就是儿子么
从天亮到天黑，在酒店忙忙碌碌
这就是我的工作

日复一日
年复一年——
快乐突然点燃了火焰
悲伤分担了苦难

你来回晃动，很着急
因为忧愁不会休息
在自然界中流淌着水
正如循环着的劳力

工作刚刚结束，又要开始新的
新的东西需要了解
未完成的事情，如山一样堆积
肩头的压力，不允许休息

无法克服疲惫
勉强动了动嘴
思维还没有记录下每个点滴
它们已经变得难以描绘

我不敏捷，也不成熟
对于每件事情，全都不能轻松应付
所有的烦扰都在催促，好像鞭子一样
并且给肩头添加过多的劳苦

好像是上了弦的木马在旋转
四面八方盘旋着思想
我过度兴奋并过度疲劳
死了，躺在床上

你不认可这是一种补偿
虽然我面容凄惨
谁对生活怨怼
就不会明白幸福能将一切装满

困难的生活是一百倍的珍贵
要知道！——死亡容易！但是幸福
幸福是对生活的知足
知足的人，肩头上的汗水就不会干枯
知足常乐

猎人的后代

我——战士，是猎人的后代
可以在摇晃的薄冰上前行
可以用红色的煤炭在黑色的灰烬中躺着休息
可以用火堆点亮星空

有人欢喜，有人忧伤
突然召唤或者遗忘——
我就像河流一样，会无限溢出
然后平静下来，重新回到河床

在每个人心中被珍惜的角落里
有冻结的地方，也有弯曲的镜面
我会突然逗得人们大笑
而后自己开始忧伤——
心里交织着恶与善

在视线中，我是青年，也是老年
灵魂与肉体看到了现实
幸福的雷雨
在天空中轰轰作响
但是灵感只持续了一瞬间

不要清数我的罪过，没有那个时间
但是整个人生都不要放弃荣誉
灵魂将思想冲进天空的深渊
它们想来到大地上，制造一个圆圈

为什么要按您的旨意
磨砺刀剑朝向你，而刀刃
在心的上方，发着穷酸的光
而你的心却已经像冰一样凉

心脏的上方——只剩下灰烬的危险
灾难还在慢慢地拖延
它叹息着，进入了锁套
就像一匹马，从未套过马鞍

黑色炉底喷涌
烟雾在眼前晃动
推迟死亡，延迟死亡
被心肌梗死首次击中

虽然你坚如钻石
但灵魂还是会颤抖
如何知道，下一次
下一次你是否还能从死神身旁溜走

关于生活，如同一栋漂亮的洋房
如同那些不切实际的梦想
难道只有一个胆囊，除此之外
什么都没有吗

是的，有些话更难听
比圆锤更致命
不遗余力，在发言的时候
勉强经受得住

用关心来警告内心
而你，我的朋友
不要压抑愤怒——要知道某人的心
会突然心碎难受

诗人的思想

当一切生灵，都获得了安宁
我躺在沙发上
想要将自己最好的诗词记住
这些诗词会保护我，如同护身符

诗人的语言对于恋人来说很神圣
正如盲人的光明，失聪者的警钟
诗歌——是写给人民的公开信
在诗歌中没有胡乱徘徊的行文

每行诗句都被耐心充抵
它的价值等于生命的全部
在诗句中有最后一口气，有遗嘱的真谛
每时每刻里，存在着它的价值

生命之流——靠近我的根
我的白昼，树叶都在沙沙作响
我的诗像熔岩一样从深深的地下喷放
而我一直对它向往

诗人的思想绝对不在于
在池塘边歌颂美女
心脏的运动，突然产生眼泪
毫无预兆,十分神圣

图曼拜·莫勒达哈力耶夫

（1935—2011 年）

1956 年，图曼拜·莫勒达哈力耶夫毕业于哈萨克斯坦国立大学语言文学系。1957 年出版首部诗集《大学生笔记》，使他成为哈萨克诗坛抒情诗人的代表。他一生出版四十多种诗集、翻译作品集和新闻稿合集以及儿童文学作品集，其中有《卡米拉》《胡热拉依》《阿拉山之女》等作品。1971 年出版诗歌选集《再见了，春天》，受到读者的热烈关注，并被认为是哈萨克抒情诗取得的新成就。1985 年，他的 3 卷本诗歌精选集出版；2004 年，14 卷本诗歌精选集出版；2005 年，又出版两部作品集。此外，他还创作了许多歌词。2007 年，出版以《鸟儿北飞》为题的歌词集。他的作品被翻译成多种外语。他把俄罗斯和西方国家的经典作品以及吉尔吉斯斯坦共和国的著名长诗《玛纳斯》的部分内容翻译成哈萨克文。

1968 年，诗集《新笔记本》获得共青团列宁勋章。1982 年，诗集《刻在心上的字痕》获得哈萨克苏维埃社会主义共和国“阿拜文学奖”。

图曼拜·莫勒达哈力耶夫系哈萨克斯坦人民功勋作家。

孤　羔

我赶着一群羔羊走来
低声唱着牧羊人之歌
仿佛整个夏牧场都在歌唱
听那旋律有多么悦耳动听

有一只羔羊生性腼腆、胆怯
它的眼里总有闪闪的泪光
当所有羔羊都撒着欢跑向阿吾勒时
它也跟在后边一路跑去

我心疼它，不让它离开视线
它很机灵，闲不住，跑得飞快
看啊！母羊们与羔羊们扑向了对方
好像它们一年没有相见

那只可怜的羔羊也在跑动
有时会去吮吸其他母羊
之后，又向前跑去，咩咩直叫
还不时地看一看我这边

可怜的羔羊，跑呀，跑呀
谁也不会可怜它，领着它
那一刻，我真想给它当妈妈
展开怀抱，欢叫着给它一个惊喜

太阳落山了，羊圈也静下来啦
这样的夜晚令人陷入沉思
这个时候，我想像那只羔羊一样
走遍全世界，去寻找自己的母亲

无　题

生活有时对我像一座大山
我很想爬到高高的顶峰
生活有时对我像一个敌人
我很想让他甘拜下风

生活有时对我像一道山梁
我想去那里捡拾鲜花
生活有时对我像一片戈壁
我想带来甘露滋润它

生活有时对我就像一团火
我真想靠近得到温暖
对我来说，好像没有幸福可言
我真想一死了之

生活有时对我像一个好朋友
我每一天都想见到他
生活有时对我就像一支浩浩荡荡的驿队
我想一路将它来引领

生活有时对我像忠诚的伴侣
我娇宠她，爱抚她
好像有一种幸福在等待着我
我很想早早到达那里

生活有时对我像一个美丽的姑娘
我想拥抱她，亲吻她
生活有时对我像您这样的祖母
我想将快乐献给您

生活对我就像一种快乐的感觉
我真想欢快爽朗地笑起来
生活有时又像我自己
我想继续活下去

靴　子

童年时代的车徐徐向前移动
用敌意的目光盯着我的梦想
我饿着肚子，在冰冷的房子睡觉
真不知道自己是怎么活下来的

母亲总是关注我，爱我
她为了我操碎了心
我们家有一双皮靴
我和母亲轮流来穿它

只要听到故事和诗歌我就陶醉
这些都由亲爱的母亲讲述
我穿着她的靴子去学校
她独自一人留在火炉边

哪个哈萨克人会怜悯可怜的孤儿
许多人都撇着嘴在嘲笑
等到母亲穿走了这双靴子
我只能一个人孤零零地坐在家里

后来这双靴子我穿不上了
我哭了，任凭泪水在脸上纵横
如果父亲回来，你能穿上他的靴子——
母亲说了这话，绕着房子走开了

由于省吃俭用，我们终于熬到了春天
我们将他人的帮助当成一种幸福
童年时代已经远远离去
我常说这么一句话——
父亲回来，我就穿他的靴子

报 春 花

人们说——大地暖了，你也要暖
但报春花并没有沉浸在温暖的阳光之中
报春花从积雪下边钻了出来
羞涩地站在那里，不想引起任何人的注意

报春花顺着岩石一路向上生长
带着悦耳的旋律，甜蜜的梦想
享受着明媚晴天的滴滴雨露
并当做衣裙穿上，笑脸妩媚钻出雪堆

如果有一个人驻足细细将它打量
它也会露出和蔼的笑脸
它的胸中散发着春天的气息
虽然它的模样像白雪一般洁白

诗人们从远处看到——
追求梦想的朵儿愁眉不展
令人想起穿着白衣裙的姑娘
度过冬天，奔向明媚的春天

夜

月光从树叶间俯瞰大地
空气中弥漫着怡人的温暖
洁白的云朵沿着阿拉套山峦飘移
河边暖暖的爽风轻轻吹拂

你随着幻想回想起久远的岁月
爽风刮过芦苇，发出窸窸窣窣的响声
群星沉浸在皎皎月光之中
月亮撒下晶莹柔和的光芒
群星闪烁，耀人双目

有一个姑娘的身影反复出现
可能在寒夜的怀抱感到了冷
为了不惊醒刚刚入睡的婴儿
树叶喃喃低语，细细诉说

春　夜

山区，爽风轻轻吹拂
湖面上泛起层层涟漪
苹果树开始欢唱
穿着洁白的衣裳

鲜花簇簇，低声细语
嘲笑着姑娘羞涩的举止
它们舞着，舞着，疲惫了
差点儿就要俯倒在地

姑娘的双唇柔美可爱
正向小伙子吐露心声
两位恋人有了愁苦
这就是说他们要亲吻

幸福的姑娘与小伙子
紧紧拥抱在彼此的怀里
喜气洋洋说着情话
只见波浪滚滚而去

月亮已经翻过了山梁
仿佛说我看见了一切
星辰高高挂在天际
它们相互看着，很是欣慰

月亮又回头瞥了一眼
是否想知道点什么秘密
两个身影相互叠加
远远离去，好惬意

雀之歌

夏季明媚的日子越来越短促
飞离了，飞离了，鸟儿飞离了
仿佛像我的童年飞驰而去
仿佛像一道幻影一晃而过

仿佛热恋着我们这一带
它们在春天唱着歌儿飞回
它们恋恋不舍出生成长的地方
它们曾经遮天蔽日，从故乡飞离

鸟儿，鸟儿，唱着温柔的歌
美妙的歌声回荡在原野
人们欢笑着开始的生活
离开时甚至来不及哭泣

见 证

来见证吧，星星
来见证吧，月亮
来见证吧，我的阿拉套山峦

闭上眼睛也能看到你
梦想的爽风轻轻吹拂
来见证吧！阿拉套山峦
来见证吧，阿拉套山峦，我的幸福
来见证吧，绿荫一片的青杨

我寻找了许久今天终于找到了她
我开始吟唱动人的爱情之歌
白桦呵护着我的梦想
来见证吧，碧绿的河流，你一路欢笑

来见证吧，闪闪发光的群星
来见证吧，一轮明月，浩浩长空
心儿啊！不要迷惑不要回头
当年你曾为梦想打开了大门

我的心儿

我年轻的心儿，年轻的心儿
想当年你是春天，你是洪流
青春岁月频频打量着生活
想起你来，我彻夜难眠

我有什么力量可以与你抗衡
青春岁月，无法与你媲美
悠悠岁月慢慢流逝
你也会消停，我的心儿

我可怜的心儿像雄鹰一样
翅膀坚硬时，你怎么可以不飞翔
背静之处你会痛哭，泪水纵横
你甚至不知道自己会流落何方

我不后悔，就让岁月飞驰而去
让后来的人们看看我的心儿
我的诗歌任何时候都不会让我死去
我的歌儿会引领我去远方

两颗星星

谁知道深夜已到什么时辰
星星们一颗一颗正在隐去
正在隐去，宛若我的希望
我浑身燥热，烈火在燃烧

亲爱的，时间不会光顾我们
默默地流逝，不会停留
天际只剩下了两颗星星
仿佛在说我舍不得你们俩

两颗星星就是天上的两种幸福
它们就在头顶，没有移开
我们在天空看到了两颗星星
亲爱的，我们也成双成对

黎明欢笑着从地平线赶来
它永远也不会迷离自己的航线
两颗星星正悄悄地隐去
将洁白的光芒留在我的心间

年年月月会飞快地流逝
你不要给我写温馨的信件
请你常常看看湛蓝的天空
看看那两颗星星是否还在

五彩的蝴蝶

五彩的蝴蝶
请你们听听我的心愿
快飞来，落在鲜花之上
让鲜花轻轻地摇曳

蝴蝶啊！我们对你们的双翼，还有美丽
充满了温馨的羡慕
你也不让我们捉住欣赏
也不会服从我们的意志

河边长满了果角藜
河边长满了绿色的芦苇
河边尽是飞来飞去的蝴蝶
我欢快地飞奔一路追逐

喂，蝴蝶，蝴蝶
你不让我捉住，你在欺骗
你别高高低低地飞翔
为什么不歇息一会儿

即便我捉住了你，蝴蝶
也不会折磨你，打你
我不会弄瞎你的眼睛
不会揪扯你的双翼

你刚刚离开我的手指——
便匆匆忙忙飞向远方
我随后就去追逐
这对我来说也是一种欢愉

我如果捉住了你，小蝴蝶
还会放走你，让你去飞翔
还会对你说：我的蝴蝶
从此以后，你该知道自己有了一个归宿

母　语

今天你学习了一句话
从我尊贵的母语之中
既然你生来就是哈萨克
我的孩子，还是应该作为哈萨克人死去

你会学习所有的语言
会成为一个顶天立地的男子汉
走遍天涯海角不要忘记祖国
永远高高举起祖国的旗帜

我为理解了母亲而骄傲
懂得了她的语言，她存留的歌谣
连自己的母亲都不尊重的人，我的孩子
他们从来就不会尊重自己的祖国

儿子啊！你会关注我的这些话
到了应该燃烧时，你也会燃烧
请你继承我的哈萨克心灵，还有语言
其他的，你一定会找到

父 亲

父亲好像还活着
将广袤大地当做故乡
父亲好像在追杀敌人
尽管胜利的钟声已经敲响

那个时候，我只有六岁
我们在一条路上依依惜别
我没让任何人看到眼里的泪水
想让父亲将我的举止当成英雄

我们相拥告别之后
他就走进行列远去
他也没有让我看到眼中的泪水
可能是为了不让唯一的儿子感到怯懦

阵亡书送来了，说父亲已经死去
自己照顾自己的日子已经来临
一滴晶莹的泪水涌出眼眶
这可能是我第一次哭泣

从那以后岁月飞逝，过去了许多年
我的母亲从来没有绝望
我常在心里与父亲相遇
常常拥抱像我一样的一个小伙子

不管敌人如何伤害无辜的生命
但世界知晓谁勇敢，谁有尊严
我在幻想中游历整个人间
常常会有寻找父亲的不眠夜晚

我等待着他，常常在等待
如果不等待，父亲可能不回来了
可怜的情感永远也不相信
他的尸骨永远留在了茫茫天涯

他完成了交代的重要任务
背负重担，疲惫不堪，也不放下
直到临死之前的最后一刻
他肯定想最后再看看我

他给我丢下了生活的重担
好像我们俩一起在承担
我在想，所谓的生活——
就是夜以继日地等待父亲归来

睿智的女性

女人是你的知己，你的伴侣
一朵朵鲜花属于你，也属于我
我们为了梦想创作美妙诗歌
我们应当宠爱女性
因为她们终将成为某个人的幸福

宠爱女人的男人事事一帆风顺
没有女人，我们的生活会怎么样
若身边没有一个总说“别这样”的掌柜
可怜的男人肯定破败不堪

女人是你的厨师，你的益友
有了女人，你才崇高，你才完整
有了女人，你才是烈焰，才是火炬
没有女人，你不过是一堆燃不起来的火

女人是你的智慧，你的威严
有了女人，你听不到悲愁之歌
女人是你的守卫，你的警察
女人是你的节日，你的欢乐

你爱女人，女人也爱你
女人应接受你的，你也应接受她的批评
要想成为本民族杰出的儿子
首先要学会成为女性的奴仆

女人是梦想之歌，康庄大道之歌
女人是人间傍晚的一股爽风
在女人没有将你当做奴仆之前
不会将你高高地捧起

请敬重女性，给予她们崇高的地位
请提高女性的威望，女性的声誉
这是你在敬重自己的女儿
也是永远敬重自己的母亲之举

沃勒加斯·苏莱曼诺夫

（1936年出生）

沃勒加斯·苏莱曼诺夫是诗人、文学评论家、社会活动家、人民功勋作家、外交家。1936年，出生于阿拉木图市。1959年，毕业于哈萨克斯坦国立大学地质系。1959—1961年，在高尔基高等文学院学习。1962—1971年，担任《哈萨克斯坦真理报》编辑部主任。1981—1983年，担任哈萨克斯坦电影协会主席。1983—1991年，担任哈萨克斯坦作家协会主席，哈萨克斯坦共和国议会成员。1991—1995年，担任人民集会党领袖。1995—2001年，担任哈萨克斯坦驻意大利全权大使，哈萨克斯坦驻联合国科教文组织代表。

他用俄语创作的作品包括：《黑骏马》《进化地球的人类》《现时》《博艾玛》等。

获得哈萨克斯坦共青团列宁勋章、哈萨克斯坦苏维埃社会主义党“阿拜文学奖”、哈萨克斯坦国家奖、AUCA奖、哈萨克斯坦独立25周年勋章。1990年获得哈萨克斯坦人民作家称号。2000年获得哈萨克斯坦国家“塔尔兰”奖。曾获得哈萨克斯坦功勋英雄荣誉奖。还曾荣获阿塞拜疆、法国、俄罗斯、乌克兰等国的奖项。

妈　妈

这个村子是关于什么的
关于爱情
关于永恒的生命
都属于那辽阔的天空
不紧不慢的日落，呼唤着
我去思考
去没有去过的地方
白嘴鸦的春天
或者是大雁的秋天
我的翅膀振动了大地
而在林波波河，一根羽毛被河水湿透
锡兰的帐篷内
辛香的风中
这条路是什么
如果是正义
带着自豪的自尊
它不是错误之父
带着胆怯的胆小
它不是你的奴隶
我发誓，抵达了那条路
不是每个等待的人都会被帮助
我也不是万能的
孤独的诗人会做什么
所有的问题都找不到答案
但是我没有将世人欺骗
虽然我可以欺骗……

狼　崽

有个人正在行走
在草原上走了很久很久
要去哪里？为什么
我们无从得知
在茂密的谷底他见到了狼
确切地说，应该是母狼
更准确地说，是狼妈妈……
它躺在艾草丛中
伸出爪子，露出獠牙
哽咽的喉咙里流淌着
一股股的鲜血，浓稠的鲜血，似乎有些污脏
是谁？是谁？猎狗？狼？
懵懂的狼崽对此一无所知
它们呜呜叫着，吸吮着母乳，挤在一起
靠着妈妈庞大僵硬的身体
饥饿的狼崽忘记了
莳萝草丛中的气味多么地深刻
它们紧贴着妈妈，贪婪地饮着乳汁
当它们看见
浓稠冰冷的血泊
他们呜咽着想要报仇
向谁
向任何人
只是无法原谅
要复仇
要单独进行
不是一拥而上
见面的时刻——
就是复仇的时刻
自己的路，那个人继续走着
去向何方……为什么……

我们无从得知
他曾是个捕狼者
但是他不伤害狼崽
只是小家伙再也得不到妈妈的保护了……

在普希金广场上

诗人应像天使一样完美
谁见过天使，谁就见过普希金
他身材矮小，皮肤黑，如同靴子一样
嘴唇跟黑人一样，是厚厚的
但是丹特斯非常高大
脸色白，皮肤白，在记忆里大概是如此
诗人的妻子——美丽的娜塔莉娅
没有人叫她娜塔莎
她站在他那边
好像站在厅堂华丽的地板上
周围的先生们很容易滑倒
而他，作为奴隶，从窗帘后面向外看
紧紧握着刀柄
我说，我的主人
您还在等什么……
不然我也要爱上她了，哦！您
别相信……
她像大麻一样让我们陶醉……
对，是这白色的喉咙和肩膀
胸膛很宽广，如同断头台
奴隶走出来
在一月夜晚的雪地上
他死了
捂着肚子……
他复仇了，也无法复仇了
不是决斗者，不是沙皇，也不是暴徒
他根据意愿复了仇
他沉默了
永远地沉默了
那个子弹飞过
它贯穿着邪恶的力量

矮小的普希金，被它找到了……
在俄罗斯靶子很多
我们不知道，但是它
找到了，在这个，马厩里
在这个人群里
在黄色方形窗户下，在雪地里
过了一个世纪，他们的后代站在这里
在不一样的窗下，也在雪地里
想要说些伟大的话
想用心爱的或可爱的诗人，来称呼他
世人保留了美好的词语
为了能用悼念的感觉阅读它
但是他站着，阴郁，背还有点驼
脱了礼帽，望着我

全都属于她

曾经有女人——靠在我肩头
曾经有女人——靠在我胸口
但是留在我心中的
只有她
我心里只有她
全都属于她——
眼中的忧郁
蓬松的头发
无情、顽皮的嘴
冰一样的牙
还有温柔的咯吱作响的手指
还有矮小的身材
还有 34 岁的年纪
全都属于她
全部都属于……

无　题

您爱我么，高山
您爱我么，云杉
穿着蓝色与白色衣衫的高山
飞过我的头顶
被刮走的是青草的名
那些青草珍贵异常
自己却是灰色的

吸收了
所有色调的沉默
用高山的绘图笔
我统治着平原的过往——
我走过，雪崩的山坡
而在岁月长河
那条蜿蜒悠长的小路上
雪花已经沉没
幻想的年代——
就像流星雨滑落
您爱我么，高山
您爱我么
人民

无法纠正您
不要变得平坦
您的转弯
高山
不可替换
您错了
高山
正确性——庸俗性
您无法平庸，高山

您——无与伦比
您不在意，高山

您是否
被爱着
或否……

无　题

父亲的语言，千年的语言
你被时间煅烧过，如同黏土一般
剑朝您砍去，还有呼啸的皮鞭
以及男人的骄傲与女人热情的火焰

你那里出现被遗忘的方言
苏美尔语言、匈奴语言、蒙古语言嘶哑的声线
你从哪里出生？是在谢米列奇亚的大火中
依靠血肉相连，你被送到我们面前

你全身发响
这声响充满了心脏的涌动，充满了灵魂的钟鸣
我的命运不会被摆布
向你发誓——我会朝你奔赴

经过遥远而幸福的旅途
儿子找到被遗忘的生父
带着明亮、豪华的打扮
在生命的开始或结束

无　题

里夏德，管家的儿子
我赠于你一顶绣花尖顶小帽
它是用金线编织的
你的父亲默默地转过身
这大概是，因为记起了自己的青春

美丽的母亲用手指编织着
低声说着什么
十分欣喜
里夏德长得很像西班牙人
是法国女人
与阿塔伊人的儿子
“您会去内布拉斯加州么
那里有那么美丽的大草原
有荆棘、草丘和烈日炎炎
还有那尘土与马匹！多么让人喜欢
您会去么？”
热切地期待着
双手勾勒出一张画面
人们在夏天去往海边
向往干燥的草原
上马镫——跳
将阔边帽丢掉
风吹的头发凌乱
额头上的绣花小圆帽
奔驰着
跌落在狼道

呼吸吧，哭吧，我的孩子
哭泣与欢笑——是诗人的激情
你父亲最后也哭了

在我的血液里，寒冷在轰鸣
我会去内布拉斯加州
但是我应该快点回到家乡
那里有同样的风光
我要回到我的家乡

我要去阿塔伊大草原
这里有荆棘、寒冷和烈日炎炎
还有那尘土与马匹！多么让人喜欢
我要回到我的家乡……

库曼人的歌曲

祖先
在战斗中，将我夹在腋下

我不会绕过孤独的树
我将套索挂起
缠于弯曲的树枝
我不是第一次
跌倒于最后的战役
谁不知道我那金色的袋子

星星突然掉落
我的头向下垂着
对女人宣誓忠诚
我亲吻手掌
没有猫头鹰，没有乌鸦，没有天鹅
我是不会受伤的
请告诉我通往幸福的路
我会飞奔而去，飞奔而去
无论我身在何方
我会印上我的足
将它们留给世人
雨后的这条路
还会将数不尽的苦难
留给敌人
这样他们就畅饮无阻
如同我本人

榆 树

在山谷——长着白杨树
还有青草与泉
还有如同毒药一样漆黑的阴暗
这里的根茎不长远
这里的秋天很美满
年岁被霉菌爬满

看——
土墩上
风在唱歌
狼嚎在侧
根茎非常牢固
在我的心中
摇摆着榆树

它不是被酷暑毁掉的
也不是被严寒毁掉的——
也不是被平静生活毁掉的
它黑色的树枝
迎风
站立着
而幸运的骑手
看到它后，激动得想哭
并且——疾驰到这里
在山谷
饮马
默默感谢这棵榆树

我们村儿曾有鞋匠

我们村儿也曾有过鞋匠
鞋匠一直按自己的尺寸
缝着靴子
他认为这样做就是人人平等
但他有着拿破仑家族——波拿巴的身高
巨人，穿着这样的靴子
日子实在不好过
每个人都觉得
靴子是人类创造的
为的是人类

这里拥挤着
老人，青年
还有瘸腿的人
跑着喊叫着
（脚踝被束缚）
伟大的荣耀——
伟大的靴子
只有流浪汉不信
笨蛋也不信
鞋匠自己也不信
因为他的鞋不挤脚

八月的夜晚……

八月的夜晚
请离去吧，但请记住——
再也没有更黑的夜晚
我头顶的苹果树枝被抬起
如同清茶一样，那傍晚的香气

张开嘴
喉咙里的东西却看不清
小溪在流淌
在绿色的城市里穿行
就发生在这个时刻
苹果树枝
如同幕帘一样被掀起
火焰——出现在黑色的天空里
皱着眉头，我努力记忆
这颗星星的名字
火星，一定是，火星
谷仓中的一匹马给了回应
是我那黑色的老虎
铁缰绳的声音温和地响叮咚
走过尘土飞扬的道路
疲惫了，凉快了，睡去了
漫天星斗——都是锥形
好像是一个带孔的头盔
最耀眼的星星
闪闪发亮，就在头顶——
火星，一定是，火星
熟透了的，晶莹剔透的果实
拉扯，压低了苹果树枝
树枝被折断
被压弯

八月的夜晚
请离去吧，但请记住——
再也没有更明亮的夜晚
我不甚了解的还有很多、很多
如同清茶一样，那傍晚的香气
抛弃旧的地毯
在厚厚的草地上
黑暗站立在杏树的后面
漆黑一片
马鞍上有聪明才智……
马鞍上
也有泥土的芳香……
直的茎秆被折弯
垂在我脚前

郊 外

温暖的时刻
不温暖
灯笼变弯，承担了重任
以及模糊的否定，来自那黑暗
光亮忠诚于亚洲的夜晚
我去了那里，那里有香烟点燃
那里的灯笼被新郎打破
那里的五月天，我的背上——依然是严寒
那里的生活是一分钱，在没有耍赖之前

这里能感觉到很久以前进行偷窃的灵魂
马鞍上可以听到少女呼喊的声音
灵魂的郊外
以亲情为荣，在那安静豪放的乡村

天黑了。白色的变化还是看得见
人们坐在板凳上忙碌着，板凳被坐满——
哎，男男女女站在一起
女人还拽着男人的衬衫
我的亲人伸出手
触摸着洋槐木，安静又缓慢
朝我走过来
你的脸
却躲在阴影里
好像球形的闪电

月亮升起来
在寂静中水流潺潺
狗在睡觉。看守人也睡着了，拿着钩刀
郊外。苹果树下——放着锹铲
还有一个长期关闭的蔬菜摊

首映结束后的演员与城市夜晚

桥梁
假扮成黑色的彩虹
雨水
假扮成伦敦人
拍着手
但是并不开心
这是湿鞋底的啪嗒声
而疾病假扮成流感
这女人——无法触碰
门打开时“吱吱”作响
门关闭时“嗙”的一声
人假扮成平民
但酬劳并不多，而只是
为了五戈比
还假扮过丹麦王子……
建议还是，扮成平民吧
如何
同意吧，天才扮演者
悲惨的人是不是应该扮演
悲惨的人
看到这些脸庞了么
有绝望的坚韧
这些肯定是
悲惨的人
在原则上不会退缩
他们拥抱着——直到裂痕出现
“咚”的一声坐在椅子上
我们很不幸，而您喜欢它
哦，邪恶，它很宽容
我们悲伤，为了您可以欢畅
我们沮丧，为了您可以如愿以偿

极度厌倦玩乐
门被你打开了
如同盗窃者
你睡了
掌声响起来
……有人用木棍敲打
地毯，在院子里

玛尔甫哈·阿依特霍吉纳

（1936年出生）

1965年，玛尔甫哈·阿依特霍吉纳毕业于哈萨克斯坦国立大学语言文学系。1971年，完成高尔基文学院的课程。

1962年，她的第一本诗集《嫩芦草》出版。此后出版的作品有《巅峰的文字》《青春》《我的白天鹅》《黑眼睛》《我的眼眸》《阿拉套山的祝福》等诗集，使她成为哈萨克诗坛闪耀的诗人。迄今为止，已出版三十多部诗集。她的诗被翻译成俄语、保加利亚语、波兰语、匈牙利语、拉脱维亚语、法语、德语、英语、波斯语、阿拉伯语、汉语、乌尔都语、乌兹别克语、吉尔吉斯语等。

她是俄罗斯、巴黎、开罗等几国杂志的特约作者。曾受邀参加在中国（2002年）、日本（2004年）、韩国（2006年）举办的国际文学论坛。她曾将俄语、阿拉伯语、吉尔吉斯语、塔塔尔语、巴什基尔语、匈牙利语和乌克兰语的诗歌翻译成哈萨克语。

她是哈萨克斯坦功勋英雄荣誉获得者。1979年，诗集《蓝色多瑙河》获得保加利亚的尼古拉·瓦普察洛夫奖。2002年，获得哈萨克斯坦共和国国家奖。

在瀑布前

高傲的峰直耸云霄
雄鹰飞禽来这里筑巢孵卵
瀑布是它的娇子
长卧在地猛踢危岩断壁
从万丈悬崖昂起高傲的头颅
气势磅礴
它以令人嫉妒的气势
在冬季，依然飞流倾泻
仿佛向我们吐露情感的潮水
也可能
它以天使般的纯洁心灵
许多年都在将我等待
虽然我伸出的手无法拥抱
但我的心灵之鸟早已飞向它
诗歌是否到达了我未曾登临的山峰
误解——
这样的事我做过了多少次
我渴望看到你——
从神奇的悬崖峭壁飞泻的气魄
我总会用心去体会你的一切
我总会为你祈求一帆风顺
因为我成长在你的崇山峻岭
所以继承了你所有高傲的秉性
虽然重重关山难以逾越
我还是来到了你的面前
低下了头颅
如果不能像瀑布那样咆哮飞泻
你的孩子就不会像雷电那样划过天空
我也是一只浪迹天涯的野山羊
只要顺路，我一定回返
当大地穿上绿装

处处春光妩媚的时候
我会在凛冽的二月归来
看起来，我丢失的
与找到的一样多
冬天之眼布满了霜花
瀑布
在我的面前开怀诉说
我的先辈甚至给石头起了名字
有许多像山一样雄伟的诗人逝去
我度过了像你一样
崇高的生活
从不窘迫，从不怯懦
因为没有比诗歌更亲近的东西
所以我思维敏捷
完全能掌控自己的情感
我是你迷离了湖泊的天鹅
只有梦想能使我展开双翼飞翔
我想度过不伤害你的一生
但无可奈何
相距遥远，我无法临近你
我所能做的——
啊！天山！我会成为一个人
一个崇高的人

请原谅我

我可爱的塔勒赫山峦
你高耸入云
原来你就是我多年的悲伤
我站在那里目不转睛地凝视
你比从前还要险峻
难道你是百姓的福祉，满满当当
让我登临你洒满阳光的山峰
如果被你的火炬烧成灰烬
我也在所不惜
我可爱的塔勒赫山峦
你高耸入云
我已经很久没有聆听你的歌声
你来弹一首
弹一首令人迷醉的冬布拉乐曲
若我的泪水像大雨倾盆
也不足为奇
我可爱的塔勒赫山峦
你高耸入云
你的爽风轻轻吹拂
亲吻着脸颊
请你原谅
我这个不谙世事的孩子
当年竟然舍弃你这样的美人而离去

卵　石

多美呀，你的卵石个个滚圆
湖水波光粼粼揉碎了美丽的石纹
为了纹丝不动地躺在地平线上
你也要与汹涌的波涛搏斗
不论是被打败
还是被磨损，你都躺在那里
忍受着漫长的白昼
还有遥遥无期的黎明

我热爱赛里木湖的卵石
石面上是密密麻麻的图纹
不知忍受了多少波浪的清洗
它只相信自己的力量
怀着赤诚守卫着清澈的湖水
卵石啊
人，没有你的这种魅力
虽然我走在梦幻一般的山林
虽然我被诗歌簇拥
赛里木湖那低吟的卵石
就像一个亲爱的人令人怀念
难道你就这样守着，彻夜不眠
柔弱的情感犹如花朵
当我抓起一把卵石的时候
我甚至不知道自己在干什么
多美呀，你的卵石个个滚圆
湖水波光粼粼揉碎了美丽的石纹
为了纹丝不动地躺在地平线上
你也要与汹涌的波涛搏斗

在 墓 地

亲爱的母亲
你现在依然担心吗
世道变好了，人民也平安
度过匆匆忙忙的三十周年
你的孩子终于来到了你的墓前
我能感觉到——
你已经彻底失去了耐心
在人间，不知有多少人深陷悲痛
吃尽了思念的万般煎熬
因为心中留有深深的思念
才给自己提出了很高的要求
等待着相见的那一天
心儿像小马驹一样狂跳
渴望着黎明来临
那两棵树总是看不见
令心儿变得柔软
当我迈出了故乡的门栏
我的双眼就变成了晶莹的泪泉
我默默地与许多人相见
那是当年洒满阳光的地方
谁知道呢
再过多久才能回返
让我带上你墓地的一掬黑土

心绪纷扰

我是一个诗人，与故乡互为伴侣
没心没肺的轻薄之人不会满足于生活
心绪纷扰的情感渐生浓浓的悲伤
你为什么像秋季的天空一样冷寂
你有一颗心儿
只要提到诗歌就“怦、怦”跳动
只要提起故乡割断脐带的地方
绝少有你不叹气的日子
生活正在大踏步向前飞驰
犹如一路疾走的黑走马
我是一个风吹雨打的旅人
正经历考验自身命运的孤旅
不论这个旅途是长还是短
不管怎么样
我都拥抱这条路
我向崇高的梦想伸出了手
尽管我无法触及天上的飞禽
尽管我像拥抱爱人，拥抱兄弟一样
我还是受到了生命风暴的一次次洗礼
虽然我坐在先祖国土的正堂
但它仍然不及出生成长的故乡
我那悠悠逝去的岁月啊
那热情，那勇敢
要想画出它绝美的风景，色彩实在不够用
我心中总有与莫扎特一样的忧虑
久久挥之不去
又有谁能理解这种心情
泪水肆意纵横
你的乘骑也无法逾越
我是你的树荫下长出的一片树叶
我渴望太阳出来

渴望阳光灿烂
不管今天地位有多高
依然怀念汲来泉水享用的那些日子
直到二十岁，我的眼里也不曾有泪水
当我五十岁的时候
故乡啊
我却泪水满面
成年之后人才会变得理性
我很想让诗歌飞落
飞落在云彩落下的山峰
我是一个诗人
与故乡互为同伴
没心没肺的轻薄之人不会满足于生活
心绪纷扰的情感渐生浓郁的悲伤
你为什么像秋季的天空一样冷寂

鸟儿飞回来了

每当鸟儿鸣叫着在天上飞翔
窝巢里的小鸟就会拼命挣扎
我的母亲常常这样说
每当鸟儿飞回来时
我又会失去难以割舍的一年
每当鸟儿扑棱着翅膀飞翔
仿佛你的情感就得以连接
用诗歌去拥抱生活的诗人
会给予飞离的鸟儿
归来的鸟儿以寓意
我总是焦急地渴望着春天
随着春天而来的征兆有多么神奇
鸟儿犹若令人长久思念的亲人
成群结队
从遥远的地方飞回
它们飞越无数的悬崖峭壁
他们飞回，给天空一道亮丽的风景
每当沉浸在百灵鸟的啼鸣声中
每一片树叶在瞬间就会流下泪水
它们将全身的气力聚集在一起
带来奇妙的感觉与群山相连
我频频地眺望群山，似睡非睡
说起来
漫漫长夜不再睡去
鸟儿啊
高高飞翔在天空
向我诉说柔弱的心事
镜子一般的湖泊鸟叫声响起
一首从未聆听的歌儿即将响起来
不论何时，都请你们平安回返
平安飞离

我也热爱你们飞离的那条路
与我相比，高高飞翔的鸟儿
我更愿意将你们飞离的那条路
誉为幸福之路
我总是焦急地盼望春天来临
随着春天而来的风景多么神奇
为了普天同庆纳吾鲁孜节
成群结队的鸟儿从远方归来

天鹅的心灵

生活啊！虽然日子过得艰辛
天鹅的心灵因为诗歌而更具魅力
生活从此不再悲伤
等灿烂的黎明来临
山峰一缕阳光

天鹅的梦想，多么纯洁
天鹅的心灵——
灿烂如火，又沉浸在遐想之中
憔悴无比
阿拉套山峦与天宇连成一片
纯洁的情感
纯洁的希望
焕然一新

湖面上天鹅发出悦耳的鸣叫
使鲜花沉浸其间轻轻摇曳
不知什么人
为它们清高的生命而激动
发出一声声赞叹

摆脱了背信弃义的套索
我的胸中涌满了梦想
青山之风沉浸在思索之中
夕阳正从地平线慢慢坠落

黎明升起灿烂，夕阳落下无奈
谁又从中得到了幸福
我独自一人常常祈求
祈求苍天赐予我的诗歌——
天鹅的柔美

北方的风

北方的风啊！不停地刮
让苍茫的原野狂欢
让苍茫的原野再次振奋
翠绿的云杉在路边陶醉了
它见证过许多往事，还有新潮
翠绿的云杉向着苍天疯长
它是自由的
无论是生长还是思想
我那些含恨饮痛的父辈
常说：走了，被奴役，被流放
这不，我来了，只为歌唱你
崇高华丽的诗篇
用笔触画出你绚丽的色彩
昨天
倒行逆施的潮流泛滥
船帆风雨飘摇
人们无数次，无数次陷入沉重的考验之中
我是一个发达国家的后代
白桦已经枝繁叶茂
仿佛在应答飞逝的岁月
所以北方的风
让原野不停地狂欢
不停地振奋
翠绿的云杉在路边儿陶醉了
它见证过许多往事，还有新潮

热情奏鸣曲

仿佛怀抱着满满的百合花
原野与孩子们都喜气洋洋
贝多芬的魅力
美妙的乐曲
引领着旅人回家
过去的日子已经翻篇
通过欢乐的旋律
奏出真理的乐章
一首接着一首乐曲
俘虏了人们的心灵
还有神奇的情感
那首乐曲之中
蕴含着心灵的风景
那首乐曲之中
蕴含着一个世纪的奇迹
那首乐曲之中
蕴含着与尖锐思想的相互连接
浑然一体的时代气息
那首乐曲之中
蕴含着夏季闪着银光的花园
那首乐曲
会激励我们去创立伟大事业
那首乐曲之中
蕴含着许许多多的现象
那首乐曲之中
蕴含着过去一次次的转折
那首乐曲之中
蕴含着英武的男子汉震天的呐喊
他们高举着永远不倒的正义旗帜
那首乐曲之中
时间的驿队浩浩荡荡

各种奸诈狡猾的人也一一闪过
时代的新生力量
揪扯着令人发指的罪行之衣领
拼命甩动
仿佛怀抱着满满的百合花
原野与孩子们都喜气洋洋
贝多芬神奇而又美妙的乐曲
引领着旅人回家

让这种声音留下

我不是时间的奴隶，没有自由
苍天会养育自己的子民
奔腾的河流源自山峰
所以一泻千里势不可挡
奔腾咆哮

我不是昨天的清泉
不是小溪
我是一条浩荡的大河
我从悬崖峭壁跌落谷底
诗歌通过谆谆引导
通过说出真理
找到了道路
给心灵带来阳光

不要哭，人并不是为哭而出生的
只要人不践踏人就好
相比友谊，更多的是诬陷
我总是——
总是在替人担忧

我很坚强，可能也会软弱
我该向谁诉说心里话
诉说无数的悲哀
不要大声呐喊
就让一片低语
埋在心间
留下一种声音

天鹅之岛

虽然渡过了无数难关
无数险境
啊！我的父辈是百发百中的神枪手
他们能一枪射中野山羊的眼睛
在偏远的地方狩猎获得回馈
野鹿群中当然有佼佼者

理智的人们能分辨白与黑
叶斯泰曾经爱慕天鹅一般的美人
尽管从美人中挑选了美人
他还是因为爱情落得孤苦伶仃
诗人并没有用箭去射杀美人
反而用无与伦比的乐曲与诗歌
搜寻美人那充满怜爱的心灵
用无与伦比的乐曲与诗歌
解开美人充满忧愁的心结
不要将正堂上的人拖到门边
那些热爱你，也热爱艺术的后代
正在继承你的诗歌艺术

慢　板

这首乐曲的名字叫慢板
显得风和日丽
啊！生活
你又去了哪里
在哪里浪迹天涯

作曲家叶斯泰
诗人叶斯泰
在萨尔阿卡大草原
点燃了永不熄灭的灯盏

巴依特是你曾经徜徉的地方
我凝视着，直到失去了耐心
诗人的想象有多么地神奇
心潮澎湃，一浪高过一浪
无论何时，你的水平都在提高
萨尔阿卡大草原的老人们
还有青年们，都无比坚强

著名的歌曲《徒步的木沙》
还有《玛依拉》
这些优秀的艺术都源自于你
虽然我不能像歌唱家那样引吭高歌
但我出生在——
艺术家萨拉的故乡
我不是生了锈被扔在地上的懦夫
我是诗人

是一个男子汉
我的爱人是诗歌
我有祖国珍视我的艺术
我用晶莹的泪水来书写
我来自遥远的地方
眼里飘浮着怀念的泪水

我痛饮艺术的清泉
我自幼酷爱诗歌艺术
我远离虚假的话语
无所不知的人都华而不实
我没有擅自丢弃人民来到这里
梦想在前方召唤
我的魄力是黑色的风暴
有着年轻人的梦想
使我诉说心中的愤懑
令冷漠的心儿变得柔软
在那些乌云漫天的日子里
希望在前方挥手召唤
我绝对不会忘记那些苦难的日子
母亲河从这里流淌
层层波浪酝酿了诗句
在我离开之时
母亲河曾经嘱托
祝愿诗人们硕果累累
祝愿故乡的大地平安
你是否与这条河促膝谈心
我佩戴着它赐予的护身符
所以我创作的诗歌总是源源不断
甚至不会在险峰逗留片刻

虽然我从远方移居这里
但没有变得失魂落魄
总与那些心灵涌满诗句的人在一起
广袤的原野座落
着一座城市
我曾从那里获得
无数的滋养
心灵哭泣之时
那里的黎明就来抚慰
那里有勤劳的百姓，心地善良
你撑杆一样高高撑起了天穹
我弹奏起了讲述昨天艰难的乐曲
我在乌云之间像暴雨一般倾盆
叶斯泰——曲圣、诗圣
你的一个后代前来拜谒你
愿阳光沐浴你富饶的大地
我不是一个平凡的人
我用诗歌介绍了自己的根基
敬爱的诗人前辈
如果你想知道
你一直都与我们一起生活
你的声誉将与后代一起长存
我们会用玉石为你打造雕塑
虽然哈拉奥提葛这里没有纪念碑
但你的歌曲传向了海外
扶摇直上苍茫的蓝天
虽然我很冷静，还有耐力
但感觉已经弥漫到了我的血液

你是情歌《霍尔兰》的真正作曲

创作了神圣的歌曲
我神圣的亡灵——
你这个哈萨克人

法丽扎·翁哈尔森诺娃

（1938—2014 年）

法丽扎·翁哈尔森诺娃是哈萨克斯坦诗人的杰出代表。1961 年，毕业于古里耶夫师范学院（现阿特劳大学），后在农村学校任教。1966 年开始从事出版工作，在古里耶夫州的《共产主义劳动报》工作；1968—1970 年，在《列宁青年报》担任西部地区记者。之后搬迁到阿拉木图市。1978—1995 年，先后在《哈萨克斯坦少先队报》和《先锋》杂志担任主编。1995—2004 年，当选为哈萨克斯坦共和国下议会议员。

出版《夜莺》《满格斯山上的珍珠》《不安的时刻》《激流》《亲爱的宝贝们》《我在你的心中》《你的爱》《访谈》《灵丹妙药》《七月》《心灵日记》等十几部诗集。她的多部作品被翻译成外文出版。在翻译领域，她也卓有建树，她把许多外国诗人的优秀作品翻译成哈萨克语出版。

1984 年，获得哈萨克斯坦共和国国家奖，是哈萨克斯坦人民功勋作家。

途中的山村

草舞花飞的图案融入了地毯
装点了白色的毡房，如同瓷器的花纹
待炉火袅袅升烟，可静静交谈
直至夜晚

当你走出山林，若是在春天
夏季牧场青草地中的毡房便会映入眼帘
你会动情地唱出那无词无曲的大地之歌
来歌颂家的温暖

黎明拂晓，尽管天色尚早
男子汉们已经起身，谁让白天的时间太少
即使是山羊
也要当成马儿来跑

谁的马儿能独占鳌头
男孩儿们大显身手
于是，赛马场上龙争虎斗
其实，只有那风儿才是唯一的劲敌对手

这里的茶味道更加甘美，循着喝茶的礼仪
旅人与主人都在细细品味
多年的重担刚从肩头卸下
新的旅程已在心中计划

马背上出生，一生都在迁徙中度过
停留的时间总是不多
只有村边忧伤的稻草人
天长地久地挥舞着它的胳膊

在火车上

火车摇摇晃晃地疾驰
我眺望着高傲辽远的原野
斑驳的山峦一一掠过
托起一座座山峰直耸蓝天

之前，我曾经听说过——
听说过这一片绿色原野的芳名
看见了，那就是我的乌拉尔
犹若诗人晶莹剔透的诗歌

我看到了美丽的锡尔河一带
一阵愕然，然后倾心聆听——
那条神秘的河流啊
正在低吟艾布德里达兄长的诗歌

火车伴着起伏的山峦
在山脚下疾驰
一阵阵爽风轻轻刮过
一片片山坡绿草茵茵

世界焕然一新，大地焕然一新
恰似我永不衰老的窝巢
广袤的原野一泻千里
犹如无法企及的幻想

老人的话语

我们在原野长大成人
曾经梦想跃上骏马驰骋
让徒步的生活见鬼去吧
口干舌燥，筋疲力尽
然后我们会炫耀——
给马具镶上银饰
仿佛人间的福祉源源不断
用烈马的四蹄
划破朦胧黎明的厚被
太阳升起之时，多美呀
整个世界都崇拜我们
一阵悚然

我们成为少年
向光背烈马扔出套绳
战战兢兢的时光啊
没有经过驯养
我们不会放飞山鹰去猎捕赤狐
对那些谩骂父母的家伙
我们决不姑息，坚决惩处
看着我们恭敬长辈的模样
陌生人肯定无数次惊愕

我们拥抱美人
没有祈求，没有怯懦
以原野上火辣辣的日头一般
火热而鲁莽焦躁的情感
啊！生活，那是否是一段不再回返
值得一提的美好时光

那时，原野上那些美人滋润着——
自己白皙的脸颊
在火热的怀抱中变得弱不禁风，神魂颠倒
热烈的情感令她们如痴如醉
直到天亮时分才入睡

生活啊！日子一天天逝去
令那些不顾一切，慷慨大度的人们
激情涌荡
当我发现衰老的时刻
想用雄鹰一般的眼睛
看到自己当年的模样
我寄希望于青年一代
但看到那些羸弱苍白的孩子
心情黯淡之时
我竟然找不到疗治的方法

如果我真的具有雄鹰的气度
那我的后代就不应该是乌鸦
绝对不是那样的
确实如此……我深知这一点

无　题

汹涌奔泻，凌空腾起
跳越悬崖峭壁
碾碎山石
跳跃、翻越
不驯的河流一路奔腾
与山间的宁静搏斗拼杀
仿佛叛逆就藏匿在胸间
撞击着山石
像碾子一样碾动山石
一路飞泻直奔平原
使沉寂的群山
感到憋闷、窒息

气势磅礴，时而威风凛凛地大笑
时而又低声呜咽，悄悄抹泪
虽然气度豪迈，但它的每一步
都来自于艰辛

一路拍打着奇峰怪崖
撞击着，像子弹一样飞奔
像瓷器一样崩裂，继而翻越
溢过峰峦叠嶂
抛下围追堵截的重重关山
山坡处处落满晶莹的露珠
滚滚洪流与永恒相连
仿佛永远拥抱原野上的山峦

浪　漫

音节被截断，尖叫着
发出的喉音
捕获了魂魄
诗人，请在名字的蛛网中保持沉默
主歌不会落寞
正如树木有树干支托
巴拉塔什维利、莱蒙托夫及马哈姆别特

我的三个恶魔
我的三个天使
你们大胆地跌入凡尘
但你们也终将离开凡尘
在我的声音里
充满永恒的忧伤
三种忧伤像风一样在徜徉

我的生活不能与歌曲分隔
正襟危坐，整夜无眠，孤独的猫头鹰就是我
“邪灵”颤抖着
“天堂”失了“颜色”
只需要一个涟漪
无需言语道破

你们都是我的人民
和谐的唯有伤悲
愿极乐世界的幸福继续沉醉
我那三个恶魔将我从梦中唤回

内心深处
胸膛被爪子抓破
只为继续三个刚开始的言说

没有什么，不过是病态的躯壳
我们是过客
面对太多的世俗
以及太多的虚无

我现在很忙
我还得更忙
他们爱的真理在对白中蒸腾
如同蜃景，亲人的面孔在浮现，在召唤
谁是谁
薄薄的铜饼
用它的气味指引我
如何感受绚烂繁星

如何通过世间路径
但我用清晰的声音说——
——我从来不曾贫穷过
三位一体的诗人之神一直照拂着我

骆 驼 刺

承诺与沙漠中的骆驼刺相见
我们曾飘荡在空中寻找机缘
因为这是最好的相遇
都欣赏这种美丽
诗人与哲学家，牧羊人与朝圣者
还有流浪汉

沙漠流淌着沙漏的时间
穿过商路时那么蜿蜒
这里鲜有生机——仅有十几株
顶着刺立在路旁，不可招惹

如果是找三棵棕榈树
白天打着灯笼也找不到一棵
只有骆驼刺粗糙的杆茎，被光灼伤后还能复活
因为它白色的根茎又长又多

舒展且油亮的枝叶伸向高处
荒芜的天空与沙儿冷漠地争吵着
心灵突然不安，将杆茎紧紧抓住
大地干涸了，龟裂了

骆驼刺开满了花，随风伸向道路
粗糙的杆茎
被泥土中的根紧紧拽着
多发几枝骆驼刺吧
让这苍凉、永恒的沙漠多些绿色

坐骑被盗的穷人

我可怜的老马啊
你是否被压在盗贼的胯下
你是否掉入了饿狼的嘴巴
我周游天上地下
找不到你的踪影，悲哀呻吟
你是否飞上了天空
那些该死的吝啬鬼
终于偷走了我唯一的马匹
那些早该被烧死的家伙
心中已经掉进了炭火
我该怎么办
以后该怎么活下去
人们都说没有坐骑的生活像一场劫难
我该如何养活妻子儿女
寒冷的十一月也咄咄逼近
啊！难道你瞎了吗
该去偷盗富人——
颈鬃飘逸，腰身滚圆的马匹
人们常说盗马犹若灾难
为什么选择了我
这是让我去死呀
为什么倒霉的人是我

无　题

亚麻天空中漂浮着棉布做的云朵
翅膀上的所有羽毛
都准备好要去空中欢乐
春天的青草摆弄着青春的美酒
露水滴答
演奏着你闻所未闻的歌
山谷朦胧，花如繁星
被山谷边毛茸茸的杨柳衬着
爱抚着、亲吻着、悠闲着，这是鸟儿的家园
叽叽喳喳，回家去
不再漂泊

地球的乳房胀满了乳汁
太阳也用它的温暖照顾着
刚出生的小牛犊
深涧、峡谷、道路、山峰、山脊
在这里排着队
所有人都喜爱这样的生活

今年春天的一切都值得歌颂
寂静的沙子陷入灌木丛中
羞涩得红了脸，呆呆地发着梦
这完全不像
卡拉库姆冬天的沙漠

突然从山丘后
其他的兆头中
发出了另一个呼声
嘹亮的声音喊道
母骆驼正在生产
生出来一只
驼背如同小山一般
蓝色的骆驼

地　灶

夜空缀上了乌云的项圈
我们一路飞奔，越过谷地直奔山梁
远处，地灶燃起的大火
似温暖的意蕴，召唤着我们

呼吸着宁静的傍晚
给我的生命注入了正午的阳光
今天，黎明时分，驼羔将鸣叫
所有的温暖都经历过许多苦寒

“地灶”这个称谓是否已从记忆中消失
生活中没有比你更温暖的存在
还记得母亲每一次祝福的时候
总是念叨——愿你的地灶之火永不熄灭

山区的人民坚信忠诚
可以完好保存酸奶疙瘩与鲜肉
还记得：清晨，人们前来——
从祖母埋起的火堆里取走火种

随着岁月的推移，你已变得陈旧
蜜一般时光的每一个声音历历在耳
祖母俯身倒腾地灶之火的身影
多像普罗米修斯

想起来了，我曾踩着浮冰，吞下劲风
这个傍晚，我为什么会诉说情感的哀伤
熊熊燃起的地灶之火啊
仿佛全世界的热度都难及它

毡 房

毡房，我久违了
阳光从方毡上偷窥
带给我一阵窃喜
旁边是散发着芬芳的茵陈

毡房，原野——我想从两位母亲那儿获得滋养
所以再次跨进了门栏
天穹依旧像阳光一样
梦想是否再次在前方等待着我

我在门栏边驻足
没有径直走上正堂
久违的襁褓气息直冲嗓子眼
飞快流逝的时光已经远去
吞噬了你女儿带着鹰羽帽的十载春天

我眼里闪着火花，强忍泪水
围绳上拴着一匹骏马，惴惴不安
阿吾勒想让我再次振作起来
豁出去了，准备就绪，我就投入它的怀抱

大婶啊！请挪开芨芨草帘，卷起底毡
让黄昏的爽风吹拂胸襟，让我豁然开朗
在因砖房的狭窄而苦闷之时
让我高昂向上，激情涌荡

奥格兰德山

我迷路了
在没有人烟的原野穿行
被黑暗与思绪围堵
从茵陈的芬芳中获取滋养
闪烁的星星从天空将我凝望
前方，整个地平线拥抱着绿色的群山
仿佛要成为疲惫旅人的避风港
我想肯定会有一个温暖的窝儿
成为我的倚靠

万丈悬崖，嶙峋起伏
回目一瞥，惊心动魄
仿佛整个世界将危险带给了我
险峻的大山仿佛有一种神力
安抚那些悲苦的生命
我到这里，是为了与自己
还与尊严，与原野促膝谈心
而且毫不设防

这一带也沉浸在夜色之中
晨曦何时惊现
在这个不可靠的夜晚
该用什么来连接希望
前方，不知还有多少漫长的旅途在等待
是否存在给我注入活力的光明
若不夜宿奥格兰德山汲取滋养
我的路途不会一帆风顺

诗人们也会衰老

诗人们也会衰老
命运啊！你有什么理由不顺服快节奏的生活
两鬓已经霜白
当灵感翩然而至，汹涌澎湃
他们还会满怀激情唱起二十岁时的欢歌
会像野马一样飞越一座座山冈
面对有尊严的人，还有勇士
他们还会像孩子一样低下高贵的头颅

脸颊皱纹纵横，神情黯淡
不知忧愁的人不会衰老
思绪万千的人们不会只沉浸在光环之中
努力抗争，怒发冲冠
单枪匹马，去呵护正义
心事重重，通宵达旦
诗人们当然也会衰老
红润的脸颊自然会失去光泽
只有他们的诗歌永远年轻

穆合塔尔·夏汗诺夫

（1942 年出生）

穆合塔尔·夏汗诺夫是哈萨克斯坦著名的诗人、社会活动家。

1969 年，毕业于奇姆肯特师范学院。此后，在《哈萨克斯坦南部报》开始职业生涯。他曾在新闻、广播和电视领域担任高级职位。1993—2004 年，担任过哈萨克斯坦共和国驻吉尔吉斯共和国全权大使，并在 2004—2007 年担任哈萨克斯坦共和国下议会议员。

1959 年，出版第一部诗集《秘密》，此后，陆续出版了《幸福》《新月》《翱翔的鹰》《信念之王》《守护爱情》《世纪的鞭策》《文明的遗失》《新时代的哈萨克人》等图书。《咸海的悲剧》《回到故乡》《我最亲爱的》《永不屈服的勇士》《父亲的歌》《阿里斯河畔》《飞回的大雁》等诗歌在民众中广为流传。

他的作品已被翻译成 40 多种其他语言，其中与吉尔吉斯斯坦诗人钦吉斯·艾特玛托夫合著的散文集《悬崖猎人的哀歌》和戏剧剧本被翻译成多种文字出版。戏剧《成吉思汗的秘密》由乌克兰 A. 多维占阔电影工作室制作成两个系列的电视片。

1996 年，获得哈萨克斯坦人民作家称号；1999 年，获得吉尔吉斯斯坦共和国人民诗人称号。曾获得哈萨克斯坦共青团列宁勋章、联合国环境计划署奖、联合国教科文组织“兄弟杯”奖和吉尔吉斯斯坦共和国“精神杯”奖等。

喜马拉雅雪豹

我们何时能摆脱固执、鲁莽与多疑的痼疾
我们最惧怕的应该是人性的颓废
许多年前我在喜马拉雅山麓
碰到了一个捕猎雪豹的猎人
他讲的故事深深印在了脑海
在茂密的森林，在悬崖峭壁
在崇山峻岭之中旅行
如果迎面碰上一只雪豹，该怎么办
最要紧的是要理智，不要低头
要冷静地站立在那里
表现出绝不靠近猎物的神情
你能做到这些，就不会有危险
如果你低头弓腰，变得更像四条腿的野兽
那你就算玩完了
一身黄色斑纹的大猫顿时就会双眼充血
大吼一声扑上来
科学目前还无法解释这种现象
如此凶猛的动物——
为什么喜欢人类保持人的尊严
让人类进行思考
才让雪豹长得如此庞大凶猛
你走在充满希望的生活之路上
要注意自己的言行举止
任何时候都不要垂头丧气——
这就是男子汉的底气
我有时看到精神颓废的男人
恨不得像怒火万丈的雪豹一样扑上去

一个商人极力夸耀
在苹果飘香生意兴隆的阿拉木图
许多人才已经逝去

我的青春时代也在这里度过
现在天下最值钱最珍贵的是——
喜马拉雅雪豹的毛皮
这是喜马拉雅山最后最凶猛的野兽
常年居住在悬崖峭壁
披着一张有着耀眼斑纹的皮
这个人说着眼里透露出疯狂的火光
但我不相信这种无稽之谈
没有了雪豹的山麓
自己也就死了
不！喜马拉雅，我的挚爱
你要屹立在世界屋脊
美好已经被多疑淹没
对美充满了疑虑
生命就没有了灵魂
犹如一股巨大而又鲁莽的潮流
在人类被动物思维引领的时候
而且在它们自愿将此当成天职的时候
你该通过雪豹的眼睛来接纳正确的思想
思想正确了
你的幸福感就会提升

爱情的奇迹

著名的情歌《霍尔兰》的曲作者、诗人叶斯泰年届七十二岁，行将就木的时候，突然找人请来了自己一生的挚友努尔别克。虽然努尔别克住在离挚友两百多公里的远方，而且还不慎从马背上摔下来跌断了腿，但努尔别克硬是侧身卧在马背上匆匆赶来拜见叶斯泰。当时，叶斯泰指着自己已经瘦骨嶙峋的手指上的那枚戒指对挚友说：“努尔别克，请关照为我净身下葬的人们：这枚戒指我已经戴了整整半个世纪，那么，在以后的许多世纪里，就让它继续在我的手指上闪烁光芒吧……哎，我那将全部的情感凝聚在了这枚小小戒指之上的恋人霍尔兰啊……”说着，老人家竟然失声痛哭……

一次，我在俄罗斯诗人叶甫盖尼·叶甫托琴科家中与外国朋友聚会。席间，我将这个凄美的爱情故事讲给他们听。突然，意大利的一位雕塑家站起身来说：“这段故事中不仅有作曲家、诗人叶斯泰一生都无法与爱恋的人成为眷属而产生的渴望与遗憾，还有整个哈萨克民族对爱情的忠贞与勇敢。让我们为养育了叶斯泰和霍尔兰这样优秀儿女的全体哈萨克人民的健康举杯吧！”这一刻，我感到了无限的幸福。

有一天，一位满脸沧桑的夫人
来到我的办公室，哭着说
“我有一个婀娜多姿的女儿
她是我的一块宝镜、是一颗珍珠
她是我生活中的一棵银白杨
我盼她成为花朵一般妩媚的孩子
只为她穿戴打扮而操劳
女儿长大成人，春心萌动
犹如一朵五月争奇斗艳的鲜花
成为同龄人中的佼佼者
但是幸福与不幸总是形影相随
我真不应该放任自流
让她很早就坠入了浮躁情感的旋涡

我曾经是一位幸福的母亲
一直到女儿遭遇爱情这个灾难
现在却是个孤苦的守门人
头顶的月亮总是朦朦胧胧
三年了，女儿天天神魂颠倒
追求一位长着卷发的演员
没想到那个狗东西却有妻子儿女
瞧瞧啊！这是多大的耻辱
姑娘的情感如花朵一般脆弱
她也许知情或不知情
怎么惩罚怒斥她都不肯回头
求您写一首诗歌让她悔改
使我这个不幸的孩子幡然觉醒”
说完之后，夫人转身离去

留下我一个人呆立片刻愁肠百结
眼前浮动着老夫人疲惫的身影
也浮动着恋人们欢快的笑容
只有雄鹰才能翱翔的苍穹
比云彩还要高傲的山峰还少吗
充满疑虑迟临的黎明还少吗
没有写就的清规戒律还少吗
尽管扭曲的情感曾经屡屡受挫
但只有两颗心儿才能决定命运
闲言碎语无法毁掉忠贞的爱情
九曲回肠的情歌《霍尔兰》就是明证
知道大难已临，病入膏肓之际
不幸的叶斯泰叫来自己的挚友
说出了久久地藏在心间的一席话
“哎，努尔别克，我一生的知己
在度过七十二年艰辛岁月之际
死神来临张牙舞爪地要拖走我
虽然不甘心，但我无奈还要顺从
我一生中接受过你无数次帮助

今天面临死亡依然需要你来关照
因为没有人像你一样理解我的痛苦
爱情啊！永远都是蓝色的湖泊
拥有爱情的生活才是真正的生活
而剩下的都是平淡的日子
我曾经像大海爱恋着大海一样
我曾经像高山凝视着高山一样
爱了恋人霍尔兰整整五十一年
所以我真正地生活了五十一年
思念着一生一世的恋人霍尔兰
我曾经与无数长夜一道沉浸于幻想
思念着一生一世的恋人霍尔兰
我曾经登上无数崇山峻岭久久远眺
世界上难道有像我这样——
因为爱情而享受着幸福的人吗
世界上难道有像我这样——
因为爱情而一生都陷入悲苦中的人吗
我不屑人间的幸福欢乐
因我的痛苦是那么甜蜜动人
难道爱情还不够甜蜜动人吗
我这个能使十八岁的青年陷入深思
能使二十五岁的成年人惊诧的老人
竟然不幸地没有与恋人终成眷属
时代像一条毒蛇横在了我的路途
可是，我全部的幸福和快乐——
霍尔兰赠给我的这一枚金戒指
却在手指闪烁了整整五十一年的光芒
我是一叶逆风而行的小舟
那就是我，这是多么崇高的奖赏
妻子一生都嫉妒地盯着这一枚戒指
整整盯了五十一个春夏秋冬
民族礼俗总在考验男子汉
请你告诉替我净身的人们——
恳请他们将霍尔兰赠与的这枚戒指

与我一起深深地葬入大地吧
在这个誓言常被遗忘的鬼地方
相亲相爱至死不渝是多么地幸福
让这枚曾经给我力量的戒指
在阴沉沉的坟墓里继续给我带来光明
无法使人感到身心疲惫的夙愿
还算是人生最最珍贵的夙愿吗"
我们这个时代最伟大的作曲家
优秀的诗人就这样说完闭上了双目
……
他的恋人霍尔兰知悉这一切之后，便仰天长叹
"如果不这样做——
叶斯泰还能算是叶斯泰吗
叶斯泰还能算是叶斯泰吗
大地母亲赐予了优秀的人——
无比高尚无比尊严的死亡"
年迈的霍尔兰说罢痛哭失声
头上洁白的头巾在皎月下闪着银光
真正的爱情哪会臣服衰老啊
后来霍尔兰也患食道癌备受折磨
布满皱纹的脸颊苍白又憔悴
她让自己的丈夫离开了房间
叫来了已经成年的孙女
轻轻地唱起了恋人叶斯泰创作的歌曲
双眸刹那间闪出了两团火焰
她喃喃低语："我是幸福的"
这才安详地闭上了那双眼睛
情人的心灵不会因爱情受到谴责
没有爱情之时，人类才会堕落
爱情之歌是生活中最动人的歌曲
你无法用数字来丈量它的范围
这种情感给予人类大海一般的馈赠
谁能义无反顾忠贞不渝地去爱恋

整个世界就一定会信赖他
爱情与勇敢拥有同样的秉性

我说您这个杞人忧天的老人啊
为什么一定要将恋人们推进牢笼
而活着的这些人们已经受尽了——
那些心中没有温暖阳光的人
还有从来不会走正道的人之欺凌

我说您这个杞人忧天的老人啊
不要再抱怨女儿背负着罪孽
不要再这样啼哭涟涟尽洒泪水
不要再让忧伤布满你的双眸
可能她的人生之路充满坎坷
可是，能恋爱就是莫大的幸福
这也不是人人都能获得的福祉

我说您这个杞人忧天的老人啊
请您挺住！千万不要绝念不要泄气
赢得爱情才算是真正的勇敢
要知晓真正的幸福并不在你的身边
而在人们不知晓的遥远地方
来吧！让我们站起来提起精神
让我们为崇高的爱情高高地举杯
对处于彷徨，选择道路的恋人
敢于义无反顾地爱恋就显得无比艰辛
所以祝他们一生一世不分离
成为一对死亡也无法分开的情侣
人们啊！别用世俗的眼光去审判

墓碑的惩罚

我的挚友——费奥德尔
这是我的绝笔信
也是我最后的呼吸
我只剩下游丝般的一口气了
平日里到处乱窜的闲言碎语
在这一刻竟然变得风平浪静
散落各地的兄弟们聚在一起
明天将把我深深地埋葬在地底
我的死亡使有廉耻的人思索
百姓大众却在白白耗费气力
他们怎么知道在埋葬我的同时
他们的希望也将一同被埋葬

会有人为我的荣誉悲伤哭泣
让假心假意的哭泣滚开吧
我情真意切的朋友，费奥德尔

等到鸿雁万里传书抵达彼岸
我寂静的墓地早已经芳草萋萋
我怨恨这个制度，这个时代
需要时它的步履却显得分外艰难
我比任何人都深深地爱慕您——
所以只为您留下绝笔在人间
这广袤的世界上有很多河流
洁白的海鸥在那里展翅飞翔
她一泻千里没有束缚与规矩
义无反顾浩浩荡荡穿越遥远
用丰富的营养润滋众多民族
权贵们绞尽脑汁滥施淫威——
也休想去征服她顽强的意志
也休想让她低下高贵的头颅

尽管人生倒行逆施霜寒雪冷
折磨得她瘦骨嶙峋憔悴万分
也无法嘲弄纵横世界的力量
伟人们犹如一条伟大的河流
我波澜壮阔而伟大的河流啊
这个世界谁能与你分庭抗礼
你掀起巨浪一路咆哮着奔腾
如果人们不能在浪涛中畅游
这不是你的过错，我的河流
由他们去吧！就由他们去吧
任何力量也无法束缚你的气魄
那些不知自己学识肤浅的庸人
却总在责怪别人是无能的可怜虫
已经在你周围拉起了嫉妒之网
无论何时何地，真诚的友谊啊——
值得每一个人低下高贵的头颅
人啊！只有通过挚爱某一个人
你才会自觉地热爱整整一个民族
我早已从沉沉的梦魇中觉醒
我早已从深深的忧虑中解脱
我渴望与你这位朋友共同创新
但是，无奈生命是那么地短暂苦涩
使我已无法振作起来缚住苍龙……

玛泰套山麓月色朦胧，一片惨淡
黎明时分又是多么的美丽安逸
乔汉呼吸着黎明那清新的空气
永远地闭上了自己明亮的双眸
他的这封绝笔信还没能写完……

这一切不知究竟是乔汉的不幸
还是整整一个时代拥有的不幸
就在青春勃发意气风发的年纪
就在风华正茂风流倜傥的年纪

乔汉却开始了另一次生命旅程
哈萨克民族湛蓝辽远的天空啊
顿时失去一颗最为耀眼的星辰
岁月轮回，沧海桑田
往日的一切都已破败
往日的一切都已陈旧
可是无情飞逝的岁月
无法使艺术褪色破败
那鄂木斯克监狱当年的囚犯——
费奥德尔的英名终于响彻宇宙
乔汉安睡的绿色寂静的山冈
无数次沉浸在欢乐海洋之中

如果不是发生了一件偶然事件
这首诗歌本应该就在这儿结束
不论时间如何冲刷都无法忘怀
这事件是我们命中的一个注定
许多许多年之前的一个时辰
乔汉的一群俄罗斯族挚友们
深深悼念伟人不朽的灵魂
一次又一次地惊动权贵显要
从遥远的塔什干运来汉白玉
让空旷的原野传遍清脆的锤声
打造了一座肃穆庄严的墓碑
所有朋友都在为您诚挚祈祷
丧失良心的人必做伤天的事
有一个没有廉耻的混世魔王
偷偷摸摸地潜进神圣的墓地
将雄伟的墓碑从中砸成两半
又处心积虑打造了一对手磨
还梦想运到自由市场去卖掉
贪婪之心是多么的阴险毒辣
可是啊！这个可怜虫哪儿知晓——
就在他毁墓碑造手磨的时候

命运已为他布下了天罗地网
一颗小石子掉进了他的眼睛
从此一夜又一夜，他辗转反侧
痛苦不堪，无法入睡
躁动不安，无法治愈
两眼充血，赤红肿胀
终于，他郁郁寡欢，最后葬身大地
那一年的春天——
一只孤独的天鹅从遥远之地飞来
落在了玛泰套山附近的绿色山冈
当她再次展翅飞临彼得堡上空时
费奥德尔耳边响起令人忧郁的音讯
犹如孤独的天鹅发出的绝望悲鸣
挚友的遗体得到甘露的滋润
友谊的真情自有神圣的魅力
伸向神圣墓碑的手已经被斩断
蠢货也受到绿色山冈的报应
伟人义愤填膺，怒不可遏
他怀念着挚友，泪眼蒙眬……

生活的漩涡为什么如此之多啊
尊严死去，身体也会一起死去
生活总是煽动着谜一般的羽翼
如果你飞扬跋扈肯定会受到惩处
生活绝不宽恕粗鲁轻佻的行径
这是自然规律还没有揭开的奥秘
稍有浮躁我就会感到心惊胆战
唯恐自己违背了大自然的规律

无　题

我们的一生由无数个希望构成
也由无数个各种疑问构成
如果有人耳背
那对他来说，整个世界都是聋子
生活有时显得慷慨大度
会给吝啬鬼的茶水里兑上奶汁
有时又很有趣，骏马飞驰的大路上
竟然大摇大摆地走着大叫驴
这难道也算慷慨之举
雄鹰为什么要拉低自己的高度
我感到无比的耻辱——
在雄鹰飞落的悬崖蝙蝠也筑了巢
我常常聆听幸福的人们在歌唱
我一直都很清醒
希望在蝙蝠筑巢的地域
不要听到你的声音

第七感应

你成家了，这不，你也长成大小伙子了
但可爱的孩子，生活中，没成家的人还少吗

别说你，狼与狼，猴与猴也相互配对
因为找到了配合默契的同偶
他们才在这个世界上信步游走

你的想法与做事总是风风火火，有时难以琢磨
娶妻生子不需要什么智慧
在生活中，因为人的欲望泛滥
我们便将欲念与一生只有一次的爱情混为一谈

被欺骗算不了什么，即便生活稳定
天上没有阴云，孩子啊
成家只是第一个台阶
父母与亲朋好友都在辅助你
要紧的是你美丽的伴侣
明天会成为什么样的人

爱情似雄伟的高峰，不是什么人都可以攀登
一万个人中可能只有两个人的梦想得以衔接
所以无数的人心都充斥着孤独
不知多少伟人因没有称心如意的伴侣而痛苦不堪

即便不失蹄，平安度过生活的考验
你的伴侣会成为挚友吗
这才是问题的关键
身体又能给予你什么呢
灵魂不能与灵魂融为一体
这就是封闭的灾难
无法融为一体，也就无法绽放生命

有时我们无法称赞——
那些不能像鲜花一样绽放的人们
不能融为一体的夫妇找不到欢乐
这样的夫妇没有火焰，不再美丽
这样的夫妇没有钻石一般的光泽
所以，在生活里，两个人中的一个必定不幸

所以，许多人都致力于保持爱情的外在形式
看起来满脸堆笑但背后总在哭泣
不管你走什么样的路
命运可能逃脱吗
一个有意义的问题摆在你的面前——
你的伴侣是否能成为挚友让你放飞情感
苍天是否给了你这样的幸福
她的眼里是否闪动着情感和灵魂的光芒
他是否能通过第七感应
懂得你的欢乐与痛苦

如果他不懂
那么无异于——
在刮着暴风的冰面上点起一把火
没有深层情感交流也就没有爱情
真正的雄鹰永远珍惜自己翱翔的天空
为了他人，你必须忘记自己

鞭策与忠告

小伙子，你哭了
你说自己遭受了太多的苦难
为百姓做了许多善事都没有回报
你哭了
你的精神极为颓废
身边还带着一个幼小的孩子
你还说大好时光已经逝去
最信赖的人出卖了自己
你哭了
说自己不小心被暗算
说自己的每一步都走错了
说自己遭受了一次巨大的打击
成为一个不幸的人

你哭了
但我并不吃惊
我知道命运曾经眷顾过你
知道你慷慨大度，心气很高
但今天又为什么落得如此破败
好了好了，别再唠叨了
过去的日子不再回返
兄弟呀，你要学会向前看
你头上戴的是帽子
还是头巾
如果是帽子
你就该是另一个样子
不要让小孩子看到你的泪水
唉，小伙子，我实在不喜欢你
幼小的孩子不应该看到父亲嘤嘤哭泣
勇敢与懦弱平行存在
两者之间的距离只差一步

求你不要让幼小的孩子看到泪水
抬起头来，你这是干什么
难道你曾经的英武都像冰块一般融化
抬起头来
难道你总是在荒废时光
你的命运已经说出了你的破败
谁告诉你生活中的不顺都是不幸
谁告诉你骏马永远不会失蹄
谁告诉你烈马无法驯服
谁告诉你白裙子不会变脏
谁告诉你黑山羊啃坏的树木不再发芽繁茂
谁告诉你所有的人都和蔼可亲
谁告诉你所有的人都坚持真理
所有的人都表现得无比崇高
所有的人都不会让好人受苦
颓废是因为不知道自己所具有的力量
诚实是世界上最珍贵的财富
廉耻都写在你脸上
但有时它也像爱挑剔的孩子
在生活中有惹恼这个孩子的人
有宽慰这个孩子的人
有讨厌这个孩子的人
有喜欢这个孩子的人
有出卖尊严践踏他人的人
有用生命捍卫它的人
你痛苦万分白白担忧
请你提升自己的境界吧
你自己说说——
在这个世界上
赢了的难道都是胜利吗
如果自己都无法战胜不幸
那梦想会让你功成名就吗
那么，生活中的那些不顺之事
也不都是不幸

理解定律

天才们匆匆而来，又匆匆别离
悲痛犹如乌云时时弥漫在居室
当全人类的先知，一生搏击的雄鹰——
列夫·托尔斯泰就要离世之时
夫人站在他的身边吻着他的手哭泣
“我无法克制自己暴虐的脾气
与您磕磕绊绊地度过半个世纪
请您原谅我这个可怜可悲的人儿
我罪孽沉重，请您一定要原谅
请您原谅我吧，我亲爱的丈夫。”
伟人默默回想自己一生的经历
只能在心中暗暗低语作为应答——
“我的老伴啊！别哭，已经够了
凭着哭泣谁也无法挽回过去
我确实从你的身边逃走不再回头
因为与你相处天天争吵不休
不如出门自由自在地天涯浪迹
你以为我只是在躲避你一个吗
我曾在雪地里留下一行行足迹
仿佛与俄罗斯的大地永不分离
我那些令世人拍案叫绝的智慧
竟然没有得到你的理解和认识
这是多大的耻辱呀！多大的痛
但是有一个事实无人可以忽视
那就是——你是几个子女的母亲
已经年老的时分不能相互理解
瞧瞧我们的生活之路多么曲折
我无法说你是我生活中的灾星
你曾经是贤内助，一生扶携我
但是，你始终没有理解认识我
也始终不愿努力去理解认识我

为此，我绝不会宽恕你这个人
为此，我绝不会宽恕你这个人
我终身都在与人性的弱点搏斗
我深邃的思想却无法扎根大地。”
伟人无可奈何地叹了一口长气
伟人无可奈何地闭上了那双眼
在哪里啊？真不知道在哪里啊
可以从眼神里读懂的依依深情
衡量任何伟人都会有三个标准
他的高度、深度，还有宽度
不从这三个角度去评价伟人们
就是人们的盲目也是一种愚昧
而不理解那可就是天大的不幸
人际关系并没有康庄大道可走
不容易呀，这种争斗确实不容易
无论何时和睦和谐之道都坎坷不平
生活中不理解还算不上是过错
而不努力去理解却无异于犯罪
生活中不知有多少伟人被误解
最终又都被那些小人们置于死地
人类曾经将布鲁诺丢进了火堆
人类曾经将伽利略推上断头台
人类曾经也将布尔江五花大绑
这一切看来源自于互相不理解
不理解这种看似不太重的弊病
不知曾经给人类带来多少悲剧
难道还会有比这个更大的罪恶
伟大的阿拜当年曾经遍体鳞伤
这也是相互之间不理解造的孽
艾维佐夫完成巨著《阿拜之路》
曾经令全世界文学界为之一振
但是也遭受过各种各样的非难——

"这部作品无法登上大雅之堂"
曾经有人声嘶力竭地给予贬斥
这依然源自于不愿致力于理解

伟大的艾维佐夫面对闲言碎语
也只能挥挥手无可奈何地叹声气——
"但愿理解我的人民日日平安"
他只能在心中默默地坚定信念
这一切虽然已经都悄悄逝去
但每一笔账都清晰地记在脑海里
相互间不理解是多么地痛苦啊
如果说不理解还算不上是过错
那么，不努力去理解无异于犯罪
误解恰似布满天空的乌云翻滚
层层乌云一定令人生出种种疑虑
当一个意气奋发的天才去登台
我总担心人们会对他产生误解
天才们匆匆而来，又匆匆别离
天才们匆匆而来，又匆匆别离

四位母亲

你应该洁身自好，守护生命——
绝不要染上失去根基的痼疾
在许多毫无意义的地方
没心没肺的庸人们比比皆是
除了自己亲爱的母亲之外
每一个人还应当拥有四位母亲
她们会使你的生命拥有主心骨
她们会一路激励着你鞭策着你向前
故乡是你的根基，你的光荣
母语是你的教养，你的骄傲
习俗是你自立于世界的精神支柱
她会一路为你洒下灿烂阳光
还有母族艰辛悲壮的历史
尽管回忆起它是多么地令人悲伤
没有什么可与这四位母亲相媲美
否则你犹如荒野上随风滚动的蓬蓬草
轻视蔑视四位神圣母亲的人
绝不会认识理解自己亲爱的母亲
失去根基的人一定浪迹天涯
不珍视尊重这样四位母亲的民族
任何时候也不会有吉星高照

弗拉迪米尔·贡达列夫

（1944—2012年）

1944年，弗拉迪米尔·贡达列夫出生于新西伯利亚州。1961—2012年在哈萨克斯坦居住。弗拉迪米尔·贡达列夫是诗人、散文作家、政论家、翻译家。曾在切利诺格勒电台工作，曾任哈萨克斯坦共和国跨区域作家协会文学顾问，文学艺术及社会政治杂志《尼瓦》的主编，哈萨克斯坦共和国报刊《首都大道》主编。哈萨克斯坦共和国记者协会及作家协会成员。俄罗斯诗歌研究院通讯院士。荣获哈萨克斯坦共和国“帕维尔·瓦西里耶夫”文学奖、阿斯塔纳政府“金笔”奖，俄罗斯联邦普希金奖章。

著有诗集：《我的村庄》《冬记》《大海里的一滴水》《生命的延续》《我住在爱情星球上》《我的灵魂渴望天空》；选集：《闪电的枝桠》《心之忏悔》；艺术文献类书籍：《生活在幸福的土地上》《心系大地》《在这里抒发我们的胸怀》《在一代代人的心灵和记忆中》等。根据其在哈萨克斯坦创作的诗作《我的小村》《绽放吧，我的阿斯塔纳！》改编的歌曲广受欢迎。

这是爱的时刻

这是爱的时刻……
您听，到时候了
诗人，请您放下手中的笔
请将目光从纸上转移
魔术师与魔法师——将夜晚升起
让风进来
打开窗户
感受那些鲜活的纤维
爱，是您苦苦寻找的东西
但是它——就在身边，在命运里
花朵
自然
女人
大地——
爱的预感无处不在
在鲜嫩如同手臂的枫树枝头
在泉水冷却的炎热里
在看着你的眼神里
整个世界碎裂成无数的等待
只因，为爱人抓云朵的男孩
期待那未说出口的秘密
美丽闪亮的眼神
满满的爱意
以及火辣言语的俏皮
里面有着天鹅羽毛般的温柔怜惜……
这是爱的时刻
（趁现在——这个时刻）

雪 花 莲

冰锥——像银色的马刺一般
发出声响并且响亮地将沉寂刺穿
开口说话并且推开幕帘
悠悠看着窗外，倾听春天
在高空——有着欢快的白色的梦
吵闹的白嘴鸦正在空谈
太阳抗议了，哈哈大笑着
像弦一样，拉动着自己的光线
侧面的春天，在太阳暴晒处舒舒缓缓
四月的草原上风儿婉转
这是一枝细弱且寒冷的雪花莲
雪花莲醉了，它饮的水滴多语多言
正午烟雾中的雪花莲
不会那么快被温暖
它用春节的心灵信任春天——
我羡慕它，只是一点点

厌 倦 了

厌倦了——
……那幸福的臆想
厌倦了——
……太多虚假的力量
大地的头厌倦于
在细弱的脖子上
……自旋摇摆
天真的勿忘我厌倦于
用孩童般蓝色的眼睛
……审视这个世界
公鸡厌倦于打鸣
看家狗厌倦于从岗亭内向外嘶哑地吠叫
日落厌倦于
……心中火焰的燃烧
水滴厌倦于滴答
粗糙的石头
星星厌倦于
……眯着眼睛看着我们
双手厌倦于
用双手交谈
亲戚厌倦于
……招待我……
这一切都是因为你累了
疲于爱我……

黑色的铃兰花

为什么不与我和睦相处
你这温柔，脆弱的黑色铃兰花
为什么穿过
属于我的男人的世界
让我多么地着迷
决斗对于我来说很是危险
发条将要被松散……
那就开始吧
我总是一个人
你用手抚摸别人
黑色的铃兰花
黑色的铃兰花
五月的风在徘徊
明白世间的一切去来
只是我们的关系
它无法洞悉
风，清风
铃兰花对我来说最是珍惜
……为什么不与我和睦相处呢
黑色的铃兰花
黑色的铃兰花

巴　赫

如果外套破烂
外套下就不会有新的衬衫
但是高傲的笑容
冷却在噘起来的嘴唇中
是的，风琴师巴赫
他的铜板并不很多
但是这里谁更伟大
谁比驼背的巴赫更伟大
在空空的口袋里
只有丢失的音符叮当响着很积极
啊！这就是他，请来到这里
让他来这里吧
要知道，升到天顶
会将某人刺痛
为了，让你们所有人
都跪拜在他的面前，先生们
——这里的难道不是巴赫
他给贫穷的家庭
喂食乐曲
而不是维持生计的米粒
但是——庄严的弥撒
声音飘扬
多么飘扬
将哥特式的颂歌哼唱
在平静的天空下……
哦，病人约翰的心肠
发了狂
他成功地将音符群撒放
正如放飞鸟儿一样
白天与黑夜他都不会离开
自己的身体

在潮湿的冬季
像蜡烛一样熔化的是他的身体
……我在纪念碑旁边
静静地站着……
缓慢的暴风雪
被星辰的夜晚吹散了
几乎到了边缘
疲惫并且快乐的巴赫
补写着赋格

我闯入你的记忆……

我闯入你的记忆
闯入你的记忆
我，任性，不请自来
不招人喜欢，也不可爱
希望此后，跟平常一样
在沉默中落寞
并且带走
唇边的苦涩
令人沉醉的草地
是那么绿，那么温柔
我想要躺下
像个孩子一样睡熟
我还想体会虚幻黎明的爱抚
还想感受
你那张开的
泉水般的双眸
而那时候，大地
与我不再亲近
我现在
愣愣地说与你
请将，请将
天鹅之歌
赐予笨拙的我
天鹅……

冬季物语

夏天的编年史——转瞬即逝
由大自然重新编制
亮了起来
宽度
深度
高度都亮了起来
在汹涌的光亮中
……有一次
显现了心灵的神圣
对生计的渴望
重新出现在指尖旁
这意味着——我还珍惜
纯洁与爱意
在这冬季物语的世界里，我的快乐
开始痊愈
对于过去只记得美好的事情
对于未来，均可看清
第一场初雪之后
心口上是无瑕的白色
我希望，寒冷的清新空气
可以充满梦想与实际
为了不浪费温柔
为了能保持温柔
为了温柔的暴风雪那粗糙的手
可以触碰到心口
初雪是白色的欢乐
我的感觉被奉为准则
……到处都是鼓舞人心的冬季物语
幸福地映在心里
感受到白色的奇迹
就在心头萦绕，祈求着，它不要离去

艺 术 家

你，有点孤僻
蹲在角落里
陷入寒冷之门的黑暗
拿着吧，艺术家，黑色的煤炭
而且——
是白雪将它降诞
将圣母的脸庞描绘
那张脸未曾体会，痛苦的眼泪
这座房子温暖起来
而心灵——被寒冷唤醒
让蚊子飞到光明里
难道你没将它们注意……
艺术家重新
……充满了威力
同时懦弱也围绕着自己

无　题

道路，如同纽带
将田野围绕
夏天已经褪色
就好像你的夹克
在遥远的远方——
闪着泛黄的光芒
森林向我们散发着
苦杏仁的芳香
太阳——是暗淡的勋章
挂在天堂的衬衫上
时间消失于
干旱的蔚蓝里
树木的阴影
在你的袖子上枯萎
干枯的忧伤
多么地尖锐
我似乎要在
火堆的煤炭上熄灭了
被烟雾笼罩着
笼罩着……笼罩着……

晚　霞

我的晚霞……
在永恒的夜晚来临之前
燃烧着绯红的火焰
我悲伤的晚霞，你有什么要对我预言
不是我自己本来就知道的吧
听到九霄云外的召唤
心灵拼命地要飞上天
大地的悲伤，自己吞咽
田野的轮廓已暗淡
为了尽快与黄昏融合在一起
因为我记忆中的
词汇、事件、相遇与脸庞都在褪去
遗憾的是：这之后
我什么都无法修理
因而，心口在疼痛
记忆在流血，在哭泣
整个生活都徘徊于恶与善
都在挣扎着向前
我曾——我不曾生活在这大地上
对于过往的一切没有什么好清算
不改变，不消除
内心装的是慌乱与不安
爱照亮了我的道路
但是我的光亮又朝谁照去
过去的一切汇集在一天里
仅在一天里，命运汇聚在一起
光明悄悄地
变成了深深的暮色
即使我徒劳无功地活着
我的晚霞
请不要有任何褪色

柔 情

无边无际
烟波浩渺
白雪皑皑……
田野的叹息与我一样
而你知道，什么样的柔情
可以与我一样
在一个难得的时刻，打开了外壳
外壳飞走了
阴暗的角落
将柔情藏着
如火的柔情，好似夜晚
没用的拐杖飞走了
时间，在忧愁中褪色
眯缝的眼睛中流淌着
柔情
多么温暖，好似星星
由于笨拙的矜持
你隔绝了我的心
好像花楸树，用它的双唇
将柔情饮尽
无边无际
如同命运中
那些无法避免的风景
希望我那笨拙的柔情
可以在某个瞬间将你触碰

灰白色的早晨

与灰白色天空融合在一起的
是早晨，而天空
却没有边界……
在草原的某处
确切地说
在草原外
森林的某处
大鸟在痛哭
很突然，很痛苦
呜咽流淌着
与闪亮的光芒汇合
要知道金色的布
是使用离别的线编制的
我离开了，去了田野
去了河对岸，遥远之所
但是紧紧跟随着
蔓延着，流淌着
这八月的呜咽
如同
哀鸣的鸟儿
如同小孩在哭闹
预感秋天的到来
预感飞离的伤怀
树木沉寂了
穿着破旧的裙摆
树叶也开始掉落
失去了自己的包裹……
我被自己的感觉
深深地包围着
亲吻手掌
还有那白白的胳膊

我害怕
害怕在这个闪亮的正午
不是别人的
而是我们自己
荒谬的分离之鸟会哭泣

差五分十二点

无需追逐未来
只需向前迈
已经是差五分十二点了
转过第一个角度，深渊在后面

因为命运无法避免
哀求等于遗憾
瞬间——指针合在一起了
在这命运的表盘

但是在永恒的传统精神中
在神圣的忘我精神中
日复一日都应该奋力向前
生活不会向后推延

时间浪费得毫无价值
恶习是懒惰和闲散
要做的太多，能做的太少
要利用那些放纵的时间

爱情终于承认
心灵不会衰老，将来也不会
现在还是十二点差五分
很多事情都还来得及去认真

致我的读者

——致：季娜伊达·秋马科娃
为纪念2011年9月14日
杰兹卡兹甘历史—考古博物馆
美丽、神奇的相遇

也许，很少，但是你有
感谢给予的荣誉
假如我质朴的诗句
可以在您的心中长留
您——您是我灵魂的回归
对我来说最是珍贵
我借来了词语，向蓝天与大地
向二月飘雪的冬季
向金色的白桦树叶
在无草的雾水清晨里
当她的香水味
飘进夕阳里
向成熟的麦粒
柔和的光线，照亮了草原
向灌木丛中隐藏的春天
向勿忘我与矢车菊
即使是在沉闷的平日——也是天赐的美好的一天
猜想一下即将发生的事情
在困难中我与您一同前行
克服危险的艰难转折
您被剥削后我愤愤不平
您被那狡猾的官僚洗劫一空
但是每当您，超越了自我
任何小的进步也让我欢乐
您可以微笑着去取悦他人——
但是只有最珍贵的才能让内心愉悦

对我而言——您的每一个时刻
都是我
徘徊、压抑后的寄托
我们之间是虔诚的关系
毕竟在内心深处关于爱情的诗句里
我对您的感情
对您的诉说，对您的热衷
已经点燃多年
我从您那里已经将最好的一切得到
聆听到了善意的教导
如果我突然间任性起来
请原谅我，原谅我的痛苦
不是发生的那样，请相信内心的感悟
那只是我自己的错
我的心毫无保留地向你坦露
如果没有您——我便会盲目
我会无知，我会无法自处
您可以亲自承认我
感谢您，我的读者

阿克乌什塔甫·巴合特克列耶娃

（1944年出生）

1966年，阿克乌什塔甫·巴合特克列耶娃毕业于哈萨克斯坦女子师范学院语言文学系。1967年，出版了第一本诗集《生命线》。随后出版了《温柔》《我的喜悦》《想念你》《白翼》《幸福之歌》《沃尔加河》（选集）。受欢迎的作品有《白翼》《白披肩》《天狼星》。2001年，出版了《白色海鸥》选集；2004年出版《天鹅的忠诚》。她的作品以充盈的诗意、丰富的语言和形象著称。此外，她还曾创作过许多歌词。

她是哈萨克斯坦国家文学奖的获得者，是哈萨克斯坦文学史上功勋卓著的作家。

无 题

我总想与那些——
说话中肯笑容诚实的人
总是勇敢坚持真理的人
知晓相互尊重之真谛的人为友

我总想与那些——
从不奉承迎合恶棍的人
从不会因贫穷而自卑的人
从不会失去梦想的人成为朋友

我总想与那些——
眼里闪着晶莹光泽的人
常常令人感激涕零的人
让人坚信希望的人成为朋友

我总想与那些——
从来不因悲伤而沮丧的人
从来不轻信谣言的人
从来不追逐愚昧的人
相聚一堂，成为真挚的朋友

博 物 馆

陶瓷盆
谁曾经端起它用餐
那也是像我们这样曾经活过的人
那也是像我们这样热爱生活的人
也是一个珍视生活的人

镶银的腰带
不知哪位美人曾扎在腰间
令人神魂颠倒
她是否实现了自己的梦想
恋人的阿吾勒没有变成一道幻影

我们经过挖掘
只找到了百分之一的文物
世纪更迭，找到失主姓名不易
那些文物静静地躺在博物馆
主人曾经生活在久远的年代

锋利的刀剑曾经与顽敌搏斗
是否一直渴望迎来和平的那一天
镶银的马鞍属于叱咤风云的英雄
伟大的时代啊！你难道落在了他们身后

再论爱情

爱情啊！我再次启齿来谈论
请你再次成为我提笔的主题吧
生活中没有爱情也就没有幸福
也没有其他任何值得提起的话语

如果你知晓昨日生活的情形
就该明白那需要歌，喧闹和聚会
生活只有一次，绝不会重复
我们必须用满腔的爱去拥抱生活

真诚地爱，眼里会闪动异样的光泽
汹涌的潮流会开辟新的河道
如果想在大地找到幸福和尊严
首先就必须去爱所有的人

必须热爱黎明之时的灿烂阳光
必须热爱每一朵绽放的花朵
必须认真阅读古老的传说
知晓那些为爱情付出生命的女性

女人应该成为男人的伴侣，孩子的母亲
要知道没有女性的生活味同嚼蜡
那些只为算计成家，毫无激情而言的人
从来不会铭记那些脍炙人口的爱情传说

我之前曾经书写过纯真的爱情
今天我依然会挺身捍卫爱情
对那些不能热爱伴侣的人
我不相信他们会热爱自己的祖国

正　义

正义是我心中最尊贵的字眼
所有的人都趋之若鹜
正义处于崇高的山峰之巅
不是每一个人都能下定决心找到它

你曾经盯着许多人的嘴巴
企盼他们发出正义的声音
就像仰慕一位美女一般仰慕他们
但在大庭广众之中——
他们却显示出了一幅拍马溜须的嘴脸

没有正义，人间的道路坎坷不平
没有正义，寒冷会摧毁鲜艳的花朵
享有盛誉的男子汉遇到荡妇的那个夜晚
正义啊！你又去了哪里

正义啊！你没有斩断混账们罪恶的双手
正义啊！却缚住了一个天才少年的双手
正义呀，没有你的地方
穷人别说没有正堂可坐
甚至没有一块葬身之地

正义是珍贵的词语
是金子铸成的字眼
许多时候我们都辜负了你
最起码，请你与我们面对面相遇
让我们将你簇拥在中间

正义啊！你在历经劫难中，在胜利的时刻
是否与恶势力奋力拼搏，已经筋疲力尽
你可能遇得到我或者反之
但希望你永远永远留在苍茫大地

生 命 线

你是否遇到过
刮过原野的狂风
是否聆听着美人一般
动人魂魄的风声长大成人

咆哮怒吼的风暴
难道不会在你的脸颊留下创伤
你是否因为心怀着大爱
而忍受了所有的一切

即便怒吼的风暴带来摧毁
你也只打了个弯，却从不会低头
无数次来到了这里
你却从不说出心底的话语

当战胜了刺骨的寒冷
当灿烂的阳光普照大地
我对自己所具有的坚强
感到大为赞叹

致 父 亲

虽然我像一朵脆弱的花儿
但你将我培养，有了男孩的性格
父亲，我心里明白
你不想把我当成女孩来看待

我与你相随，形影不离
我是你的女儿，也是你的儿子
你让我从小就酷爱马鞭
还有烈性马驹

我从不会睡在母亲的怀抱
你不回家，我从来不会忙着用餐
在外边我总吊在你的脖子上
在家里，我总坐在你的膝边

当我递上饮料还加上一勺蜜
你的眼里会闪过一道火光
每当你从远方回到家中
我会扬起一路风尘跑去将你迎接

当你给爬犁架上马
我会手忙脚乱地收拾缰绳
你当着我的面总会说这么一句话——
明天我会为这孩子娶个媳妇

你有一杆双筒枪
但我从来没有碰过它
雪地上留着一行行脚印
但我从未跟着你去狩猎

我从不会将羊拐骨收进布袋
你的“儿子”就这样特别地长大
可有那么一天
我的后背垂下了两条辫子

女孩的命运完全是另一种模样
你别说女儿属于外姓人家
在你感到焦灼的那个时刻
我难道不是你梦想的那个孩子吗

原野上的燕子

在我还没有开始写诗的时候
你们就从我的胸前掠过
现在为什么变得如此稀少
我广袤原野上的燕子

你们曾经让群山沉浸在啼鸣声中
让这里像天堂一般美丽
你们现在又在哪里呀
扇动着美人柳叶眉一般的双翼
在天空自由飞翔的燕子

今天你们在哪里呀，我的燕子
我那从不给任何人带来伤害的燕子
你们是否已经迁徙去了——
能让后代安宁的地域

你们是否惧怕那些——
让你们的窝巢不得安宁的毒蛇
每当我从远方归来之时
能出来迎接我的人也已经稀少

你那小小的心脏
是怎么让我们感知了逼近的危险
你们为什么要离开——
让所有一切都歌唱的春之原野

那些成群飞翔的燕子
仿佛心怀善良的挚友
看来人类已经失去的仁爱
只留在你们的心底

在我还没有开始写诗的时候
你们就从我的胸前掠过
你们现在为什么变得如此稀少
我那广袤原野上的燕子

冬　夜

原野一片洁白
晶莹轻盈的雪花纷纷飘落
白色令人眼花缭乱
冬日的夜晚，宁静而美丽

洁白的夜晚覆盖着大地
还没有到天亮时分
我们从夜宴归来
心情轻松舒畅

房屋、树木、小路
都披上了洁白的被褥
轻盈柔美的雪花
从寂静的天空一片片落下

整整十二个月时时都期盼
这是大自然给予我们的馈赠
一朵朵洁白的雪花
落在你和我的肩头

因为依偎在你的身边
我一路走来心中燃起了火焰
我头上戴着白色绒毛围巾
飞雪落下显得更加纯净

你初吻我的那一天
可能是初春时分
因此我忘记了这个冬天
没有拍落雪花，便踏进屋门

你来不及听我说点什么
小心翼翼地拍着肩头
落在肩头的那些洁白雪花
掉落在地板之上

仿佛有一股火焰烧燎着我
我颤抖着跳了起来
身上穿着的白绸衣裙
慢慢滑落在地上……

说给母亲的心里话

母亲，我怀念你的声音
我多想回家一趟
想与你独坐角落
诉说心中的快乐还有忧伤

但你是否还有——
与我促膝长谈的气力
因为懂得体谅的人
可能越来越少

我让你随我一起生活
你说啥也不情愿
我说世上有许多铁石心肠的人
但你绝对不相信

有人通过爱情获利
却将自己的孩子送给别人
从我离开了你的家
我就领教了各种各样用心险恶的人

我的心灵永远歌唱着爱情
一路捡拾着幸福的花朵
我也看到了自己圆滑的朋友
出卖了心中唯一而又纯洁的梦想

有时我会怀着愤怒给你写信
写下心中的苦楚
然后又会将它撕成碎片
唯恐你看了担惊受怕

你常常出现在梦中
我还能看到外祖母清晰的面容
当我向她询问正义的近况
她总是说：别着急，我的女儿

海　鸥

你的情感是否被心灵俘虏
你为什么会来到这远离大海的原野
悲痛的泪水可能就在你的眼里闪动
海鸥啊！你是否也在热恋

你四处打量，就像寻找道路的旅人
你的心中是否涌满了苦水
你扇动着沉重的翅膀在飞翔
海鸥啊！你是否也在热恋

可怜的鸟儿，是谁给你留下了创伤
那个创伤是否永远留在你的心
是谁给了你远行的力量
海鸥啊！你是否也在热恋

你难道不是蓝色大海的骄子吗
自由带来的快乐是否永远留在你的心中
你从波浪滔天的大海来寻找什么
海鸥啊！你是否也在热恋

烈性马驹

亲爱的父亲，春天来了，冰雪融化
我们留下了一匹烈性马驹
它成为你曾经夸赞的种马之后
心想长大以后你会骑上去驰骋原野

你总是说要骑上马驹从山谷掠过
你还想去参加赛马，想去参加婚礼
我们以为大地变绿之后
你一定会给马背备上马鞍

骏马都是由主人调教出来的
这匹马驹却没有找到合适的快鞭手
有时它好像就在寻找你
黎明之前就会在马厩嘶鸣

它有千钧之力，极像自己的良种父辈
所有的长绳都被它扯断
有一天它毁掉了柳条栅栏
那里也曾经圈过许多骏马

不知是什么样的生活
让它如此发狂发飙
人们看到它奋蹄扬鬃一路飞奔
但这个渴望自由的可怜牲灵
最终又钻回了柳条栅栏之中

今天，它乖乖地从水桶里饮喝清水
谁能理解曾经的烈马内心的悲苦
我们也曾经性格刚烈，现在已变得老实
生活最终会让我们认识到它有多么强大

致敬！乌拉尔河

请告诉乌拉尔河，它娇宠的女儿归心似箭
她在洁白长裙的裙摆上写满诗句
如果她不跳进乌拉河畅游
就不会消解心头久久的思念

看到滔滔的河流，请告诉乌拉尔河
让它流动时轻轻地抚摸河岸
它从未用巨浪反击过——
来到这里生活的海鸥

一个人不怀念故乡何以忍受
请乌拉尔河不要这样责怪我
请告诉它，在度过许多春天以后
你遇到了已经被弄得浑浊的生活河流

请告诉它，即便如此，她也没有失去初心
在宴会上毫无畏惧地引吭高歌
她从不理会闲言碎语
总是乐呵呵地行走在大地

请告诉乌拉尔河，我的母亲河
她从没有与懦夫成为朋友
也从不阿谀奉承，从不随波逐流
就说她的女儿就像它那样
从不会离开河床
依然不忘初心，一直往前

有爱人在身边的时候

有爱人在身边的时候
感情会被无数的旋律摇曳
心情是那么地愉悦
甚至连遍地茵陈都会奇妙地歌唱

有爱人在身边的时候
对你来说，天空格外明亮
你会用爱慕的眼神
去打量每一棵刚刚吐蕾的杨柳

如果大雁不鸣叫落下
碧绿的湖面便毫无生机
没有爱人在身边，人生的花园便冷寂
甚至春天也会变得暗淡荒芜

致 祖 母

祖母，那边怎么样？天气暖和吗
是不是所有的人都成为了奴仆
那边的人是否有的狡猾，有的忠厚
有的奸诈，有的干脆就是窃贼

你是否碰到了那个爱喝茶的亲家母
还有那个说个没完没了的大叔
天堂门口站着的那个面目狰狞的守门人
是否会审问你生来就有的脾性

那边是否会有绿色的春天，鲜艳的花朵
是否还有许多罪孽未被宽恕的人
活着时最会投机行贿的那些滑头
是否还没有到达你们那边

我们这一边阿谀奉承的人依然作威作福
后代甚至不愿意赡养自己的母亲
我们的养老金不够买水喝
你们那边的水价格又如何

我知道你们那里水火两重天
不幸的灰马让你骑在了背上
那些懒惰的亡灵可能躺在那儿
是否奢望天使会给他们带来些什么

虽然人们将墓穴挖得很深很深
那边是否依然是混账得势好人颓废
这里的人们互相写诬告信
恨不得快快将同伴送进坟墓

祖母啊！我知道你不会坐在那样的聚会上
也不在意这样的琐碎小事
我有你这样一个大字不识的祖母
我又有什么办法……

铁木尔汗·迈德提别克

（1945年出生）

铁木尔汗·迈德提别克毕业于哈萨克斯坦阿拜国立师范学院，诗人、翻译家、散文家。曾出版《生命的叶子》《旅途开始前》《极远的地方》《鸽羽》《荣誉》《空中的波浪》《想要诉说的秘密》等诗歌集。此外，还曾出版《我的阿拜》《谁是伟大传统的继承者》等谈论传统文化的散文集。他的诗歌被翻译成中国、吉尔吉斯斯坦、乌兹别克斯坦、乌克兰、俄罗斯等国的语言。

曾将普希金、莱蒙托夫和聂鲁达等人的诗歌和纳博科夫等作家的几部小说翻译成哈萨克语。

诗人通过在古代的诗歌格式中加入新的内容，推动了诗歌形态的创新。他的写作风格豪迈、乐观，得到了公众的好评。

1983年，诗歌集《鸽羽》获得哈萨克斯坦作家协会文学奖。

因《命运之歌》诗歌集，被授予哈萨克斯坦共和国国家奖。

赞美之歌

他大摇大摆地踱着步子
令大地恸哭
他趾高气扬地踱着步子
令黑硬的石头变得柔软

由于驿队的重负
山梁被压弯了腰
马匹留下来饮水时
浩荡的湖泊竟然已经干涸

小皮囊捣动起来“嗵、嗵”直响
大皮囊鼓鼓囊囊变得肥壮
我的饭碗结结实实像橡木
苦难磨砺意志，无比坚强
头顶上是水獭皮
额头上有吉星在闪烁
我的山鹰具有千钧之力
撞死了一匹凶狼
我的弓箭具有千钧之力
射穿了六座山梁

我像和稀泥一样
去揉动那块黑石头
我将敌人的土地
像拽扯羊皮那样拽扯

我说起话来
每句话都会变成利剑
啐一口就是金子
再碎一口就是银子
逝去的岁月啊

力量之歌

在很久很久以前
在崎岖不平的山间
大山之中的石头
变成冰雹落下
在狠命的捶打中
我截断了——
若铁链一般锁住
若桎梏一般罩住的死结

当我长叹一声
天空会轰轰作响
当我抖动之时
原野会天摇地动

在我声嘶力竭
高声呐喊之时
天上的云朵也会掉在地面
在我放开歌喉去歌唱之时
天上所有的鸟儿都会飞落地面

面对低头的人，我也低头
面对高傲的人，我也高傲
我将无恶不作之人的树木
像烧柴火那样烧得一精二光
我将无法无天之人的湖泊
像掀掉木盆一样，掀翻了朝天

我紧紧一捏
能让干枯的木头冒出雾气
我紧紧一拧
能从黑石头里拧出水来

我会将战战兢兢迎上前来的人
像柱子一样钉进地底

我大摇大摆地行走
我趾高气扬地行走

惧　怕

祖国的边疆正燃烧着一场大火
我的内心深处注满了苦水

时代动荡，下起一场大雪
那不是雪，那是鲜血

危险的话语就像战争一般
轰炸着我脆弱的心灵
我的梦想，我的愿望
无法消解厚厚的积雪
深陷其中

仿佛在我的河水
投放了毒汁
仿佛魔鬼舞蹁跹
叫嚣着让我的祖国——
动荡不安

还有一些家伙
正贪得无厌地窜动
还有一些家伙
正阿谀奉承地穿梭

我的灯盏，还有灯光
仿佛正在熄灭
我的牲灵
仿佛抛弃了故乡
仓皇逃离

心中燃起的火焰
正在烧燎前方的路

泪水在脸上纵横
簌簌地落下

我惧怕——
我的麦捆
会干枯
我的大山
会轰然倒塌

慈　爱

对口干舌燥前来的人
你是滋润心田的泉水
对身处黑夜的人
你是他们心中燃起的希望灯盏
你是天底下
你是大地上的一座天堂

你是我们的依靠
你是我们的母亲
你怜悯孤寡女人
将她搂在胸前
你给我的生命
注入晶莹的乳汁
你怜悯孤儿
亲吻他的额头
给他带来一片光明

当你的光芒洒下
大地会开冻
寒冰会融化
这个世界
会像一个稚嫩的婴儿
贴在母亲胸前吮吸乳汁

你是所有血管中
最有力的动脉
你是永恒的
你是用仁慈
浇筑的一束光芒

用子弹扫射
无法消灭它的光芒
光芒不会穿孔
挥动刀剑也无法斩断光芒
光芒不会被斩断

英雄死去时，妻子所唱的挽歌

我右侧的月亮
陨落了
我左侧的太阳
已漆黑一团
我头上的吉星
已经熄灭
我的雄狮倒下了
我的雪豹死去了
我的英雄啊
你因什么而死去

你曾经抓住空中飞来的利箭
放在膝盖上，一折两段
英雄气概今何在
你曾经像抓小鸡一样
扼住敌人的喉咙使他窒息而死
英雄气概今何在

你曾经抓住狮子的尾巴
高高甩过头顶
再狠狠地扔出去
你曾经穿越熊熊的大火
拼命奔跑
任凭火烧火燎
你是否烧成了灰烬

你躺下去就像一座山丘
你站起来就像一棵橡树
你是湖面上
巨浪无法逾越的桅杆
我的英雄啊！你因什么而死去

你的人民痛哭流涕
他们双眼流下的泪水
已经汇成一场暴雨

将你拴在参天大树上
你能拔起大树
背起来飞离
你的气概今何在
你曾经像折断木头一样
折断铁丝网
又像砍断树枝那样将它砍成一截截
英雄的气概今何在

我的英雄啊
你因什么而死去

你的智慧
就像盛满了钻石翡翠的——
一个大箱子
你大吼一声
仿佛帝王
横扫一切的旨令

黑色的云朵
移向阿勒泰山峦
你用钻天杨制作的天穹
今天披上了丧幡

我的英雄啊
你因什么而死去

我将你金色宝藏赐予的滋养
注入我银色的胸襟
我用雄狮的心灵

磨砺我的意志
我生育了十个孩子
我获得了财富
我曾经沉浸在幸福之中

我明天
将送这十个孩子
上战场去杀敌
我要为你复仇
他们将在战场为国捐躯

暴 雨

春天啊
暴雨倾盆而下
仿佛将满天的乌云
汇集到了这一带
头顶灌下瓢泼大雨

仿佛天空已经被捅破
仿佛酸奶皮囊的口
突然被扯开
又被使劲倒腾

暴雨
仿佛一场洪水
它甚至向群山张开了大嘴
滚滚的雨水
仿佛一峰卧倒的骆驼
让一个个山坡
竭力吼叫着
被无情宰杀

那一棵白桦树
浑身上下雨水成珠
顺流而下
暴雨也像一位——
等待孩子的母亲
眺望着大路尽头

突发灵感的诗人

瞧这位诗人
像临风的大火
熊熊燃烧着
忧国忧民
用心高声呐喊
他为故乡而思虑
而痛心疾首

他的眼睛像炭火
他的诗句像火焰燃烧
这是什么样的灵感
仿佛压顶而来的乌云
仿佛轰然而至的洪水
仿佛摧枯拉朽的狂风

他就像一个——
经受了折磨与苦难
磨砺着尊严
巍然而立的伟人

巨浪滔天的大海

仿佛要让天上的太阳和月亮
陨落大地
仿佛要让大地
即刻迁离
大海掀起巨浪
周围无法呼吸，已经窒息
一片嘈杂声传来

一个浪头拍着一个浪头
一个浪头压下了另一个浪头
带着彻骨的寒冷
巨浪怒吼直上青天
又发出巨响回落
然后又怒吼着
抬起头颅
千百次舒展
千百次曲卷
千百次掀起巨浪
像巨龙一样吼叫着
海面上
就像世界末日来临一般
处处哀鸿

怒气冲天的巨浪
像托起木盆一样
举起了海面上的轮船
扔向了海底深处
钢铁的船身
看来不如一根细线
巨浪掀起，它被劈做两半

带着铁锁链
拴在船帮的划艇
像凶恶的野兽一样
暴跳着
像玩羊拐骨一样
一个被巨浪扔到那边
一个被巨浪扔到这边

所有的轮船相互碰撞着
仿佛要挣断铁锚一般
拼命挣扎
像遭到魔鬼捶打一般
竭力搏斗

大海像公牛一般怒吼
大海像公驼一般狂叫
地动山摇
红彤彤的雷电从天空划过
沉到了碧蓝色的海底
巨人一般的巨浪
甚至没把它们当做一根树枝
一口吞下

巨浪吼叫着
膨胀着掀起来
天际的乌云
像毡房的围毡一样被卷起来
像毡片一样被抖起来
巨浪用胸膛
撞击着岩石
像砸核桃一般
把岩石砸得稀巴烂
大海咆哮着，挣扎着

美 人

多么神奇呀
蓦然回首
便令你心醉
更令你像火一样燃起来
美还带来了温柔的心酸

这是什么样的魔力
不用诅咒，不用抓狂
仿佛就会夺去生命
仿佛源自于月亮的光泽
仿佛诗人的诗歌
仿佛花儿的艳丽
仿佛大海的深渊

你会神魂颠倒
你会思绪翩跹
仿佛身临其境
当美人回眸
扇动眉目时
你仿佛就要昏倒在地

如果她需要你
你就会跳过悬崖
如果她不需要你
你也会像清风那样
浪迹天涯

你会忘记这个世界
奋不顾身地去爱
你会热恋她——

像风吹过的鲜红炭火
一般红彤彤的嘴唇

多么神奇
多么痛苦

如果美的气浪喷到你身上
你会像镀了金一样
如果她的笑声感染了你
你就像镀了银一样

她就像白天鹅一样梳妆
她就像嫩枝那样摇曳
她就像鹰羽那样轻柔
她说起话来就像百灵鸟
尽情歌唱的嗓子在颤动

啊！多么神奇
啊！多么痛苦难耐

迷失自己

有一次
我没有说出——
没有说出该说的真理
从而迷失了自己
从此以后
我就像冰块一样
无比冷漠，无比沉重
我背负着孽债
我迷失了自己

就那么一次
我的内心世界
就变得千疮百孔
无比脆弱
千万思绪
禁锢着我的理智
千万种声音
在我的耳边回荡

一种沉重
把我碾成了泥
头顶上
飘来了幽绿色的阴云
闲言碎语
都在嘲笑我
他们拍着大腿
兴高采烈
我的生命从此枯竭了

我的双眼昏花
看不清四面八方

我无法昂起头
我无法挺起胸

与其这样
不如死了更好
就这样
直到今天
我还在忍受着
那一句没有说出的话
带来的痛苦
还有无情的折磨

体温三十六度

不管是孩童，还是智者
抑或是王座上威严的君王
不管是可怜虫、懦夫还是勇士
不管是诗句让人心房震颤的诗人
还是迷失在荒漠的旅者
不管是永攀高峰的登山者
还是在西北海域游泳的水手
所有人的体温都是三十六度
即使寒风呼啸，暴雪肆虐
即使热浪吞噬一切生灵
即使北方成为了炽热地带
人的体温亘古不变
水不会在三十六度沸腾
水库不会在三十六度蒸干
钢铁不会在三十六度熔化
纸张也不会在三十六度燃烧
那么为什么世界曾千百次哀悼
欢呼，觊觎未知的新鲜感
忍受挫折，习惯平凡
寻找真理，疲于猜忌
人生路漫漫
在三十六度中
煎熬辗转

拍照留念

事情不要拖到明天
命运不要用来调侃
今天就去大森林
满怀激情地登上高山
在美丽的大自然中和你一起拍照留念
白桦母亲、白杨哥哥、松树妹妹
与我们欢乐同行
仿佛我不是来这里做客
而是终于回到了家乡
白桦树、白杨树、松树
幸福的轻语婆娑
争先恐后地给我祝福
我和它站在一块儿
在镜头前
是些多么幸福的人儿
热情的相拥，脸贴着脸
枝丫就像小手儿轻轻地搭上我的肩膀
仿佛我们成为了同类
恍然苏醒
给自己重新插上翅膀
我去往大草原，同如茵的绿草相约
轻抚受惊土拨鼠的额头
拍照留念
和你们一起合影
万一明天
我找不到你们
那就同山泉中跃起的鲤鱼合影
让我们一起合影
趁岁月静好
趁那一天还没有来临
为了寻找散落在这里的玉石的碎片

工程师用混凝土将小溪填满
去河边看鱼儿产卵
我亲爱的树木正惨遭砍伐
白桦树、白杨树、松树
在金黄的阳光中
可能我无法从遥远的旅途中
回来再次和你们相约
事情不要拖到明天
命运不要用来调侃
今天就去大森林
满怀激情地登上高山
在美丽的大自然中和你一起拍照留念

我的心儿去哪了

我心不在焉，魂不守舍
心脏仿佛不在心房一样
我心不在焉，魂不守舍
茫然前行
痛苦和邪念让我丧失理智
当我绝望，诅咒一切时
友情之手伸向了我
友谊拯救了我
我的心儿和朋友们在一起
吟诗之声传来
我的心儿
仿佛弓上之弦
狂热地震颤着
准备谱写新的诗篇
义无反顾地前行
在残酷的作战中
在严苛的斗争中
为了正义
而战斗
我的心儿
充满激昂
怦然跳动
因一抹柔情逐渐平缓
仿佛悟出了真理
又得而复失
可能真理
也不过是碌碌无为的忙乱罢了
聪明人把真理放在手心
有时无奈地将它丢弃
我不知道
不要在今天问我

真理可能在
在一片漆黑的地方
如果没有在喜悦与痛苦中辗转反侧
如果真理没有
与我的朋友们一起
如果心不在
如果生命中只有
精致的利己
那么拍一拍胸脯吧
剩下的只有厌恶
意味着只剩冷漠

雀穆什拜·萨勒耶夫

（1946 年出生）

1946 年，雀穆什拜·萨勒耶夫出生于哈萨克斯坦克孜勒奥尔达州。1971 年，毕业于哈萨克斯坦国立大学（又名哈萨克斯坦阿里－法拉比国立大学）新闻系。

1970—1974 年，雀穆什拜·萨勒耶夫在哈萨克斯坦政治出版社担任编辑。1974—1991 年，在《星星》杂志社任职。

他的作品有《美好的童年》《诗人》《早安！春天》《海风》《命运》《现实与梦》《双翼》等诗歌集、散文、翻译作品和儿童读物、歌词及历史小说。

从 1991 年起，他在哈萨克斯坦共和国社会科学院以 M.O. 艾维佐夫命名的文学艺术学院担任高级研究员。1993 年，获得语言文学博士学位。此后曾在多家报刊、媒体和高校就职。

他的诗歌艺术成就较高，创作的诗歌作品曾被翻译成俄罗斯、乌克兰、乌兹别克斯坦、吉尔吉斯斯坦、塔吉克斯坦、罗马尼亚等国家和地区的语言。

雀穆什拜·萨勒耶夫是哈萨克斯坦功勋作家，是哈萨克斯坦国家金奖的获得者，是多项文学奖项的获得者。曾获得哈萨克斯坦国家“塔尔兰”奖等多项荣誉。

有一个国家

他们说起话来甜美无比
他们的生活也像蜜一般
在世界地图册上
有一个还未标注的国家

有一个天地已被认可
这样的事情很少见，很少见
甚至连当年的哥伦布
一不小心，也与他们擦肩而过

他们从生活中找到了真谛
人人生活得非常幸福
因为幸福，他们还没深切感知祖国
因为幸福，他们还没深切感知时间

有一个国家就像一个传奇
他们的声音传遍五湖四海
他们的今天很幸福
但他们的明天是未知数

我们看着他们获取了滋养
他们的心灵有时也体悟悲愁
他们有一条伟大的法律——诚实
整个国家都是用真诚打造

我给一生的挚友，我的钻石——
诗歌之骏背上马鞍

我想挺身捍卫幸福
捍卫这个国家的安宁

让我们把这个国家当成祖国
全体人民一起保卫她的疆域
我会将这个国家当成自己的祖国
拿起武器终生来捍卫她

他们说起话来甜美无比
他们的生活也像蜜一般
在世界地图册上
有一个还未标注的国家

童年的朋友们

童年啊！你永远铭刻在我的脑海
依然记得五彩缤纷的搬迁驿队
我远离了亲密的朋友们，掉队了
前方的道路阴云密布

一生中只有童年时代最幸福
就像骏马，像波浪滔天的大海
就像星星，让我们忘记了时间
还记得吗？童年的朋友，你还记得我吗

游牧的生活赐予我们许多
正午，炎热的阳光，还有美丽的夜晚
我思念你们呀，依然恋恋不舍
可是在生活中，谁来了？谁又去了

我的朋友和伙伴早已远去
他们忠诚可爱，心灵纯洁
他们都是兄弟，相互非常熟悉
整个世界的空间好像只有夏牧场

我们在生活的风浪中飘摇
生活就是驿队，要去的地方很明确
我们每一个人都成家立业，与他人相处
从此我们各自有了忧愁，有了幸福

这种天真幼稚给了我许多福祉
那个时候，我们有太多太多的时间
在他们的笑声中，整个世界都很诚实
没有比童年更幸福的年代

作为孩子，醒悟也是一种梦想
我的一生都在回忆中度过
我最初的朋友
我的初恋
已经让我幸福，并享用了一生

那双因为思念而盈泪的眼睛没有了
童年也不会再回返
已经没有当年围着火堆闲聊的时光
所有的河水也不再像蜜汁一般

童年时代已经被遗忘，印记也被抹去
我赞美那个寻找朋友的孩子
对我们来说，已关上的门不会再打开
忘记这句话，不知已有多少年

家

家与你的心灵紧密相连，相辅相成
明晓事理的人能感悟自己的心灵
除此之外，世界上找不到那样的温暖
毕其一生中也难以找到

我们从童年开始来到人间
你会在未来寻找像你这样温暖的窝
所谓的家就是我们普通的锅灶
祖国也是从这个锅灶开始形成

我的家给了我伟大的信念
我从家迈开了人生的第一步
人降临世间之时，
最先来到的是家，而不是野外

你的家就是你的信念，你的支柱
你的心灵，你的生命在这里获得温暖
你的生命从家开始，面向世界
你的人生之旅从家开始，面向伟大的信念

我心中有许多梦想，许多忧虑
我要从家里走出来，去开辟道路
开辟道路，还要平安无恙
如果能回返，我一定回到家中

我结婚，我成家，满心欢喜
我出门去寻找持久的幸福
即便我告别生命踏上不归之途
我也会从自己的家中出发

我所有的倚靠都融进了这个家
我的幸福，我的欢乐，我的愁苦
我这个普普通通的家呀
最初是我的窝，随后变成了我的祖国

一 块 馕

伟大的人类
创造了一切
发明了一切
宇宙飞船畅游太空
揭示了无数个奥秘
但人类最伟大之处——
在于获得了一块馕

时间就是那样——
我们一直这么说着走过来
未来的后代
我们会将馕传给他们
战争！武器
统统都是倒行逆施
和平的世界
应该为有馕而感到庆幸
夸夸其谈
富裕丰足都没有用
生活的真谛只是一块馕而已

人类每天都想创造奇迹
这一步会让他们遭遇什么
他们甚至想推翻
人类唯一的栖息地——地球
而馕——
才是生活的灯盏
而馕——
才是伟大生命的欢歌

馕能延续人的生命
有馕的时候欢歌多，梦想也多

遥想宇宙、机器人、激光
只有馕的芳香和味道能征服一切
伟大的人类
从找到馕的那一刻起
仿佛就摆脱了饥饿与罪孽

伟大人类给理性与智慧插上了双翼
当人类闻到馕之香味的时候
整个世界仿佛变得光明一片
人类获得了无数次敬意
当一片片馕在一双双手中传递
每一个家庭，每一个灶头就充满了温暖

人类只能倚靠大地
还有馕
馕就像黎明一样
是整个世界最伟大的创造与发明
每一片馕都是人类的伟大功绩

歌

面对起起伏伏，连绵不断的沙丘
面对千山叠峰，奇峰耸起的群山
不管有多少苦难，多少悲愁
我的原野仍然一路高亢深情歌唱
我的先辈酷爱歌唱，怀着纯真的心灵

面对清澈的泉水淙淙流淌
面对茂密的芦苇窸窸窣窣
不管有多少苦难，多少悲愁
我的原野仍然一路高亢深情歌唱

面对清澈湛蓝的湖泊，一望无际
面对萧瑟荒凉的戈壁，无边无际
不管有多少苦难，多少悲愁
我的原野仍然一路高亢放声歌唱

面对森林密布郁郁葱葱的故乡
面对历尽艰难艰辛备至的祖国
不管有多少苦难，多少悲愁
我的原野仍然一路欢歌飘扬四方

先辈们砰砰跳动的心脏永远不停
整个世界都聆听舒缓美妙的旋律
如果这个世界没有音乐，都不去歌唱
哪里会有我们今天如此辽阔无垠的疆域

渔 民

母亲，他的劫难也来自于大海吗
大海的波涛是否与他是孪生
当大海吞掉祖父之时，我可怜的父亲
为什么没有对狂暴的大海绝望——
孩子如此悲痛地说到
他在茫茫大海久久寻找父亲的尸骨

撒开大网，不为打雨
只为哭着寻找父亲
虽然大网捕到许多鲤鱼
但他没有像马驹那样
兴奋地嘶鸣，一跃而起

心中再次涌满了悲伤
心中的悲伤掀起巨浪
在大海的岩壁上
又有了一个墓地
但尸骨并没有葬在那里

海浪像那座墓地一样
掀起千层浪
怒吼咆哮
渔民的孩子坐在地平线
产生一个忧伤的念头

在狂涛恶浪的眼里
童年是蜜一般的时代
像幸福的集市
可在孩子的眼里
这不是波浪滔天的大海

他面前浮现的是——
吼叫着袭来的劫难

这一切，在他眼里
不是生命
而是死亡
他斩钉截铁地说——
我要离开大海
不再犹豫
可曾几何时
他是母亲一般的大海怀抱里
娇宠任性的一片浪花

大海熟悉的习性令人思虑
孩子苦思冥想
然后疲惫不堪
第二天，他在海面上摇动着橹浆
渔民的儿子又坐在了船上

他诉说悲痛
也诉说快乐
海浪淹没了他的船帮
他与大海一起生活
劫难也是无法战胜的祖业

遥远的航程

大海
暴风
母亲开始阵痛
……
“在远航的轮船上
赐予了我第一个孩子
那就是你，孩子，你就那样来到了人间”

有一次，父亲这样说出心里话
这些话久久地留在心间
他用咸咸的海水盖上我的襁褓
我的大海偷走了我的脐带血

心中的疑问像繁星一样众多
犹如航标灯一样无法追及
我恰似一个旅人
在大海上寻找答案

我的希望不是捕鱼
也不是捕猎海鸥
我与大海的波浪一起成长
直到今天我依然觉得——
自己还站在行驶的轮船甲板上

惊涛骇浪令人心惊胆战
惊涛骇浪就是一种巨大的考验
我的航程也非常遥远
犹如起航远行的轮渡

梦 想

梦想就像大地母亲无法装在胸间
你对我，就像无边无际的原野
我因此而心潮澎湃
梦想是一座雄伟的山峰
我不攀登还有谁去攀登
母语像洁白的乳汁能表达一切

我坚韧不拔
努力去攀登雄伟的山峰
我会超越彩云与乌云
让敌人去哭吧，朋友则欢笑
关于我，请你去问未来
谁能保证我不会超越彩云

未来的日子
会成为我的幸福，宽裕美好
我的双眼，我的心灵
为了不让阴影赶在身前
我始终面向太阳行走

潮　流

我带着梦想在祖国大地游走
心系祖国，为祖国苦思冥想
自古有多少圣贤智者仙逝
世界呀，请赐予我们高歌的良机
不知有多少诗人已经从人间逝去
不知有多少人为他们喝彩，大加赞赏
谜一般的世界，请睁开眼！我是潮流
我将冲着潮流逆向而动

从此，我将流向山间
而不是从山间流下
鲜红的血液啊！像火一样燃烧吧
鲜红的生命啊！像火一样燃烧吧
如果世界像一个美人，那么，亲爱的
我将成为你的同伴，引起你的注目

我是逆着潮流而动的一股潮流
世界啊！如果你没有活力
我就是你的活力
遥远的日子挥手召唤着我
深情地从地平线将我凝视

尊严与廉耻

不管是近，还是远
朋友啊！哪一个民族都一样——
男子汉象征着民族的廉耻
而民族的尊严在于女性

不要郁闷沮丧
为了尊严要敢于牺牲生命
要维护崇高的尊严
千万别眨眼！我的廉耻

你任何时候都不会宽恕——
落在廉耻上的烙印
你任何时候都不会抹掉——
留在尊严中的烙印

不管是近，还是远
朋友啊！哪一个民族都一样——
男子汉象征着民族的廉耻
而民族的尊严在于女性

庄严的建议

红皮书，红皮书，红皮书书单——
年年都在增多，这多有趣

白天鹅少了，雄鹰少了
白羚羊、娇宠敏捷的麋鹿也少了
许多花儿已经不复存在
没有了根基，怎么可能生长发芽
它们是消失了？还是逝去了
还有离离原上草
为了家乡的绿草，还有杨柳
为了原野的鲜花、飞禽和野兽
为了大地上的一切生灵
我要用诗人的心灵
提出庄严的建议——
恳请祖国，恳请人民呵护它们

在生活中，首先需要人们——
以谦虚、纯洁、诚实的性格
以虔诚、礼貌、忍隐的操守
自觉地低下高傲的头颅
以善良以仁慈朴素的爱去热爱大自然
那种热爱敬畏大地的情形已经逐渐消失
我以大地的名义，我以日月的名义
恳请将这一切列入红皮书之中

红皮书，红皮书，红皮书的书单
年年在增多，这多有趣

原野上的骏马

原野上的骏马成群飞奔
仿佛天上的陨石纷纷坠落
飞奔的野马紧贴着大地
整个大地瞬间变得滚圆

放开缰绳随风一起奔驰
双胯仿佛黏在了马鞍之上
大地在骑手心中迁移
也在骏马的四蹄下转动

随着骏马放蹄飞奔的节奏
正在打盹儿尊严会猛然醒悟
广袤的世界被落在了后边儿
梦想的骏马正在争雄夺冠

人们喜欢马蹄飞奔的清脆响声
人们欣赏骏马飞奔的俊美身姿
骏马腹底掀起阵阵暴风
骏马腹底刮过阵阵狂飙

看啊！骏马风暴一般狂奔
仿佛展开双翼飞了起来
在生活中，骏马面向未来
正在广袤原野挥蹄飞奔

地平线难以追及

让我畅游自己的祖国
为我开道吧，让我长寿
身边是地平线
身边是圆形的大地
戈壁荒漠闪动着幻影
山脚下已被绿色掩映
地平线难以追及——
犹如狂奔的骏马一般的生活
仿佛已经接近了一步
仿佛扇动的双翼已经疲惫
地平线难以追及
犹如难以追及的梦想
它被踩在他人的脚下
仿佛在险峻的山峰
地平线难以追及
仿佛遥远天际的星辰
即便你用脚去踩踏
即便你甩开大步去追赶
地平线依然难以追及
你靠近了它，它又远离你
即便你像雷电一样去劈
即便你骑上飞快的骏马
地平线依然难以追及
不论你面向哪个方向
不论我们如何去追赶
地平线依然难以追及
难以追及难道是好名声吗
人们推移着地平线

追及自己的梦想
不论早到，还是迟来
你站的那个地方就是地平线
它不会因为他人而让你追及

爱情定律

我听说了，亲爱的，你也听说了
我们都知道爱情没有定理
就像天上滑落的陨石一样
激情的时代——爱情——梦幻岁月

不假思索的爱情
盲目的爱情
许多年轻人都没有理解
他们无法在现实中相遇
爱情就像梦中的鲜花一般
那种让生命不得安宁的爱情
就像神圣的地球引力
有人能战胜这种引力，也有人败下阵来
也有坚信这种力量的人
如果年轻人失去爱情引力
会成什么样
如果分手，他们会不会迷失一生的方向
迷失所有幸福之顶峰——梦想
如果在奋争中丢失了爱情
就像外太空失去了重力
失去重力，你无法开怀大笑
失去重力，生命就会失去魅力
失去重力，你无法立足于大地
犯了错，你能理解吗
犯了错，那也是因了自己
爱情的引力是神圣的
比地球引力还要神圣

兄弟呀，我要告诉你一个巨大的秘密——
在爱情的天空，你恰似一股潮流
你要坚信爱情的存在
要崇拜这种力量，兄弟，虔诚地崇拜

飞驰吧，时间

飞驰吧，神骏一般的时间，面向明天
难道幻想会讲述系谱
请带我到达明天降临的幸福
我已经抓住了你的鬃发
飞驰吧，神骏一般的时间，面向明天
飞驰吧，神骏一般的时间，面向未来

童年时代，我的梦想非常崇高
我们能否像孩子一样去看待生活
请带着我飞抵梦想的山峰
飞驰吧，神骏一般的时间，面向未来

飞驰吧，神骏一般的时间，面向未来
我要向生活索取，当然也会给予
我永远亏欠着人民
我将诗歌托付给你，你要转达
飞驰吧，神骏一般的时间，面向未来

库莱西·阿合买托瓦

（1946 年出生）

库莱西·阿合买托瓦 1973 年毕业于哈萨克斯坦国立大学新闻系。她是诗人、记者、翻译家。

1975 年，出版第一本诗集《白花》。之后，陆陆续续出版了《你是我的幸福》《柔情》《泉水中的星星》《绿色之岸》等优秀的诗集，使她成为哈萨克诗坛的杰出作家之一。她的诗歌主题集中在现代人的情绪、灵魂的思考、女性的命运等方面。1987—2005 年，出版了《骏马奔腾的原野》《你在我身边》《迎着晨光醒来》等诗集。她的诗被翻译为俄罗斯、乌克兰、白俄罗斯、乌兹别克斯坦、吉尔吉斯斯坦、巴什基尔等国家和地区的语言。部分作品被列入哈萨克斯坦学校的教科书中。此外，她还曾将孟加拉诗人、俄罗斯诗人、立陶宛诗人的作品翻译成哈萨克语。

1978 年，因诗集《你是我的幸福》而被授予共青团列宁勋章。因诗歌《未来》获得西蒙诺夫国际文学奖。她在为庆祝哈萨克斯坦独立十周年及阿斯塔纳市成立十周年的国家级诗歌比赛中获奖。2006 年，获得哈萨克斯坦共和国国家奖。

我的哈萨克斯坦

亲爱的祖国，我的哈萨克斯坦
你是我的欢歌，我的梦想
我的挚爱，我金色的摇篮，茂密的森林
我已经拥有你这无限广袤的原野
再说缺少什么，就是大错特错
高傲的原野，我的哈萨克斯坦

只要有你，我就是最灵巧的工匠
我熟知无数河流美妙的旋律
你的光荣挂在雄鹰的双翼之上
诗歌是你永不枯竭又清纯的版本
我欢歌处处的哈萨克斯坦

你是我曙光高照的原野
我的发明家，你会冲破雄关漫道
你是古老先祖的瞳仁
你也会成为孩子们的坚固堡垒
生命的原野，我的哈萨克斯坦

遍地鲜花的原野
可以编织出最美的诗歌
到了沙枣花、樱桃花盛开时，你更妩媚
我渴望在这个美丽的国家
感悟你的伟大，自由豪迈地去生活
广袤的原野，我的哈萨克斯坦

福 祉

大自然比我们更有追求，更永恒，黎明更绚烂
对大自然的馈赠，我们感到赏心悦目
接受形成历史，迎接带来幸福
你好吗？无比奇妙的世纪之晨

我们迈上连接历史的道路，欣喜万分
面貌是美好的，愿你获得更多的辉煌
愿你成为鲸鱼和大象，还有海豚
甚至任何生灵都不受伤害的一个时代

大地故乡没因人们无法无天而憔悴
大地也少有没有错误和缺憾的人
任意践踏环境的人类之后代
明天能否从大自然找到果腹的食物

恐吓飞禽，人们是否获得更多福祉
骚扰野兽，人们显得更加肆无忌惮
仁慈的时代，愿你将毁灭的世界——
重新带回人间，获得新生

人类的标准显得很崇高，比喻也很夸张
甚至大言不惭地说亲家关系会延续千年
智慧的人民一定会思索文明
祝你平安，万众一心，令敌人胆战心惊

我用理性的目光从时代的根脉感悟奥秘
人类所创造的习性坚不可摧
后代呀，你的福祉和力量
就在趋于完美的教育，以及美好的历史

发 结

你走了以后，响起的是另一种旋律
岁月飞快流逝，秀发落满尘埃
许多人都听过我唱的歌曲
母亲啊！唯独你一个人没有聆听

这是你给我编织的发结，还没旧
而我永远审视着不朽的诗句
我像驼羔一样悲鸣的情感
总在问为什么不能像保存物品那样保留一个人

我编织思绪，编织出来的是诗句
我会奉献，即便自己什么也不懂
在时间留下裂痕的旧箱子里
留有一个发结，还有最后一朵花没织完

星星闪烁着，散发光亮
山里姑娘拥有鲜艳的花朵
我频频打量着这个没编织完的发结
这里有我们最后的敬意

发结犹在，但编织发结的人已经逝去
命运是无情的，人们又有什么错
这个留有你手指余香的发结
仿佛因为思念，而有些发黄

露水落在睫毛上，令人不安
亲爱的弟弟甚至没有吮吸母乳
仿佛为此感到难为情
发结曲卷成一团躺在那里

我拿起发结来擦拭双眼
悲伤陡然增多，泪眼蒙眬
为了这个发结，不知你采集了多少鲜花
让人感到遗憾的是，母亲啊
你的寿命甚至不及一个发结

我不想让这首关于发结的诗歌太长
打住吧，尽管种种思绪翩跹
生活就是这样，有些人即便离去
也会在身后留下一座不朽的丰碑

无 题

我的小驼羔们
我的小可爱们
你们来闻闻我的前胸
让我失眠吧
在我因大人们而气恼的时候
看到你们，心中会涌起一首欢歌
我的小鸟们
我的幸福
我的乐趣
我的尊严因为有了你们而更崇高
你们高兴起来吧
让我累倒吧
那就是我放飞心情愉悦的时刻

成人的智慧又有什么用
你们会明白生活的每一个阶段
现在你们去玩儿吧
你们去撒娇吧
要知道，这才是你们的天性

请你们将森林之歌
将金色太阳落下的那个时刻
将湖面上徜徉的白天鹅
将大自然的一切带回我的家中
然后随心所欲地去画吧
你们是我的骄傲

告诉我童年没有讲出的故事
你们会找到自己所选择的一切
你们不会发愁，去玩耍吧

你们要兴高采烈地去疯玩
因为我曾经有过的自卑已经足够多

难啊！在充满情趣又珍贵的时刻
只要有你们在，春景般的幻影就会临近
我的小马驹们
像马驹一样去比赛吧
把我这个小小的家闹个天翻地覆

你们从我的乳房吮吸过乳汁，还有欢歌
让人们从你们的脸上看到一个美好的世界
如果需要证明我是否幸福
我的小太阳们，只有你们可以证明

曾经烧燎过的我的大火没有烧燎你们
所以你们会给予我力量和乐趣
我从不限制你们，骂你们，给予说教
生活原本就是一所大学校
你们会在这里学会一切

你　俩

啊！请你关照贾孜依拉与贾尔肯
如果有了难题，请鼓励他俩
当他们奋起追求时，别让他们泄气
赐予他们安身立命的幸福

如果他俩喜好艺术，请给予辅佐
如果他们想为民族利益而尽力
不要让他们在众人面前感到怯懦
请赐予他们无穷的力量

如果世事更迭，沧海桑田
请护佑我的两个孩子
为了让他俩在世间没有遗憾
请赐予他俩优秀的伴侣
金色的宫帐，诚挚的朋友

大 街

大街是一条洪流，变得汹涌
可以在那里找到熟悉或陌生的身影
有人正从伏尔加轿车上走下来
有人正跨上大巴离去

大街是一条洪流，狮子般咆哮
有的人走得稳健，有的则摇摇晃晃
两个人刚刚分手的那个地方
又走来了两个人手牵着手

鸟儿在枝头不停地鸣叫
仿佛从大街上获得了激情
有人拿着摇篮走过的那条街上
又有人抬着一副灵柩走过

可能今天有一个人获得了安宁
你听听那个婴儿欢快的声音
你可以从一条大街之上
看到生活的严酷，还有甜蜜

钉 纽 扣

“你不像以前那样思念自己的爱人
你不像以前那样急着回家”——
我坐在那里为你钉一只纽扣
突然之间想到了许多许多

我可能在你的心中留下了阴影
只因为平凡的生活不再浪漫，只是过日子
你的衬衣洁净，你自己也干净利落
这种干净利落蕴含着淡淡的冷漠

我在心中想着这样的事情
你好像也理解了我的心情
当我低头咬断线头的一刹那
你的手落在我的脸上非常温暖

我的脸颊像从前一样变得火辣辣
即便如此，但我并不奢望什么
你的手碰到了脸颊的一刹那
我并没有躲开，而是稍稍停顿一下

你爱怜地抚摸了我的脸颊
之前我活脱脱就是一个孤苦伶仃的人
通过袖口上的一粒小小的纽扣
你向我表达了心中悠长的思念

你的心儿融化了，眼里闪烁光泽
我想说点什么，又默默无语
如果想让心底的爱情不死
一刹那的功夫足矣

春天，绿色的树木

你们度过六个月的冬季才等来这个春天
整个生活原来就是这样开始的
柳树、杨树整夜都像即将临盆的女人
骚动不安，低声呻吟，长吁短叹

我理解你所遭受的苦难
笼罩多恩别克齐一带的乌云似铅水般阴沉
我好像这才感悟到这里的情形
整个夜晚低吟的风儿没停

这样的季节，山区怎么会宁静
积雪白天才能感悟阳坡的温暖
夜幕降临，那些仿佛临盆的树木
天亮时分，极度虚弱之后才会发芽

这是春天，寒冷的沙漠也会暖和过来
绿色的树木，你们是否明白这些
白昼的阳光令你们昏昏欲睡
难道你们忘记了整个夜晚的搏斗

我知道你真心等待过这个黎明
整夜都让生活感悟心中的悲苦
太阳升起，你们无法掩饰
阳光穿透了你的肚脐眼——一片片树叶

大地母亲久久地期盼这个时刻
它也长叹一声饮下你含悲的泪水
整夜因临产数次阵痛的树木
我祝贺你们在黎明前终于萌芽

我看到了

我看到了群山，层层叠叠，岩石林立
我看到了天宇，遥远的苍穹，灿烂的阳光

我看到了原野，镀了金边的黎明
我看到了树林，散发着醉人的芬芳

我看到了大海，冰冷无比，高傲神奇
我看到了乌云，遮天蔽日，阴沉苦涩

我看到了沼泽，水藻青翠，青蛙呱呱
我看到了高鼻羚羊，它们因智慧的人类而恼怒

我看到了暴风，刮起了房屋，挥洒尘沙
我看到了火箭，从自己身边一晃而过

我看到了战场，正在毁坏世界
我看到了时代，灾难重重，令人心惊胆战

我看到了空气，飞禽与鲜花已经被毒死
如果我一一说出真相，你会因恐惧而绝望

我看到了野鸭，肋骨突出，瘦弱如柴
哈萨克斯坦的这个阿吾勒却毫无察觉

世界是嘈杂的，今天的大自然也狂野无比
海啸频发，地震常袭，令人不寒而栗

我燃起明亮的灯盏
当然明白什么是“是”，什么又是“非”

动荡不定的人间，我坚信无疑
你的神奇会完整地呵护整个大地

纷纷扰扰都会过去
我的原野，我的人民安然无恙

城市与人

刚刚落下大雪使人浮想联翩
你的情感怎能不起伏澎湃
人们全然不顾刮风下雨
建造了一座又一座新的城市

一年又一年，一个个新的难关被攻克
刚拿下一个难关，又有新的出现
城市与城市之间的距离
年年月月逐渐越来越近

一年又一年，所有的难关都面目一新
一个难关刚拿下，又有新的难关在前面
但人与人之间的距离啊
年年月月逐渐越来越远

岁月飞逝，危机四伏
而且你不知道危机带来的后果
虽然房屋成排，住户相邻
但人们之间老死不相往来，冷酷无比

面目各异的时代都会逝去
面目各异的日历也会翻篇
每一个时代都像一个独立的世界
只有人连接着月亮与大地

有什么心事，没有人会应答
孤独者心灵的创伤陡然增多
同胞之间相处起来相当陌生
谁也不会用爱去温暖别人的心灵

我一直在寻找治疗失败的良方
地球的住户们，通过诗歌——
我要让你们的双手拉在一起
我要让你们的道路连在一起

我的心中既有希望，也有忧患
城市在渐渐扩大
愿城里那些曾经在一起玩耍的孩子们
长大以后不要变成陌路人

母 语

——或应答：你会哪几种语言这个问题

诗歌艺术令人热血沸腾
我创作诗歌度过了冬季长夜
只要有灵感，我熟知每一种语言
别说人，连鸟儿都听得懂我的话语

人们啊！不要为我的话而起意争吵
我能感染所有的人，也是奇迹
我精通所有人的语言
不论是拜伦，还是彼得拉克
我还会将献给劳拉的诗歌——
翻译成哈萨克语，只要愿意

我的诗歌像夏季的花朵一般绚烂
我会让俄罗斯的杨柳开口说话
如果罗西尼能翻译飞禽的语言
我就能翻译罗西尼的声音

我能讲述星星们的故事
我能写出心灵与肉体的搏斗
在找到大自然、艺术与音乐的等值语言方面
我会无私奉献自己的才智

我会描绘秋天所有的景色
我会找出关键点，毫不费力地折断铁片
我会像读懂夜的语言一样
读懂黑人们那洁白的思想

为了不让浓烟污染清新的空气
我会写下铮铮诗句，宛若庄严的判决词

虽然没有上过大自然语言学校
我也懂得空气的语言，鲜花的语言

如果清洁，我懂得流水的语言
如果燃起，我懂得红柳的语言
如果我接受了世界的语言
我就会让全世界只用哈萨克语言来说话

瓦列雷·米哈伊洛夫

（1946 年出生）

瓦列雷·米哈伊洛夫出生于哈萨克斯坦卡拉干达州。毕业于哈萨克斯坦工学院地球物理系和莫斯科高等共青团学校新闻系。

瓦列雷·米哈伊洛夫是诗人、散文作家、政论家，曾获“帕拉萨特”勋章及哈萨克斯坦国家奖章。在哈萨克斯坦出版行业工作超过四十年，曾任《哈萨克斯坦真理报》主编、文学艺术杂志《自由》主编。

著有《直言不讳》《消息》《黄金之假寐》《祈祷之雾》《尘埃》《冒烟的纸卷》等诗集和文献类书籍《博罗沃耶》《马尔卡湖》，以及电影剧本及其他作品。其关于哈萨克斯坦公社化运动的作品《大饥荒编年史》俄文版出版了几个版本，之后，被翻译成哈萨克语、德语和英语。

只有那陷落的光

孤单的灯笼，在无声的暴风雪中
摇晃，吱吱作响
雪花飘飘
越飞越高

黑暗中的天空模糊不清
闪着乳白色的光影
大门口深夜里
灯笼在风中摇摆

这个地方多么多么地陌生
雪覆盖着屋棚
亲爱的家从天上飞了回来
一切又是那么那么地临近

在我的灵魂中，在我的灵魂中
它在某个地方迷失了方向
没有门，也没有窗
只有那陷落的光

金色的瞌睡

我将如同良心一样瘦、一样破旧的渔网
撒向海洋
对于收获没有过多的期望
坐下来等待，咸咸的海水飞溅起来，让人迷惘

远方的呼吸被限制了自由
太阳在汹涌的波涛中逐流
我幻想那金色的瞌睡
但其实什么都无所谓

溜走了，鱼群穿过了渔网
但海洋深处有神秘的声响
捕到了一条金色的鱼
它跟我说了些什么话语

像是蓝色空气中闪耀的炫彩
它似乎是自己向我飞了过来
它的话是金色的圆环
仅与爱情有关

无 题

在被世间遗忘的乡间小路上
在只有自由的针茅的草原上
我盲目地徘徊着
赤着脚，体会尘埃的娇弱

针茅穗子随轻风摇摆
一百俄里内没有村落
对我来说只有闲言碎语
啊！尘埃就是那温暖的金色

也许，是伟大的爱抚
爱抚这被世间遗忘的角落
就像放黑鬃褐马去田野
长时间赤足在尘埃中跋涉

啊！直到云层下落
尘埃娇弱，阳光温和
就这样徘徊着，忘记了什么是生活
没有什么意义，这生活

自由自在

自由自在，不受任何约束
正如一朵云彩，到处漂浮
像白雪一样闪光
在夜晚大地的上方
什么期待也没有……
绕行星球的光芒
要寻找绯红色的翅膀，要让它飞起来
透过最后的一丝光，看到
有人在远方，那里的黑暗已被冻僵

赫列布尼科夫

鲜花为它演唱草原的歌
如同佛陀一样着了青铜色
它曾是草丛里的一只鹤
它的瞳孔充满了远方
风儿对自由游牧的忠诚
在蓝色中流淌

鹤群飞过
而时间的意义，正如摇摆不定的楔子，熔化了
视角轻松且快乐
充满了鸟类楔形文字
充满了星辰露水的坠落
还有热腾腾的奶，来自云朵

大地把心血倾注在造物的黏土上
螽斯清脆的歌唱
叮叮当当，好像是金色的酷暑
充满歌声的海市蜃楼变成了石柱
虫鸣声刺穿了那乌云
刺穿了——蓝色的、寒冷的、透明的乌云

石头的语言好像是一个深沉的嗡嗡声
地下火焰蜿蜒着
困倦的乌拉尔
和热情的高加索山脉辗转着
岩浆顽皮地流淌着
穿透被撕裂的古老地壳

天真且狂野的人们
像大象一样踩踏鲜花
疯狂的马群追逐，喧哗

黑色太阳的日珥突现
女孩儿们在婚礼舞池中飞旋
飞蛾扑火一般
他听到了家乡部落的语言
被时间风化了的语言
最是深埋的宝藏
泉水的源头潺潺地流，淙淙地响
泉水的尽头热闹异常
熔化在低语的唇上

人间的海洋跃上了天堂
饥饿的痛苦像野兽一样摇晃
罗斯在乖戾的鲜血中饱受创伤……
他相信：这是重生的痛苦
这是大地的救赎——
并洒下爱情纯洁的眸目

地球在宇宙中如同帆船一样飞了起来
整个世界就是一个诺言。这个诺言唱起来
前赴后继的浪，对着天空冲撞
只有歌曲未曾受到邪恶与腐朽的影响
映着这歌曲般好听的命令
他，韦利米尔，选择了角落，安放心脏

他是贫瘠地球的领导人
他是赫瓦伦浪潮那谨小慎微的人
他是野花般热情的牧师
他是鸟语者，是云朵的意中人
他是执着的徒步者
他未曾体会过任何地球上的枷锁

薪　材

你这块崟崟忧郁的薪材
你是这干燥火堆中唯一不曾燃烧的一块
金色的火焰噼啪作响，很傲慢
别的薪材附和着，冒着烟

你周围的火堆在爆裂，在纠缠
到处都是飞舞的火焰
而你却神情恍惚，像个麻木的石头
看不到孩子的欢颜

这个欢快的火堆就快要燃尽
寒冷的黑暗将它抱紧
在灰烬中枯枝崩塌了
没有力气，没有希望，没有精神

只有你，你这块薪材
突然间从内部窜出火焰来
你这迟来的火焰，忘我地燃烧着
你那蓝色的火焰一直燃烧到东方泛白

我们都慢慢地走向天堂……
我们的火焰是什么呢
——只是对它的渴望
枯枝以及强大的薪材——
请燃烧一切，用你们蓝色的光芒

只有天空是不朽的存在
它神奇地置身于星星的火海
它突然爆发，如同这块薪材
一切又会是变化的姿态

无 题

蓝色的墙，灰色的房
虽然门栓不牢固，但还是跟监狱一样
黑色的羊，棕色的骆驼
草原上沉重的天把人们压扁
时代融化于灰色的阴霾
从出生起，永恒的时刻就牵引着这里
毕竟周围都是沙漠……
要到哪里寻找命运呢
如同被灰色的柱子包围着

但是不远处那个雄伟的城，却很繁荣
那黏土的、砖砌的、阴暗的城
这是一座又盲又哑的豪华陵墓
月牙吸食着空洞的天空
吹拂着杂草的是断断续续的风……
是现实还是梦境？是梦境还是现实
一列火车冲了进来——周围都是
送葬月，愚钝的十字

无 题

为什么我们会出生
难道只有命运会评判我们
在这个国度再没有谁可以评判我们
以后也永远不会

在这平静的夜晚
对于我们来说，一切都很明显
我们最后的星光
已经不再闪亮

飞得再远一些，朝各个方向
其他的星星为我们照亮
我们的星星已经熄灭
它早已冷却

冬季的彩虹

当我把云朵带到大地上的时候
云中出现了我的彩虹，而我
记得
我与您之间的约言……

曾经，我看到过冬日的彩虹……
暴风雪发了狂，把刺骨的雪尘刮得纷纷扬扬
十分寒冷，天空尽是讨厌的白光
突然那五颜六色的彩虹出现在这死气沉沉的草原上

这发生在马伊库都克附近停车场的一个清晨
这里，流放的犯人曾被饥饿折磨着……比地狱还阴森
这里，看起来，大地冷漠低沉的呼喊到了如今
而死者那双黑色的手，从雪中伸了出来，为了乞求怜悯
“我相信您，我的彩虹……”——冰冷的风吹过

“……它是这个约言的标识……”——谁可以理解这个
“……我与大地的约言……”——但是根本没人注意到
这个冬日的彩虹：人们忙于生计

期待已久的公共汽车慢慢地驶了过来……可是人已满
只有少数人上了车……
暴风雪越来越大，这里被寒冷包围了
这条彩虹出现在空中，很是喜悦，但是它突然迷路了
也许，它与云朵会被暴风雪吹走……

想起冬日彩虹的时候，我思考着一个问题
在这个草原上我的血肉已经消亡
如果在大地上有通往天国的路
冬天是要将这彩色的幻影送给将死之人么……

无　题

你依然是闪耀璀璨的一颗星
敌对我们的战争没有结束
这是一场永远都打不完的仗
只是你，俄罗斯，你依然
从命运的边缘到命运的边缘
是一条无法通行的道路
你燃烧吧，但是不能烧尽……
从地狱到天堂
不久，不多，只是一点点……

酒

荷马的眼睛看不见东西，给他什么他都喝
他用清醒的水来稀释酒
缪斯深深地爱上他了
为此，他时常纵酒欢乐

苏格拉底——聪明无比
因为他知道自己什么都不知道
他喝酒从未喝醉
而这是最后一杯

欧玛尔·海亚姆是个醉生梦死的酒鬼——
但是只在诗歌里，不是在现实中
他有了一个这样价值的桂冠
他终日把酒言欢

斗转星移之后
出现了——绿眼蛇和酒
兰波与魏尔伦疯狂地饮酒
波德莱尔没有戒酒，也未因此驾鹤西游

欧洲震撼了我们的船
俄罗斯也开始酗酒
叶赛宁用伏特加消灭仇敌
伏特加的河流将他们带走

不会谈论我们的时代
醉酒死亡，就是最后的战场
要知道，没有人不害怕死亡
而他不在山那边，不在山那边……

杰尔库尔河

那里有茂密的杨树，还有明媚的烟雾
那里有为雏鸟捕食小鱼的白鹭
那里的婚礼歌曲，如同夜晚蟾蜍的鸣叫
河岸的水会泛起涟漪，久久不能恢复平静

那里的小鲟鱼用刀把银色的道路剪断
突然间感觉到，整个身体都开始撒欢
多么自由，多么顺畅，多么令人陶醉
飞行的月亮用自己的光亮顺浪滑向前

两首华尔兹

一

我不会忘记你
直到最后一日
你用无处不在的光辉
将我抚慰

某个孩子
目光始终注视着你
同时，懵懂的像一头小鹿
跟随着你的脚步

气球比空气轻
朝着云朵飞行
我的内心很痴迷
如同玻璃灯笼

这就像是一个奇迹
大地照耀着我——
飞到各个角落
用你的光辉将尘土扬落

二

你不会忘记我
直到最后一日
而这之后你会
记得我

我如同一个孩子
目光始终注视着你

同时，懵懂得像一头小鹿
跟随着你的脚步

这是我，大概是一只气球
朝着云朵飞走
我为你发疯
如同玻璃灯笼

这就像是一个奇迹
直到最后一日
你照耀每个角落
为着我，为着我

雨　夜

一

我听雨听了一千张
灵魂从枷锁中释放
如同黑暗中的叶片摆脱了闷热尘埃的迷网
新奇的想法在某处漂浮
显得自由自在，无拘无束
随意地面对着天上倾泻的河溪
这自由的灵魂向上飞起
呼吸着夜晚纯净的雾气

二

雨下了整夜——雨水却蒸发掉了
被不知名的力量带走
去到潮湿的空间里，去了黑暗中
那里没有智慧与自由
那里只有无穷无尽的水声
那里只有吊影吊形的空气与水滴的歌声
那里的言语消失在远方
如同叶子与大地对天空的回响

娜迭吉达·切尔诺娃

（1947 年出生）

娜迭吉达·切尔诺娃出生于哈萨克斯坦巴甫洛达尔州的巴彦阿乌勒（巴彦村）。毕业于哈萨克斯坦斯·姆·基洛夫国立大学新闻系。曾任德语教师、地方电视台编辑，哈萨克斯坦作家协会塞米巴拉金斯克跨区域分会文学顾问，火焰出版社诗歌编辑，哈萨克斯坦列宁少年先锋队中央委员会副主席，文学艺术杂志《自由》诗歌部主任。她是诗人、散文作家、翻译家、评论家。

娜迭吉达·切尔诺娃出版了 20 多本诗歌和散文集：《八月的年龄》《茂盛的梭梭林》《我记得》《游牧人的一生》《用两种声音说》《当蔷薇开花的时候——家族神话中的系谱学》《草原巴比伦》《在迷雾中飞翔》《传闻中的故事》等。她在创作中成功地融入了巴彦阿乌勒、额尔齐斯故土的历史。她的创作还包括建立在真实人物书信和日记基础上的回忆录式的散文及文献性长篇小说。

她将哈萨克斯坦作者的诗作从哈萨克斯坦语、维吾尔语、乌兹别克语、库尔德语、土耳其语翻译为俄语出版。

追　逐

葡萄藤热得够呛
紧贴着栅栏与土墙
沙子涨红了脸，苹果闪着光
而占据我的心灵，正是你所想

带着像西瓜一样的条纹
午夜穿过梅子的果皮
你朝运河投入硬币
但是波浪却逃逸

你追赶上，用你的手抓住
那太阳下山时的轻薄水雾
那水雾活在田野间，活在峡谷里
手掌中它的光芒逐渐沉寂

此刻我那颗流浪的心
正从远方望着你
正如女孩儿从那白色的衣裙里
望向土墙外

老 渔 夫

日日夜夜坐在屋顶上，那屋顶光秃秃
他却风雨无阻
热风在呼吸，沙尘在移动
汗水侵蚀失眠的眼睛

下面的山村里，新的生命降临，旧的生命逝去
繁衍生息。任凭沙石洗涤
点燃圆形干草炉中的火光
黏土房，就是天堂

他一动不动坐在屋顶
望着远方蓝色的斑点
那边，升起正午的炊烟
勃勃生机的海，就在炊烟的后面
可它已走远

他等了很久：渔具还未生锈
还有完好无损的老平底船
时代变了
过去的生活被烧毁
一切都是虚无
一切都是尘雾
一切都朝海底沉入
大海是永恒的，大海会回来的
无论如何他都会等下去的……

满月的梦想

夜晚的银光柱透射出来
星星在动听的链条上绕着圈
还有被系住的清脆响亮的夏天
在那吵吵闹闹的草地上，在熙熙攘攘的草原中

懵懂的小狼崽梦到——白桦树下
蓝色天空，那个诱人的捕兽洞
梦见母亲温热的腹股沟，乳状的眼泪
以及那月亮
从眼睛里面流出来

狐狸梦到田野里的花穗
白色的绒毛纷飞，弄得鼻子发痒
还有草原鹌鹑的晚歌
它徒劳地叫着，哭着

黑色的乌鸦梦到——天塌了
天空的眼睛呈现碧色，多么开阔
它啄了那些眼睛，疲惫地飞了
但是无眠的夜晚它无处飞落

五颜六色的奶牛群梦见计量摆锤
梦到蓝色草地的波浪，河流的波浪
梦到天上的月亮之路，是那么迂回又坚固
还有既短暂又永恒的梦中那生命的波浪

少年牧人在破旧的羊皮大衣下睡着
靠在电线杆上
他梦到在沉睡山谷上的飞翔
梦到宇宙额头上的眼睛闪闪发亮

梦到生命，梦到出生，梦到第一次哭泣
梦到草原野兽，梦到长了角的牛
那时候没有名字
没有脸庞
只有自由的飞翔和世界的光芒……

雾中飞驰

迷雾中飞驰着两匹白马
紧紧相连的命运是它们无法分离的牵挂
沉重的套马索再也不是它们的桎梏
面对刻薄的责骂，抬起前蹄尽显愤怒

迷雾中飞驰着两匹白马
多么一致的步伐
草地谁先抵达
初雪谁先尝到

秋天的早晨又是谁在高声嘶叫
却为何始终无法将天空留在眼底
迷雾中飞驰着两匹白马
如同两颗星星在密云中升华

迷雾中飞驰着两匹白马
穿过黑色荒芜的天涯
如影随形的是
心中的悲喜交加……

无　题

生活仍在继续
一如昨日
这只是
若有若无间的飞跃
这只是
爱与放手瞬间的纠结
这一瞬间多么迅速，多么缥缈
正如夜晚松鸦的啼叫……

我的唯一

啊！这是一个奇怪的愿望——
是山雀的，云的，扁角鹿的愿望
需要留住生活的瞬间——
因为生活会被快速地阅翻
我的唯一，就是
如何在小牛皮的手稿卷
或黏土上写作
你被时间粉碎了么

但是，也许，终究这页
这词、这行是保留下来了
在生命的灰烬下，在尘土下……
从天上流淌下来的大火
嘈杂又沉默

造物主一次次地放火烧掉一切
烧掉刚刚创造的一切
他不知道
自己的创造物的价值
清风将生活翻阅着，翻阅着
孜孜不倦
无法阻遏

无 题

该来的——总是要来的
还悲伤些什么
这么多的幸福都降临了——
完全不需要逐个思索
然而悲伤？什么是悲伤
要知道悲伤已经弯斜到了地上
但我的眼泪那么悲伤
都向大海流淌

眼泪落在海底——
那里有光明，那里有安谧
可以用一颗沙子
养出珍珠一粒

在颠倒的世界里

在这个颠倒的世界里
一切都是暂时的，一切都是相对的
这里报纸厌倦了犯罪记录
这里独裁者聚集着，仇恨侵吞心智
这里阿拉尔燃烧着，陆地被瘟疫啃噬
这里有虚荣和贫穷，世界好像全部颠覆
话语、空气、天空的波纹都有毒
一切都崩溃了，一切——绳索都腐烂了
它们被撕裂，撕碎，变成一团尘埃

在这个幽灵的世界里，一切都不切实际，都是欺瞒
美女吸着有毒的烟
开膛手杰克在午夜血腥捕猎
救世主的谎言在哪里，在左边还是在右边

在时间的尽头，日落时分的疯狂
抱紧我，原谅我，如果我有罪的话
抱紧我，因为除了爱
已经没有别的保护

抱紧我，趁我们还都健在
生活依然是我们的，温柔压抑了我们的心
黑暗降临
但是总有一天光明还会再现……

与爱情的对话

没有鸟叫声，但春天的钟声已响起
我离开了那里，那个没有希望的地方
在没落的眼神中，我看到了褪了色的光芒
死囚的牢房与家，都没有出口
那里有碳酸的味道，喉咙中的空气都苦涩
那里有尸体解剖者，他绿色的围裙泛着光
那里悲伤的人们躺着，面向墙
那里不可以哭泣，因为我相信
相信窗外的春天，相信雪球一样的菊花——
我笑了，生活向我许诺了

我离开了那里，那个没有爱情的地方……
难道爱情把我从马鞍上踢了下来么
用套索套住了，迷惑了，发了狂
我把它赶走了——但我还想把它找回来
醒来吧，放弃吧，毕竟不是你的
——让我感到羞愧
去吧，毁灭吧，拿走吧！——爱情跟我说
不要碰，它不是你的——鲜血将你们分离
不需要永远，是一瞬间——爱情回答道
断了这个妄想
放手吧！忘了吧！别再呼喊
你看到了死亡——难道你害怕爱情了

只有命运沉默了
现在依然沉默
但是可恶的命运为何
要让你我在那时相遇

翻山越岭

——根据哈萨克民间曲子

火焰像蜥蜴一样灵活
从毡房中向外观望
谁走近了毡房的幔帐——
冬布拉告诉我
细小灰烬中的火光
瞬间被埋没
拨弦的人没有离开
他们有自己的语言
冬布拉如何呜呜
我的牧群
被盗了
骑士骑着马——
他高大、年轻
他在井中捞到了一颗星
当做了马儿的定金
我的弦笑起来
引起了他的注意
空中的三轮明月被换走了
三个白天枯竭了
我生气地用鞭子抽打着
马背
红色帽檐的帽子
被匆匆忙忙地抛出
早起的青蛙唱着歌
在远处的芦苇丛中
鹤在田野上方盘旋着
游戏开始了
随意驱赶牧群
骑手拿着冬布拉

歌曲燃烧着心房，但是颧骨
却被冻僵
我的弦多么悲伤
多么悲伤地在呼唤

关于科林山的两个传说

一

土城堡上方是漆黑的夜晚
四下都是墓碑
再也不会去支援某些城市了——
战士都在战斗中牺牲了
大地是牺牲者的归宿
预言里面说过
所有的过错都会被降下责罚
责罚那些权贵和暴徒……
人们穿着死亡的长袍
聚集在这最后的游牧民族里
敌人正在逼近，尘土飞扬
他们的黑马嘶叫着
牙齿在黎明的光束中燃烧
龙纹头盔也在燃烧
人群都冻僵了，拥挤在一起
那美人来自云彩的泡沫
那美人来自太阳的焰火
她出现在那墙头
她赤裸地站在贪婪的部落面前
横眉冷对
被她的美丽征服
看不到鲜血与邪恶
迷雾瞬间散去，像海市蜃楼
消散在清晨的烟雾中
在最心爱的女人那带飞翼的帐篷内
美人与他们一同消失
避难堡垒的穹顶被烧了
手鼓被打中，起火了
新的墙壁建好了

避难堡垒漏沙了——
永恒的只有传说……

二

土城堡上方夜晚在盘旋
像一个披着丧服的妇人
再也不会去支援某些城市了
男人们和年轻人都倒下了
仿佛是一个世纪，灰白色的头发
“难道我们不会再有战争了”

寡妇抱着女儿哭泣
他们把耻辱留在了世上
带花纹的门颤抖了
但哭泣的声音在这里鸣响
女人们的痛哭与诅咒

“没有人征服得了我们
也从未屈服于风暴和灾难
在战斗中，在前进的道路上
我们追随着巴特尔的足迹
咽下眼泪，露出脸庞
我们要突破敌人的包围”
她说完——挥动着鞭子，发出好听的声音
走近来——严肃地看着，面对着
暗红色的衣裙飞扬
明亮且美好，如同清晨的阳光

年轻的少女带着父亲的剑
还有一个寡妇带着亡夫的军刀
敌人飞越城市
如尘埃般不可计数，如尘埃般无处不在

有多少人倒在了染血的茅草中
被割断的喉咙发出嘶哑的声音

看到了最后一支忧郁的队伍
是一支为逝者挖墓的队伍
堡垒战士的刀锋发亮
顶着红色复仇的阳光
脱掉被刺穿的头盔
迎着曜眼的光亮……
不会说话的砂石
讲述的传说是多么地真实……

布雷塔伊

（古老的歌曲）

我喜爱棕色的小马
它既无奖牌，也无烙印——
深沟上没有桥梁
大风吹进山坡、草原
吹到我心爱的马场
我跳上一匹迅猛的马——
周围都空荡荡，只有田野里的风
将沙土中的灰烬吹起
只有干草在叹息……
是谁偷偷带走了亲爱的你

午夜的月，我的心
胸膛里的心被泪水浸没……

巴彦阿乌勒上空的乌云

（古老的歌曲）

巴彦阿乌勒上空的乌云从来不会消散
此处正午的阳光也不灿烂
红色狐狸像一团火一样闪过松树间
老鹰冲过来——但是野兽没有抓住它
毡房的木桩钉了进去，钉住了家乡的夏天
我们安静的村庄和火在灰烬中消散

但是我再也看不到我心爱的——
心爱的毡房了，白色的鸟儿离开了
四处游牧……

伊兰别克·欧拉孜巴耶夫

（1947 年出生）

伊兰别克·欧拉孜巴耶夫，笔名伊兰·哈依普，诗人、剧作家。1970 年，毕业于哈萨克斯坦国立大学工学院矿业系。1980 年，完成了莫斯科高尔基文学院的文学课程。1974 年出版了第一本诗集《心中的歌》。此后，创作了《七个典藏》《夜的眼睛》《生命之歌》《诗的世界》《美之歌》《世界之光》等 20 多部抒情和哲理诗集。他借鉴外国诗歌的技巧，不仅提高了个人诗歌的成就，还提高了哈萨克诗歌的艺术和审美水平。此外，他还曾写作《动物喜剧》《有我没喝过的毒药？》《轮船上的必行人们》《江布尔的红老虎》《金人》《玛汗拜提》等 30 多部戏剧剧本，许多戏剧作品曾在国家级剧院上演。曾翻译过弗拉基米尔·马雅科夫斯基等作家的作品。2006 年，出版了 13 卷作品精选集。

2003 年，诗歌集《玛汗拜提》获得了哈萨克斯坦国家“塔尔兰”奖。他多次获得国家级诗歌大奖，多次在诗歌及戏剧比赛中获胜。2002 年，获得哈萨克斯坦共和国国家奖项。

我拥有一切

我拥有一切
我拥有属于人的一切
从我的形象中找什么都有
我的血液中有悲苦注入的毒汁
我的生命里有欢乐积攒的蜂蜜

我有心脏
我有肝脏
有完整的肺脏
如果肺脏变黑了，心中之火会滴下红炭
给人，也给我展示肉体
喋喋不休的话语有什么过错
应该没有

我拥有戈壁
我拥有湖泊
我拥有森林
别以为森林被烧的人就没有梦想
我在心里哭泣
外表却强装欢颜
不要惊奇
我昨天
我有时会成为圣贤

我拥有夏季
我拥有秋季
我拥有冬季
我拥有春季
拥有当然很好
拥有从来不会嫌多
唯一没有的是——

随波逐流
还有残忍的兽性

我拥有一切
拥有属于人的一切
你可以从我的存在
从我的形象中找到一切

我的诗歌

我的诗歌
我的诗歌一如既往
丝质的桎梏会扼死人
稍稍有所放纵
便会扑过去
剜掉蠢货的头顶

我的诗歌
是永远不死的篇章
优秀篇章自有赞美
丑陋的必被唾弃
在智慧的战场搏斗
火烧不死
水淹不掉

我的诗歌
是歌颂美好的一切
痛恨贪赃枉法的诗歌
是横扫一个时代的乌烟瘴气
吐出——
浊气恶臭的诗歌
我的诗歌
是生命之歌
不是书写面目憔悴的命运
而是推动进步的诗歌
尽管对赤裸裸的现实
悲观绝望，不寒而栗
但还是生机勃发的诗歌

我的诗歌
你会说像大街上的大象

哈巴狗一样的生活
曾经逃离
曾经吠叫
巴结长着脑袋的鼓动者
并钻进了他的双腿间

我的诗歌
是属于天空的诗歌，像弓箭
我的诗歌
是属于大地的诗歌
我的诗歌
就像所有存在的血管
“噗、噗、噗”跳动的血管

我的诗歌
是拖着铁锁链
逃进了夜之怀抱的光明诗歌
奥秘神奇的诗歌

决　斗

普希金
决斗
但丁
流血
对我都是教训
决斗没有了
鲜血没有了
我会看一看
不论我走到哪儿
它都跟着我
一身素白，骑着雪青马

不作对，则相安无事
若作对，便粉身碎骨
我不是普希金
我是一杆枪
自己装上子弹
自己扣动扳机

像花一样柔美

生活是真实
死亡才是虚假
别说想死而悔恨不已
请你像石人那样坚定
永远欣赏阳光
还有大地的温暖

石人
与人都一样
还有鲜花
只是它们三个处在三种境况中
有三种模样
不要因为其中的两个
去冲撞第三个
如果想拔掉
那么，将三个一起拔掉

拔掉之时，需要隐瞒一点真实
鲜花膜拜人
人膜拜石人
膜拜之时虚假会蔓延
令世界不再和谐

如果你知道
鲜花也是人
石人也是人
缺了任何一个
它们都不会远离
生活是真实的
死亡是虚假的
没有一个人不去躲避虚假

还有我们不知的秘密
鲜花像人
人像石人
数着时间，在一个境况进入一个模样
三合为一的联盟趋于坚固

白昼是日子
夜晚也是日子
对知道的人
要有尊严
在微笑之时
在叹息之时
在鲜花一般的躯体变成石头
直到进入地底
都不要去想悲愁

两种气息

我知道气息有两种
吸气让你进入人的行列
呼气让你的生命哭泣
去熄灭真实的灯盏

一种气息向那边
一种气息向这边
呼与吸之间是生命的繁荣
是生命天使和死亡天使
从人成为人那一天开始就是如此

两种气息
一个在前
一个在后
我先膜拜吸入气息
而呼出是翻江倒海了结的时刻
我会像沙漏那样努力

两种气息
两个世界——生与死
我将战胜一个
而让另一个来战胜我
在呼与吸之间被空气烧烙
不管是赢还是输
我都会哭泣

我哭泣
够了
不要哭泣
我是两种气息的主人
我不平凡

我看着阴阳两界的趣事
会像冰一样进入永恒的天堂

别说生活是地狱
死亡是天堂
地狱打造着天堂的框架
我舍不得让地狱成为天堂
并为此而憔悴消瘦
但谁能理解我的心

我想去死

不要狼吞虎咽，快打住
我如愿与天际平衡
但是在创作关于生命的诗歌方面
我还不是像阿拜那样的圣人

诗歌写得参差不齐
不要责怪诗歌，我的兄弟
因为是人
我怎能让所有的人都喜欢

朗读吧，研究吧，认识吧
我为此才出生成长成为了诗人
不想死吧，有生命
想去死吧，有担当

根　基

你是我爱的人
我愿意为你去牺牲
我的光彩，愿你活千年
就让我一个人衰败

不要叹气，不要灰心
月亮会教唆你，太阳会诱惑你
你走在大地之上时
有爱情，还有我

不要显示软弱
我们像岩石一样坚固
咱俩仿佛睡在一个摇篮
被人摇动一般

不要厌烦孤独
不要发愁苦闷
让我们注目根基
直到变成尘土

燃　烧

你柔弱
我坚硬
枕着柔软的身体
让我们度过世上最甜蜜
最和睦的一生

当你成熟之时
就让生命的百灵鸟高声歌唱
沉浸在甜蜜的感觉之中
埋葬欲望带来的烦恼

联合起来，一起呐喊
火烧火燎……之后说——
我们需要通过心灵相互理解
然后通过身体来交流……

爱你，亲爱的……

我离开了头颅
下颌
碰到了坟墓
作为诗人的激情却说——
亲爱的
我爱你

已经冻僵
以冰冷的神态
进入大地的怀抱
爱你
亲爱的
我爱你

安 好 吗

安好吗？我的故乡
我出生成长的祖国
我将葬身安息的大地
我将进入霍尔胡特之穴
我这个苦命人的助佑者——
我那些死了的亡灵，你们安好吗
我那可爱的百灵鸟们
白白在大网之内啼鸣

安好吗？那些铜雕
那些移动变幻的形象
安好吗？兄弟们
你们还活着吗

你们生活的还好吗
你们的情感还平和吗
夺走我生命的万恶劫难
还有我的判命官在哪里

我的天堂——我的地狱
我的欢乐，我的苦难
别以为诗人会死去
别让诗歌热闹的集市散场

诗人不死
让我们赞美
让他们新生
诗人死了
天空会哭泣

拼命呐喊

喂，生长在我——
院子里的树木
还有地面上所有的树木
不知道你们中的哪一棵
会成为摇篮
哪一棵又会成为灵柩
哪一棵又会成为绞刑架

打呀
为什么你们统统都愣了神
难道你们之中没有凶手，没有混账
来吧，将诗人的诗歌放进摇篮
将他们的心放进灵柩
将他们自己送上绞刑架
我就站在你们面前

今天属于谁

今天属于谁
今天属于我们
但，仍有
属于自始就相互勾结
沆瀣一气、臭味相投的人
属于奸诈狡猾、结党营私的人
属于没有信仰和廉耻的人

今天属于谁
属于恶棍，属于混账
属于私欲膨胀、麻木不仁的人
属于膜拜高职官位
胆大妄为的奴隶

今天属于谁
属于贪得无厌的饕餮之徒
属于推诿托词、敷衍了事的人
属于居心叵测、心灵肮脏的人
属于绒毛屏蔽了纯洁与廉耻的人

今天属于谁
属于高傲自大、自以为是的人
属于那些外来的陌生人
属于来来往往的闲人

太不像话，太不像话
今天属于谁
属于那些冷嘲热讽的人
但不要属于哈萨克人

赛力克·阿克松哈尔

（1950 年出生）

赛力克·阿克松哈尔是著名的诗人，散文家。曾就读于卡拉干达师范学院和哈萨克斯坦国立大学。早期的诗歌收录在《春天的气息》《燕子》等青年诗歌集里，成为备受诗坛关注的新人。他的《二十世纪的二十个时刻》一书主要收录了 20 世纪关于社会和政治灾难、个体与国家命运、道德和伦理问题的一些思考而创作的作品。这部作品在当时经历了严格的审查，并于 1984 年在火焰出版社出版。之后，诗人重新修订了诗集，为读者提供了一个全新的完整版本。《二十世纪的二十个时刻》第二版在 2012 年出版发行。

赛力克·阿克松哈尔到目前为止已经出版了十几部诗集：《青铜洪水》《夕阳红》《世纪心动》《生活是个圆圈》《杰作》《克普恰克长诗》《黑森林》《击杀》《莫扎特和萨列里》等。2014 年，作者出版了两卷本作品集。

他的诗被翻译成西班牙语、阿塞拜疆语、俄语、乌克兰语、土耳其语、吉尔吉斯语和蒙古语。他还曾将一些亚洲、非洲等国家杰出诗人的作品翻译成哈萨克语。

赛力克·阿克松哈尔是哈萨克斯坦文学史上功勋卓著的作家。

真正塞种人的歌谣

我是
真正塞种人的歌谣
即便在血泪的流放之中
我也没有闭口不言
即便骑着骏马威风凛凛
我也没有与身后的故乡迷失

人间，虚幻，一切皆空
要去爱，亲爱的，要去担忧
骑在马背上高歌之时
要知道这是一个哑口无言、徒步流浪的世界

有段时间我很迷茫
我口诵经典
而对所有达官贵人
我就像一条龙，说话斩钉截铁

我奋力掀开了世界的下摆
向地平线迁移
我钻进夜空的云层之后
变成暴雨倾盆而下

我从阿尔卡大草原跑向天空
让云朵亲吻我的双翼

我让敌人看到自己的意志
我呼吸着哈菲孜的芬芳
将普希金装进了自己糜子一般的壳里

在我落地盘腿坐下的瞬间
他递给我酒

我接过喝下
然后吐掉

我穿越黑云，落在大帐里
我用雷火去烧燎原野
我飞向湛蓝的天空
但是，身后——
我身后留下了什么……

无　题

我的命运与追求
是用古老的卢恩文字写成
坐在阙特勤的膝盖上
坐在阿拜·库南拜的膝盖上
坐在艾里汗·努尔木哈麦提的膝盖上
坐在穆赫塔尔·玛豪英的膝盖上

我仿佛要被心中的火焰焚烧
我在叫做尊严的法庭受审，备受折磨
就像凯撒坐在元老院
我曾经坐在老人们的膝盖上

那些膝盖就像我的金色宝座
为什么会像光影一样从我眼前消失
即便义愤填膺地从卡拉冈达劳改营归来
他们也绝不屈服
绝不膜拜
我的命运，我的追求
是用古老的卢恩文字编织
我仿佛被心中的火焰焚烧
我在叫做尊严的法庭受审，备受折磨

我就像元老院的凯撒一样
从不屈服于谁
从不膜拜谁
因为我坐在白隼的膝盖上

致 婶 婶

婶婶，我今天突然觉醒，非常悲痛
令你的亡灵不安的人是我
我想今天夜里徒步
从哈尔哈热勒出发去吉冉萨哈勒

我曾经无数次经过这座绿色的山梁
我因为思念而憔悴不堪
想到达你的身边
踩着及膝的草莓
走上山梁裤管已经被染红

这一路上都是先辈们的墓地
你的侄儿一路走来，心潮起伏
虽然你离开了这个人间
但令人想念的大帐旧营盘还在

金子的骗术

金子说：我会买下
钢说：我会抢来
——阿·普希金

我跨越廉耻
理智
尊严
恶果
买下了人本身

人是谁
我是谁
如果知道就说，力量在哪里
人在哪里
如果发生争执
我还会把他们再卖掉

你一直在呀，绝对没有遇到我盛怒
别说高射炮
我甚至不怕普希金
你别咬着嘴唇发火
让你的国家破败不堪的是我
我也会让你的土地满目疮痍

我不怕蛇窝
还有氧气
原子弹
中子弹

记住我，人，如果他们出场乱舞
他们都是我
都是我想出来的

皇帝们是我的婴儿
即便他们骑在你们头上
也别去惹我那些娇宝宝

如果敢碰恶棍
会遭遇我的寒冷
那是我跟姘妇们
一起生育的儿子，还有女儿

骑在马背上的士兵是我的奴仆
大地上的战争之王就是我自己

他们会为我去死
我怨气十足的家伙们
对你来说
当个诗人就够了
丧调一般的诗歌

士兵的身体遮掩着我的脸颊
死去的奴仆永远也不会得到赔偿

美人都是我的老婆
闲话吗？怎么样
我成为戒指，去了就将她们带上了床

你要小心我的模样
连莫贺咄可汗我都不怕
我也要勇敢地面向大地
说出想说的一切

我说苍茫的大地
我当年的宫殿
在我依然有神威时，我要大声疾呼
你是美人蒙娜丽莎吗
我怎么能见到你
我也会打着算盘
告诉你她曾经的日子
我——
是金子

别葛扎特

像乌拉尔河那样咆哮
像深陷苦难的伊希姆河飞泻
让为民而生的男子汉像你们那样悲泣
不小心跌落宝座的可汗不走运的儿子
再了不得，也只能像你一样

像拥抱自己的孩子一样拥抱故乡
忧国忧民，积劳成疾
克涅可汗下台后，你的名字
也成为走下马背徒步的木沙

你的后代别葛扎特成为了别克
放弃了一切成长
他的脑海中留着祖辈的教诲
这令他无比惆怅

每当你心中的苍狼不断嚎叫
带有丧意的规劝为啥不被民族接纳
你的规劝不会永远难以被接纳
……因为听得见一切的一切

最后的玛雅人

你与生了锈的钢刀没什么两样
雷电一样的眼睛再次喷射火焰
你那些必有应验的话语在哪儿
最后的玛雅后代

行尸走肉
你不看看我的模样啊
后代的忧患依然在心中
临死时，你依然要诅咒吗
文明的孩子

请原谅
对心怀叵测、胡作非为的人
后代们会进行筛选
你为啥要思考——
人类为什么要诅咒我
人类为什么要污蔑我

难道让我——
给心灵打上永恒的黑烙印
让我流血的魔鬼说——
人类呵护了我
爱抚了我

我们已经成为极端思想的口中餐
你不理解我
我也不理解你
在暂短的一生中
你对任何事物都不感兴趣

是谁让大地处处都有流血和鬼怪
我会让你的嘴唇满是疮疤
还要永远休掉你的黄金
还有那个黄妖魔

睁开眼睛
看看你们那些坟墓
乌云笼罩着大地
我不会用弓箭去交换——
那个叫做中子的祸根

我没有像你那样去拥抱天空
皮下的疤痕舔着心灵
我爱广袤无垠的原野
还有湛蓝的天空

有一种精神鞭策着身体
并留在那个空间
我在原野出生
我在原野成长
我还想死在原野

终生低头尊拜的故乡
是否从我的眼中消失
出生在原野很美
但是我可能会死在城市

你很恼火
如果我像一个疯狗，我告诉你这个孩子
整个部族只剩下我一个
恰似被历史的疯狗狂咬过一般

等这个世纪终结之后
请到我的身边

太阳与鲜花对我很陌生
不要将我的苦日子
赐予你，不要赐予人类

我能理解
后辈们会询问一切
大屠杀之后，朋友啊
那不是一个人
那是一个国家的人
难道就这样破败，销声匿迹

我悟出了你的话中之意
我忘记了善良，忘记了真理
人类太可笑
大屠杀之后，朋友啊
总是问当年究竟是谁在屠杀

广岛，九百九十九只仙鹤

一个日本孩子
折了九百九十九只仙鹤
他是劫难的牺牲品

临死之时
眼里的光泽退去之时
他写道：这是我的梦境，而不是现实
九百九十九只仙鹤浮现在眼前
还有那一只没有折出来的仙鹤
他说：这不是死亡

那个劫难的牺牲品大概在梦呓
二十世纪——
是原子弹罪恶的爪
我会为你竖立纪念碑
将九百九十九只仙鹤打造成铜雕

我的孩子

我的孩子，你病得很重
我该怎么办！
你出生于我出生的祖国
我该拿你怎么办

你沉浸在叛逆之中
欲念的眼睛惶惑惊恐
你吸吮我的乳汁长大
哎！割舍不掉的母子情

我忍受着心灵的煎熬
只能看着躺在身边的敌人
我浑身开始发冷
蛇已经钻进了我的怀里

你总是赖在我的门边
我的根基正在动摇
没法抚平你所受的痛
你嘴里却流着毒汁

我很想唱起一首歌
用异国的腔调
我无法摆脱，孩子咬了我
因为他的毒汁，我快要死了

我早已经学会逆来顺受
在墓中，我们也会在一起
即便要死了，我也要将你叫过来
你尽情地叮咬我的全身
来吧，咬我吧

我要好好睡一觉
闭上眼睛睡个够
如果你不开口说话
我就会活过来

生活就是围着太阳转

竖起耳朵聆听
如雷贯耳的响声
震天动地的响声
今天，我的——
椭圆形地球
正围着太阳旋转

说起太阳
动乱之中，一切都在运行
轿子
舞台
监狱
都与地球一起旋转

驿队每一天
都在跋涉
身体得到精神的滋养
我也与祖国一起
与地球一起旋转
我也围着太阳美人在旋转

围着太阳旋转
就是用泪水汇成的湖泊
去思索人生的悲苦
变成火——
就是死亡

你们心急火燎地追求金子的时候
要休息一阵儿，去思索悲苦
去迎接新的世纪

她是我的母亲，围着太阳旋转
高贵的人都变成了鲜花
低贱的人都变成了灰烬

无 题

童年比蜜甜，还有趣
而且可笑
它是一根嫩枝，刚刚结了嫩芽
那年我十二岁
邻居家十六岁的姑娘
有一天，问我：亲吻过姑娘嘛

没有！我盯着她清澈的眼睛说
心儿怦怦跳动，热血沸腾，脑子发热
来吧，她说只要你不告诉任何人
咱俩每天都这样来亲吻

那是在栅栏之前
是凉爽的秋日
月光皎洁
双唇紧贴，我们被拴定
世界按照几何原理在改变
转了一百八十度的弯儿

许多事我们都从邻居那里习得
然后我们激动万分地去亲吻嘴唇
我常常痴痴地打量着窗户
心想心爱的姑娘何时出门

我们双唇亲吻持续了一年
心儿常常怦怦跳动，热血沸腾，脑子发热
有一天我毫无戒备地往回走
却看到了她正与一个小伙子在亲吻

还是老地方
还是在栅栏旁边
原来她心爱的人不是我，而是别人
那一天我开始仇恨所有的姑娘
……可后来她们又是怎么诱惑我的

无 题

我们都来自遥远的阿吾勒
从小就酷爱诗歌，有些病态
我们都是淅淅沥沥的雨水
从阿吾勒满是尘土的上空倾盆而下

屋里有诗歌
山间有诗歌
悬崖上也有诗歌
俯瞰着阿尔卡大草原、巴尔喀什湖
我们说自己是诗人，这都是胡扯
使我们名声大振的是“酒鬼”这个绰号

我们生于雷电，生于风暴
我们是下起来就不会停下的暴雨
声名大振的那个时期
我们来自于那个叫做“酒鬼”的阿吾勒

那时情感的春天真正的欢愉
关于我们，直到现在大街上还有许多传奇
面对那个叫做叶赛宁的诗人
我们变得歇斯底里，仿佛七辈人都在崇拜
诗人们现在也很肮脏
你只能看着他们
难道世界末日已经临近
就像印度部落那样
我们也没有可以崇拜的人

苍狼的独角戏

我憎恶狗
常与它们争斗
与它们交手
发疯发飙
我是广袤原野的野蛮人
多么神奇的野性
我会砍死它们
我无法将千钧之力
溶进胸间
我满意自己的臼牙
就像手中的钢刀
苍狼先祖
我从原野上闻到了整个部族的气息
惴惴不安的狗类
所进行血战之味道
冷嘲热讽煽起心灵的仇恨
与欺辱和诅咒差不多
有人说我们与狗是一个先祖
真的吗？苍狼先祖
如果为了一条癞皮狗儿撕扯
我们一生都会仇恨对方
如果我们与狗类是亲戚
那我们的先祖根基又是什么
难道会出现——
被压在狗东西身下的日子
你们为什么不吱声？苍狼先祖
难道她们的子宫发炎了
那是个行窃的夜晚
我身处敌人中间
狗类的吠叫声
让天下变得惊恐不安

耐斯普别克·阿依特

（1950年出生）

耐斯普别克·阿依特1972年发表了第一首诗。1974年，毕业于哈萨克斯坦国立大学新闻系。同年，出版第一部诗集《转场》。多年来，出版了《心灵的回想》《父亲之歌》《雨中曲》《夜晚起飞的大雁》《精神之王》《穆哈哈力》《拜铁列克》等书，受到了读者和文学界的关注。

耐斯普别克·阿依特凭借《头颅》《破碎的青春》《雷雨》等诗歌数次获得文学奖。此外，他还写了大量历史题材的诗歌，如《博根拜》《别热德阔加》等。

耐斯普别克·阿依特还写作了《去幼儿园的路上》《成长的童年》《银色的驼篷车》《为什么太阳不曾老去》等儿童文学作品。

他曾翻译阿里舍尔－纳沃伊的史诗《亚历山大大帝的城堡》、俄罗斯古代英雄史诗《伊戈尔远征记》等。此外，他还翻译中国、吉尔吉斯斯坦、俄罗斯等国诗人的作品。他为哈萨克斯坦作曲家所写的歌词也广泛流传。

曾获哈萨克斯坦作家协会M.玛卡塔耶夫文学奖；获得国际“江布尔”文学奖等。

怜悯忧伤

我最后这样祈求——
我的情感啊！你消停吧，满足吧
让忧愁去睡吧，别叫醒
它可能疲惫不堪，刚刚闭上眼睛

是否每天人都能如愿似偿
人类生来就爱垂泪哭泣
有时也该怜悯忧伤
也可能思念困扰着它，它消瘦憔悴

让它去主宰自己吧
让它休息吧，夜间沉寂
让它少受些苦难的折磨
苦难总让心灵变得空荡荡

别让它心灰意冷，威风不再
应该知晓它的价值所在
要像拍打婴儿那样拍打它
别让它醒来，又离开远去

就是它常常咀嚼着我的心灵
不论到哪儿，都会追到那儿
今天，除了你之外还有谁
还有谁能医治我的创伤

我说什么你都百依百顺
我怎么舍得将你的好处许于他人
永远烦躁的情感，你也该歇歇
别再让我的心绪不宁，狂躁不安

黑色的悬崖不会诉苦

黑色的悬崖不会诉苦
真正的诗人没有说不出的话语
冰冷的心儿，破败的脑袋会隐瞒什么
你是雄鹰，飞来飞去，高高盘旋
我是悬崖，永远伫立在这里

黑色的悬崖没有忧愁不会诉苦
像你这样神奇的飞禽不会重生
如果不能用雷电的子弹震醒我
那我沉寂的胸襟不会为之一惊

野马撒欢的地方

这里没有野马
名字却叫做“野马撒欢的地方”
周围的一切死气沉沉，万籁寂静
如果你走上前去
梭梭柴根部的毒蛇会钻出来示威

山谷里的野马，你们在哪里
你们现在只留下了空荡荡的话题
可能我也会变成一种传奇
悄悄消失在八月的幻影之中

这里已经没有人家
只留下了冬季的营盘
爽风惊喜地搜索着芨芨草根部
我那些像野马一样游历的苦难先辈
是否跟随野马已经远远离去

对于从来没有摆脱过悲伤的草原
你是笑了，还是哭了，都一样
我可爱的民族，与野马有着共同的命运
在自己的土地上感到万念俱灰

哪个哈萨克人受到过草原群山的善待
他们像漂移的云朵一样没有一天不搬迁
即便被抢走了所有的土地
他们也不会向任何人讨要一寸土地

在哪里呀？曾经游走大地的野马
我已厌倦毛驴儿之类的胡作非为
像驼羔那样低鸣哭泣的原野
该向谁去讨要丢失的一切，该向谁复仇

荒凉的群山默不作声，仿佛被鬼附身
你叫喊一声，它们会惊醒，然后再次睡去
一只巨大的飞禽永远在山间孵卵
只会白白晃动已经腐烂的蛋

我的心灵在哭泣，遥望野马之山
群山仿佛在我的后背抽了一百鞭
往昔的生活在朦胧中挣扎
仿佛骏马在毛绳上嘶鸣

野马的山
野马的原野
野马撒欢的地方
以后的日子会如何责怪你
有时，想起你的时候
千奇百怪的念头会涌出心灵

人间印象

离开小心翼翼服侍过的古老皇宫
加入宁静未被窃走的小小队伍就好
即便你生于忙着缝补破损大地的妖怪
你也不会摆脱用钱去做生意的困境

人间印象，犹如一只带着斑纹游走的老虎
只要碰到它，甚至会吞下鬼怪
别说夏季要割草，冬季磨钐镰
走过的道路，尽是毒草，绿草怎么会生长

即便奔跑，你也跑不出无边无际的人间
在暂短的一生中，要善待身边的亲人
虽然在寒风中烧烤野兔来吃
但对胃口大的人不会成为果腹的食物

广袤的大地会留给每人一片墓地
恶霸总有一天也会撞在岩石上
万贯家财，富得流油又有何用
它不能在你入土之时
洒下一缕阳光

没有助佑，你的风帆会被风扯断
你别在水面上寻找道路，风尘仆仆
时辰一到，就算鱼钩上有猎物
宽阔的大海，也不会赐予一条鱼

没啥能逃得过广袤世界狭小胸襟的捉弄
没有人会为悔意万分的人抽签
一次一次地煮沸白水，也煮不出油来
你要压下自己“嘟嘟”翻滚的大锅雾气

我总在梦中流浪

时代的每一天都发生着变化
尽管时间的狐狸变换面孔在迷惑
老旧的历史，不时醒来怒吼着
衰老的红颌狮子嘴里没剩下一颗牙

面对巍巍颤颤没有力气的老人
老旧的毡房在心里窃窃私语
秃鹫落在萧瑟老旧的墓碑上
像认出了自己的粪便一次次撅起屁股

周围呆头呆脑的石人沉默不语
仿佛说：我对这个费解的世界一无所知
死去的人在地底下无法交流，已经窒息
我的悲伤令他们感到痛苦绝望

无数世纪的鲜花在绿草之中绽放
昨天成为今天趣意盎然的传奇
我认为比起许多骑着骏马的皇帝
霍加纳斯尔身下的毛驴更有智慧

当许多恶棍张着血口大嘴横在面前时
霍加纳斯尔的那头青驴像城堡一样呵护了他
为了奖赏人类身边的牲灵
我总在梦中流浪，找不到镶银的笼头

幸福只有拇指那么大

人世间，哪个人的雄心不曾受挫
种种捆绑阻挠比我的头发还要多
幸福只有拇指那么大，怎么分得过来
无数百姓遭受苦难，忧患重重

即便天上下起了皮子，穷人也没有皮袄穿
即便驮着的行装都翻了
生活就像死了犊儿的母牛一样乳房干瘪
不会对穷人仁慈，再用劲也挤不出奶汁

将领们威风不再，士兵们会有什么好日子
他们会在黑幽幽的峡谷找不到路而迷失
回想起昨天的一切，再想一想今天的境遇
眼前会浮现出影影绰绰的墓地

用嘴衔着鸟儿的骏马折断了筋骨
曾经掀起大山的英雄已经凋零
破败的国家偏偏遭遇变异的时代
就像一条老狗一样，旧毛尚未褪去

可怜的哈萨克自古喝着清汤也能发福
即便衣不遮体，食不果腹，也从不绝望
像被拴在桩子上的雄驼一般咆哮怒吼
寒冷刺骨，困顿万分，也能自救

我们成为了一个世纪的奴隶，浑浑噩噩
任何人都没为自己的胡作非为感到羞愧
因为使整个国家深陷泥沼
只好从遥远的国度请来了所谓顾问

即便你像一口滚开的大锅一般沸腾
那个固步自封的家伙还是我行我素
只要万丈深渊里还有清澈的水
可怜的马奶桶便无法摆脱铁索桎梏

如果没有神奇的力量来砸烂桎梏
不论怎么挣扎，可怜之人也无法脱身
对青驴来说都一样，它不辨苦难
行尸走肉的一生对大众毫无用处

用祖国的名义换取权力的人知道什么
就像敏感的鸡看到垃圾堆就往上凑
对蝙蝠来说，山岩恰似万丈高峰
对土拨鼠来说，地底恰似辉煌的宫殿

喜欢大吹大擂，可哪有伸展腿脚的被褥
躺倒不干，石头硌人，坐骨会磨破
可能我在熙熙攘攘的人群中没有认出你们
如果真有忧国忧民的男子汉们，请原谅

你的双手胜过一块马头金
单枪独马，谁会搜集继承圣贤们的衣钵
我想念白隼双翼扇动的声音
成群的灰鹤一起鸣叫又有什么用

请助佑我们吧，我们身在铁笼
无论在哪里，都有将一个变成两个的买卖
滑头滑脑的贼手会要了你的小命
捧起人的鲜血当做钱来使用

他们将道德摆在集市，买卖尊严
肮脏丑陋圆滑之人实现了梦想
即便是潺潺流水，也会有人来追究
别着急，兄弟们，尊严的战场还在前方

在倒行逆施的时代

如果人声吵杂，人生可怖，大山的野兽会跑光
老鼠洞里有了瘟疫，一定会传染给近邻
倒行逆施的时代，旱獭吃掉肥羔的尾巴
灰色的蜥蜴趴在母牛的乳房上

黑熊服服帖帖地让青狼撕扯后颈
毒蛇竟然被蚂蚱的神气吓得连连后退
喝饱牛奶的孩子竟然对狗和猫露出笑脸
老鹰竟然在蝙蝠的故乡捕捉老鼠

公山羊爬在母猪身上，散发着狐臭
暴虐的毛驴竟然想蹭三岁的烂背母马
老虎竟然无法靠近一张雪豹的皮
阉驼竟然害怕雄驼的骷髅

麻蛇竟然爬上了毡房的压毡绳
让毡房“嘎嘎”直响，让你后背发怵
歪扭七八面目可憎的东西够多了
双眼完好的人看着黎明像一个斜眼

不管如何哭泣，死去的父亲不可能复生
看着这一切发生，我们显得非常羸弱
可怜的人儿从来没有被仁慈地对待
奴隶们死在门边，头颅会滚落垃圾堆

苦命的奴隶除了保全性命，不会再去争什么
出生了，死去了，完了，然后踪迹全无
七辈先祖创建了汗国，英雄壮士处处可见
那些光脚赤手、一贫如洗的穷孩子也不例外

即便参加了瓜分，你又该坐在哪个宝座
若阳光没照到大地的每个角落，你该责怪乌云
如果你真是一个哈萨克，就别在竞争中落伍
你的兄弟已经走了，快快唆使你的狗

为了我们

对我们来说，祖国唯一，旗帜唯一
如果不去捍卫，枉为男子汉
我们在狭窄的牢间割断脐带
我们用带血的泪水洗涤婴儿的衣裳

成为故乡的撑杆，对男子汉是考验
愿我们不再有奴性
父亲死了，你自己就会成为父亲
任何时候都不要让祖国死了

父亲死了，母亲死了，你会哭泣
孩子死了，你会昏倒，但会重新站起来
如果祖国死了，那你就会粉身碎骨
你会痛心疾首，与它一起跌落坟墓

我们的祖国曾经死去，之后又新生
我们的旗帜倒下之后，又重新竖起
只要我说一句——“亲爱的祖国”
那些为国捐躯的男子汉之亡灵都会醒来

祖国与天上的太阳是孪生子
请你祈求他们俩都平安无事
年轻的公民，祖国有多么珍贵
只有我们这些曾经失去祖国的人最最清楚

如果需要，我们会为祖国去牺牲
我们曾经为一切下定了决心
一个胸襟盛不下两颗星星
对哈萨克人来说，祖国唯一，旗帜唯一

正在度过一个精彩的人生

你是否感悟到了我的梦想？亲爱的
像流动的河水一样，我日夜都醒着
我在度过一个精彩的人生
身处姹紫嫣红变幻万千的色彩中

从百灵鸟千啭百鸣的歌声中
我整夜都饮喝着一种神奇的蜜汁
我的双眼透过洁白的苹果花
久久将你来凝望

我在寻找一种神奇的东西
我向天空为你求索镶着金边的地毯
我醉心于喧闹的银河
瞭望着茫茫天宇的深处

我是一道光亮守望着天下
曾经千百次从幻影的筛子中穿过
我成为造物主的奴役
对死亡，肃然起敬

生命意趣盎然
让我沉浸在精神享受之中
每当东方像流动的星辰一样发亮
我就会迈步走向你那一边

背负着沉重万千的思绪
我总是从某一个地方走来
像骑着棕马的坎德拜一样，总是愁肠百结
却让窃贼盗走了金尾马驹

黎明之前，我疲惫地回返
我为什么要将这一切告诉你
我蹑手蹑脚地走来，只唤醒了你
生怕吵醒了沉睡的原野

命 运

我在大街上碰到了一只丧家犬
它的神情满是忧郁可怜
瞬间，我的心中翻江倒海
仿佛太阳之后刮来一场暴风

它的双腹又瘪又瘦
仿佛剜掉了底的狗食盆
可怜的狗，两眼深陷
仿佛两柄深深的银勺

它可怜巴巴地盯着你的手
根本不管有人在驱赶，有人责骂
仿佛窃贼将赃物藏在那边——
只要看到垃圾堆它就会赶过去

我将它带到家里拴了起来，它便呜咽
米粒般大小的眼泪仿佛要滴落
让它吃饱了饭，它也不安宁
它不喜欢让拴狗绳勒住脖颈

这样的做法，它认为太狠毒
我放开了它，即便抽打，它也不屈服
仿佛自己要回了自己
可怜的东西正一颠一跑地离去

黑色的笔记本

这是一个已经旧了的黑色笔记本
广袤的世界没有边际，任你游览
里边有我激情勃勃的心脏
恰似一只折了翼的幼鸽

这里有我的群山峻岭，还有广袤的原野
我寻找了，沃野千里，连绵不断
这里有我的欢乐与烦恼，还有愁苦
还有并不属于我的幸福

这里有父亲、母亲，我的先辈们
还有我没有做过的许多善事
这里有我在碧浪中汲水来喝的情形
还有我跳进河水扎猛子的身影

当一个姑娘背弃我，离我而去之时
我有时气焰万丈，有时又悲愁万分
这里有我的悔恨，有我的愿望
还有不堪回首的梦想

我年轻的眼睛曾经散发光亮
还有听起来相当离奇的忧愁
我的小马驹曾经嘶鸣转圈
到了最后，这小可怜留在了身后

这里有我即将来临的黎明，还有明天
我知道自己已闯过了种种险关
我当然还存在着许多毛病
不知道这里的熟人该怎么评价

我不敢说这里的每一个人都理解我
已经延续了整整一半儿的生命
在你寻找我，渴得嗓子眼儿冒火时
请在这里痛饮饮料解渴消暑

然后你迎着风儿开步离去
前方绿色的山梁在召唤着你
我的所有性格我的所作所为
容得进你糜子一般的眼里吧

夜里飞翔的灰鹤

灰鹤在夜空飞翔鸣叫
仿佛白天没有诉说完心中的悲苦
它们可怜的处境令人发愁
我为此而怦然心动

灰鹤呀，你们为啥在夜里飞翔
我不知道其中蕴含什么样的秘密
是谁威逼着忠厚老实的生灵
让它们在深夜离开了温暖的窝巢

在这伸手不见五指的漆黑夜晚
你们能否不迷失，相互相依为伴
灰鹤呀，夜里飞翔究竟为哪般
难道你们带着令人悲伤的丧讯

还有谁陷入了悲伤痛苦之中
子弹又射向了哪个偏远一隅
灰鹤呀，夜里飞翔为了什么
是否已厌倦了白昼的光怪陆离

你的双翼是否已经被大火烧燎
我的宝贝们，请说说你们的境况
我只听到你们发出的鸣叫
却没有在夜的怀抱找到你们的踪影

有防备的生灵不会在异常时期飞翔
熟睡的人们会从梦中惊醒
即便如此，也没有人会出来
没有人在深夜挺身而出上战场

黄 昏

夏日的傍晚降下夜幕之时
会掖紧原野上芬芳鲜花的被角
阴影渐渐变得浓郁昏暗
人间在我的眼前瞬息万变

白昼的色彩渐渐褪去
天空昏昏欲睡陷入沉寂
黑夜蹑手蹑脚地潜入进来
仿佛一位已经疲惫不堪的旅人

天空炽热的气浪已经退去
夜色慢慢笼罩着大地
周围的一切显得朦朦胧胧
夜幕之下已看不见群山巍峨

蟋蟀们早已拉长嗓音尽情歌唱
鱼儿戏水穿梭往来，悠然自得
你的双目在四处搜寻张望
仿佛在找寻一个隐身的人

这个时刻，多么甜蜜，汁水丰富
滋润着干枯的心灵，焦渴的嗓子
徐徐的风儿在耳边喃喃低语
令人回忆起过去，忧愁翩然而至

胸中仿佛掀起了层层浪花
你会沉浸在思绪之中，伫立不动
大地新颖，天空新颖，世界宁静
仿佛什么都没有变得陈旧

突然大地使劲抖动了一下双翼
仿佛你要展开翅膀飞起来
但是，你总也想不明白——
这个世界始自何时？又何以被缔造

这个世界既新颖又老旧
你会看了前边，也看看后边
对这个一会儿热一会儿冷的瞬间
除了自己还有什么人能懂

巴合提江·哈那皮亚诺夫

（1951年出生）

巴合提江·哈那皮亚诺夫于1951年出生，是诗人、作家、翻译家、散文家、编剧、电影导演。

1974年，毕业于哈萨克斯坦工学院。1983年，在高尔基文学院学习。1975年开始发表作品，出版了《凉爽的夜晚》《思考》《和平的感觉》《树枝》《命运之线》《游牧明星》《山缘》《沉默的时间》《高于生活》等作品集。还曾发表过《咖啡时间》《夏季的电影院》等散文作品。他写了许多剧本，并担任导演拍摄了几部电影。

巴合提江·哈那皮亚诺夫曾把哈萨克著名长诗《姑娘吉别克》翻译成了俄语。

2011年，在第一届《阿克托热纳》国际诗歌翻译大赛中获得“抒情组”一等奖。他的作品被翻译成21种语言出版。

巴合提江·哈那皮亚诺夫获得过共青团列宁勋章；在美国普希金博物馆举办的文学大赛中获得冠军；获得过哈萨克斯坦国家“塔尔兰”奖。哈萨克斯坦人民功勋作家。

从混沌中来

从混沌中来
至混沌中去
印在这些朦胧岁月上的
是最后的债

也许到了最后一个大海前
命运之路才会显现
那里的智者
朝着群星徐徐前进

用绣品的针脚
为自己卜卦
带着披肩闪过的茨冈女人
是我无家可归的缪斯女神

针脚像文字躲藏在软盘中一样
在这行显露出来
与诗人会面的情景
出现在天空凌晨的梦中

郁 金 香

强韧
也许是因为
雨露的滋润
但是花瓣
却如石蕊纸
一般

在空气的
溶液中
冻得发红
爱抚着
它的手
叫做寒冬

寒冷的季节
在家中休憩

山丘
郁金香
和南方

麦 迪 奥

山路曲折、蜿蜒
且陡峭
山顶气势如虹
树冠生风

万家灯火，街灯闪亮
车轮隆隆响
那一次汽车转弯
好似发了狂

转弯后还要再转弯
好高的山
溜冰的人穿着冰鞋
十分敏捷

移动的螺线作响
神经发痒
震点
在那里，在地下

摇摆的不只是天平
摇摆的还有秋千
为着目标
戴着眼镜评估分数单

一切都能用钥匙开启
但就在隔壁
心与灵
带着无形的纱锭

牧群的气味在哪里
河上的青烟在哪里
山上羊群中的牧羊人
十分地悠闲

在峡谷中

河流沿着河床流淌
挟着的馈赠，来自天堂
那山上的蓝色空气
如波，如碧

一缕阳光照耀着的是
山谷
沿着树皮哭泣的是
树脂
四月之前急什么
休眠的云杉上方被冻住
的是
那山上的蓝色空气

请 倾 听

请细听——请倾听
用你的手指触碰
轻音乐的音乐盒
听到了黑白键
的声音

这一切
都是偶然
音乐闪着光
让我记起了
那街道
那松树旁的相遇

与其愁眉苦脸
不如听我一言
请细听——请倾听
我们见个面吧
窗外的整条街道
灯火朦胧
不要
错过了
这次相遇

你纤细的手
从音乐盒移走
音乐停止了
街道沉默了
整条街道的街灯
更加明亮地照着我们
或者这个音乐
已经在我们这里响起

与其愁眉不展
不如听我一言
请细听——请倾听
靠近那棵松树
窗外，大街上
我们的音乐在徘徊
听到了黑白键
的声音

无 题

我记得那个冬眠
蛇承受着正午的烈日炎炎
仿佛是在一个永恒的时刻
问题找到了我

别掉落也别蜷缩
我朝路上丢石头
我的路如何结束
我不知所措

蛇爬行过几米
如同风一样窸窸窣窣
而目光，由炙热变得呆滞
在峭壁的边缘消失……

树叶之中

树叶之中
我不知道
这是否是鸟儿
是鸟儿的翅膀

在扑扑作响
或者
或者，这是树叶
树叶在树冠上躲藏

但是它，鸟儿
不想
鸟儿不想
在阔叶树上筑巢

而翅膀
却被树叶俘虏
树叶
摇晃着，身体也摇晃着

森林寂静

森林寂静
雪花悬空
鸟儿在树枝间振翅的低沉
却未打扰到那忧郁的气氛
今晨是几号了
不知道几号——只是飘雪了
大雪覆盖了城市的灰烬
我面前出现的是森林
距离喧嚣不远
嫁接的树枝在手边
带着漂浮的天堂
融入我的眼
在家乡森林里
我承担着沉默的时间……

秋天大地的礼物也是永恒

在这个空虚且疯狂的世界里
你纯洁的身影出现在窗边
远方在青春的惶恐中消散
与它在月光中亲近的
只剩下新酒的香甜

大自然对我们慷慨馈赠
我们一度没有珍惜
瞬息万变
只有爱情和自由是永恒
秋天大地的礼物也是永恒

爱人的呼吸

爱人的呼吸
轻轻晃动了寂静
也许，天使留下了什么
进入了蝴蝶的身影中

女性的静谧是个秘密
我不想窥破
我遮挡住月光
不让它在床上洒落

迷雾笼罩着山路

迷雾笼罩着山路
一切景象皆如梦幻般模糊
冥冥中有股力量召唤着我
使我不会迷路

在斜坡上的某处
时间的链条已经倒转
一切都彻底改变
让我无法分辨

编年史似的过往生活
将桥梁冲破
一个和我长得一模一样的人切换了镜头
照着剧本演着角色

我的错误由他来承担
我的理想由他来实现
没有无忧无虑的笑容
有的仅是虚幻

和我长得一模一样的人从迷雾中走来
在夜晚完全看不清
隐形的伤口在疼痛
别的方式行不通

和我长得一模一样的人
坐在没熄火的汽车里
就像光明的天使
让我惊奇不已

我跟他会成为朋友的，但同时
让我们一起将困难克服
我第一次将他认出
难道不在路标处

我们在转弯处彼此错过
当时车灯在闪烁
无需交谈也能安排好一切
我们能够默默地相互理解

打开峡谷的门
吸根烟，在不明朗的时间
被雾气浸湿的纸张
将重要的指令隐藏

和我长得一模一样的人夺走了我的权利
而我还拥有其他的权利
迷雾过后白雪皑皑
风将我的日记翻开

策马沿溪行

沿着湖边的山坡，朝着山顶
完全在马背上度过
季节安排了我的生活
策马沿溪行
枣红色的马儿迈着匀称的步伐
我为自己从外面带回了
古老的故事，关于人类
我知道飞行的蜻蜓
我知道起舞的中国戴胜
胸前的西藏石在长大
就在河流后方浅滩上
带文字的石头被掘挖
连同岩洞上的史诗
编写着后来的部落
展翅的飞鹰是
腾格里不朽的诗
马儿带我越走越远
从萨克到曾经的马扎尔
草原变了又变
毡房又在峡谷后面
古老的长路
没有穷尽处

符 号

清晨的石头上满是露珠
我学会了上面古老的文字符
这竖线代表着结束
第四世纪是萨克人最后的气数

油纸代替了羊皮纸
接下来是稻草纸
但是永恒的只有石头
刻在石头上的符号可以长久保留

这是旗帜的符号，表示前行将取得胜利
这是弯道的符号，表示正确路线朝这里
我掌握了古老文字的实质
在这里我看到了天神的指示

这个符号，就像是“И”倒着
它不是一个圆圈，它没有闭合
请你用自己的能力守护它们
这种符号让我们脱离了病痛折磨

这是角型的符号，表示风景
不会融化的是山坡上花园里的薄冰
我记得在童年：妈妈用毛线织着围巾
使用的是我无法理解的条形

神奇的护身符从石头到星星
显示了仪式之夜的宿命
我在古文字的庇护下提出自己的问题
到救治点之前要战胜的是自己

伊塞克湖州的塔姆加

伊塞克湖州的塔姆加
携着黝黑的晒印
被山路引领着
我找到圣石的矗立之所
在石头旁歇坐
期待些美好的生活
用自己沾满尘土的脚
感知将要来临的时刻

伊塞克湖州的塔姆加
追寻着古老的习俗
将圣洁的哈达
献给在圣石周围的刺柏
呼唤我去远行的
是那里的山窝
喀什噶尔令我神往
那里有无形的羯磨

副词的光辉
这之后，出现了基本的词汇
这是来自天堂的知会
这些诗词源于哪里——我自去寻觅
这关键的钥匙
是谁的赐予在九霄云外
在这里，坐在圣石旁
用眼泪洗刷罪过
做一个僧侣
只为自己信仰的诗歌

伊塞克湖州的塔姆加
湖泊盆地向上升起

加入了你的身影
还有碎了的双柄瓶
萨姆鲁克神鸟
在圣石旁筑巢
用可以预知一切的羽毛
将神圣的纸张打扰

特尼什特克别克·阿布德克克木

（1950 年出生）

特尼什特克别克·阿布德克克木生于1950年，14 岁开始诗歌创作。1989—1995 年，就读于哈萨克斯坦赛米州师范学院哈萨克语言文学系。曾出版《夕阳的信》《黎明星》《棕色的世界》《飘香的六月》等诗集，是哈萨克诗歌的杰出代表。2003 年以来，他的作品曾多次被哈萨克斯坦硕士研究生、博士研究生作为毕业论文的主题进行研究。他的诗被翻译成俄语、西班牙语、汉语、吉尔吉斯语。曾被授予功勋奖章。

特尼什特克别克·阿布德克克木的作品以其经典性，被评价为“为哈萨克文学带来了独特的风格和特点”。

带着霜花的感觉

一双眼睛望穿秋水
两条腿舒展开来
我落在一个星球上
这是众人的感觉吗

我的心儿是否领悟
这些陌生的山峦
这是什么地方？不知道
只知道那里是冬季

元月还没有粉色的幼芽
哎，听不进话
我大声呐喊
嘴里喷出了彩虹

秃鹫们啄食原野的脑子
个个吃得肥肥壮壮
它们是否打破了四周
沉寂原野的安宁

生命之路只有一步
我没有找到哪怕一个正义之人
我一生含恨饮痛
现在我要死了，泪水扑簌

心中的忧愁悲苦
咀嚼着思想的红色边缘
冬季就在我身边狂舞
骨头发出“咔嚓、咔嚓”的响声

怕冷的星辰会显现
我没心思去感悟
月亮亲吻着我的脸
劫难都是苍狼带来的

话　语

他刚沉浸在睡意之中
在某个神秘的时辰
你会感到惊奇
脑海中嘈杂的话语
有时暴跳如雷，有时声嘶力竭，有时又自卑万分
只有你自己听了才会理解
很难显现形象光明磊落的人
与外星人之间的区别
仅此而已

恻隐之心在平凡的生活中稍稍腾出了手
让我们仔细琢磨一下话语的情形，同志们
有的话语气息本身就显现着万千梦想
有的话语词不达意，近乎哭泣
有的话语简直就是套在你颈上的绳索
有的话语比美人还美
有的话语能让死人重生
有的话语能毁掉你的命运
有的话语比教科书更有意义
脑海中还有许多胡言乱语
就像啄屎的恶鸟那样散发着恶臭
如果能掌控
能给予我幸运的也是它们
带着遍布大地的蛆虫

现在是春天
在头顶上的雨水给予我们激越情感之时
像云朵一样飘飞着非常出色的脑袋
总会有闪电一样的话语轰鸣作响

还是让我们仔细想一想
这种无法掌控智慧和情感的生活
难道还是生活吗
明天
在我们像人一样说话的宇宙期待未来之时
在我们享用了最后的晚餐之时
只有话语
好像只有话语
能将我们高高举向苍天

有 时

有时，我——
在寒冷刺骨的冬天
会光着头，穿着发潮的衬衣出门
有时，我——
与你执手交谈
没有罪孽吗
哪里呀？我怎么会没罪孽呀

有时，我——
会向城里的人们行礼问安，哼着小曲儿
有时，我会——
满面春风地走到黑暗的人群中
我没有悲伤嘛
哪里呀
有时，我——
甚至神志紊乱，连泪水都擦不掉

有时
看到天生丽质的姑娘，我会谦谦鞠躬
有时，我会跟着不懂事的孩子们，脚踩泥巴
难道我没有其他的事情可做
哪里呀……有时，我想在思想里种植一棵杏树

有时
有段时期，脑海总是朦胧的夜晚
我真想用手去捉悲伤之虫
也想暂时死去，掉进墓穴
也想问问地狱的境况
我是白痴吗
哪里……我只是顺手牵羊从阎王那里偷来计谋的人

有时，我——
这个可怜的生灵与蚂蚱也合得来
有时，我——
也会高兴地接受该死的诬陷
我不会像别人那样
疾走在厨房和厕所之间

诗 神

她是一个羞花闭月的姑娘
我任何时候都不会去爱抚她
虽然我非常想爱抚
只祝愿她别中了眼毒、言毒

心中泛起淡淡的忧愁
与她相比，幸福之花也黯然失色

只要有她在
我会像在墓穴、在正堂舒展身体安坐
我会让时间前前后后移动
犹如一位少女
让那些指责我说假话的人
也成为像我一样恋爱着的人

只要有她在，我就是充满自信
我甚至能解开打了死结的谜语
我也会宽恕无法宽恕的过错
甚至关于她的闲言碎语
对我隐隐作痛的心，也是一种慰藉
我甚至不会让自己的目光落在她婀娜的身姿上
我不会去闻她散发着幽香的双乳
这一切都是为了制止自己——
爬上她那张充满诱惑的床

她是一个羞花闭月的姑娘
与她相比，艺术的光芒也黯然失色
而我——
只不过是幸福之鸟
落下来孵卵的一种幻想而已

无　题

还是那一束光芒，连我都认不出来
我可怜的笔，我知道你是一个谜
跨过这束光芒的蛇
也会长出手脚
悲愁也会变成一束香花

如果来真格的
它也会超过比自己快千百倍的光波
有时，它在地面上朗诵诗歌
有时，它会在白昼聆听
随它身后而去的动物
也会变成人

只有那样，才会有期待和知识
才会用天空和大地的语言来说话
一方面被陷害的子弹射中
另一方面像百灵鸟一样百啭啼鸣

是啊！说与不说有什么用
那是一束神奇的光芒
必定永远存在
那也是诗人的智慧

八　月　底

八月底
周围的一切令人们赏心悦目
木碗里奶汁，还有食物满满
桌上落下了已经发黄的树叶
还没有为它送葬

激越的情感终于趋于舒缓
为了这个我也要等待那个戴着缠头的人吗
关于秋天，我低吟着绿色的诗句
我的祈祷任何时候都是诗歌

绿色的大地就像稍稍消解的忧愁
前方还有萧瑟的秋天在等待
我邀请风儿来驱邪，它没有来
苦命的树叶

我用土来掩埋了它
会找人来为它唱挽歌
重重忧虑涌满胸襟
周年祭祀举办过了
木碗是空的
诚挚的祝福
冬季还散发着芬芳

我认为这就是正义

我承认我很固执
是一个死不改悔的人
是一块顽固不化的铁块儿
如果有人阻拦我去追求美好
那么，我会举拳砸烂他的鼻子、眼睛

居心叵测的人、富人如果耍威风
我也会狠狠地踢他们的屁股
让他们的屁股上
永远留下青紫的瘢痕

我认为这就是正义
哎，但愿人们能体悟这一点
我还会痛揍那些殴打老婆的人
而且还要当着他们老婆的面

但愿人所具备的十二个器官都完好
如果有恶者胆敢欺压百姓
我会用树枝拼命抽打他们
我才不管他们是盛气凌人，还是仗势欺人
只为了不让好人成为坏蛋们的奴隶

我的悲愤虽然浓烈，但非常诚实
多么痛心，虽然有法律，但形同虚设
否则，我会让混蛋们垂泪求饶
而且不会否认任何罪过
因为
我这样做是为了我的祖国
但许多人甚至无力去担当

无　题

我的纸要死就死去吧，它的骨头已经发黄
我的笔要死就死去吧，因为枯竭
它们是神奇的
只有胸中有眼的人才能读懂——
浸满悲痛油渍的诗歌

我的三十二颗牙齿
带着太阳的三十二道光芒
因为我能在黑暗中成为救星
我能将野兽当做人来看待
我的舌尖上也有不尽的蜜语
我的胸襟又无比宽广

无论是今天，还是明天，我都热爱生活
心中的负担似天空般沉重
我甚至会爱上具有美好愿望的妖魔
我的三十二根脊椎的底部
一片光亮

六十二根血管涌动的都是欢乐
与众人相比，我的悲愁异样
我——
就是那个在花蕾一般的思想中
叫做诗人的苍狼

希　望

我坐在创作诗歌的房间
仿佛悲愤苦愁能吞掉自己一般
而他则坐在客厅
带着笑脸阅读我的过去

我俩在一套房间里
只有一堵墙将我们隔开
打开门却空无一人
我惧怕

但是，我清楚地知晓一个条件
我不是孩子
面前，他张开了怀抱
只要顺着墙壁走过去就好

也就是说，我还不是诗人
我写的也不是诗歌
每天
清晨
我都会用中指戳一下墙壁

书 籍

我的房间满是书籍
我熟悉所有的书籍
有的书籍就是一位学者
有的书籍我每天都会亲吻它
仿佛亲吻故乡的柏松
有的书籍像死海的大浪
已变成纸张的汪洋大海
有的书籍是普通工人，汗流夹背
有的书籍满纸是盈盈的泪水
都是脍炙人口的故事
而从天而降的书籍——
甚至不知道太阳是神奇的存在

许多书籍就是雄辩家，一个胜过一个
有的书籍是即将被埋葬的骨头
有的书籍是将你冲到愚蠢之列的浊流
有的书籍是将你带到老旧历史之岸的关卡

书籍很多
有的书籍是美酒
有的书籍是舒巴特爽口
有的书籍很自然地融进读者的心间
有许多圣贤总在为你指明方向
我掂量一下它们的力量
无疑具有百万马力之强

只有天使们在写的一本书
多次出现在梦境中

演 员

星系——拱着金边的幕布
没有为任何人拉开
乌烟瘴气的女神之乐弥漫
这是殿堂？还是雾都
别在不经意之间错过
那个环境朦朦胧胧，神秘莫测
所有的魔鬼都在你的胸间投下阴影
浓烈尖锐的歌声撞击着你
乐队成员的手指颤抖着滑动
你命运的脸颊不知流淌着多少岁月

安静地坐着
在虚幻世界低语的缝隙间
不知什么人在大摇大摆地走动
脸上是一片不可一世的神情
观众在心里默念着他额头上的字
心中的疑问油然而生
他可能在天上地下寻找深奥的学问
一股妖风也与他一起刮来
只是与行为稍稍有别

大厅就是外太空
你的头骨——向真理打开的勺子
那个人依然大摇大摆地走动
他在不断变幻形象——
阳光
黑暗
一条真正的狗不断闪过，一次一次
除了劫难之外

墨尔波墨涅忒耳普西科瑞都是他的恋人
笑、哭……他披着情感的无数色彩

如果有一个长着盘羊之角的少女随他上台
他也会陶醉地饰演这个主角
绿色的原野，橘红色的夕阳，对我对你都一样
秋天的大雾
洁白的雪
它们没有一丝一毫虚假
达官贵人们向变化莫测的社会哭诉
除了婴儿，其他人都是戏剧专家

你的皇帝也被迫饰演奴隶的角色
诱惑居心叵测的人出卖美丽的姑娘
厅堂里里外外飘飞着悲愁的气息
说他没有变成修士，而揍了他

如果你认为不能这样去生活
那你就扯掉所有的人格面具
统统扔掉，就像从仇恨里抽出毒草一样
直到你哭罢痛定之时
用门牙在石头上刻出一行字——
任何时候都不去做戏剧演员

我也像一个圣贤那样进行说教
写剧本的编剧笔下刷刷成行
只有真正的行家里手在观察一切
最后用寿衣拉起了舞台的幕布
间奏曲

星系——滚着金边的幕布
在宇宙飘扬

有的时候

有的时候
眼睛、情感都相信
只是想阅读新规则的秘密
我将恐惧与疑问卷成一团
枕在头下
但是
所有书籍都像雕刻匠写在石碑上的赞词
而在它的背后
渴求正义的人民吵成一片

有的时候
我想将理智的美酒喝个精光
我也想大声说出真理，即便进监狱
但是
内心有个魔鬼拽着我不放手，还说：不，不
我为自己当时的行为感到恶心

有的时候
我想去某个地方流浪
永远摒弃愚昧无知
但是不论我去哪里
看到我之后
回声就开始寻找斧头

有的时候
在满脸麻点冷酷的夜空
唯一耳朵竖起，在聆听
在我的脑海轰鸣作响
无数疑问涌进心间
那时，我在尊严的法庭
无数次哭得稀里哗啦

但是
在清晨
有什么东西在锅里煮着
生活露着笑脸在那里

无　题

变幻无穷，挂着永恒彩虹的夜空
我激动万分
我依然是童年时代的模样
这个夜晚沉浸在其中，心里满是欣喜
周围的一切
那些黛色的森林都是我的人民

夜晚，天空
活着的天空
与虚无的世界相连
呼吸一次就是十个世纪
就像进入了沉睡大地的梦境
神魂颠倒
我看它也沉浸在无边无际的沉思中
仿佛它就是宇宙之外的一个奇迹

我很想像这个美丽的夜空一般去生活
我想拥抱它深处的那些树林
我也想——
像它的月亮那样赤身裸体
我也想——
成为它自由自在地到处流浪的一条狗
一条百无聊赖地吠叫的狗

这个夜晚，是所有情感沉淀的夜晚
这个夜晚，我将恐惧与欢乐，将有头脑的人
将所有的蝙蝠
也将那些展开翅膀直抵扫帚星的蛾子们
统统注入了脑海之中

刘博芙·莎什阔娃

（1951 年出生）

刘博芙·莎什阔娃出生于白俄罗斯戈梅利州。自 1971 年起常住哈萨克斯坦。毕业于哈萨克斯坦国立大学新闻系。历任哈萨克斯坦铁米尔套报社记者、哈萨克斯坦电台文学编辑、作家出版社编辑、哈萨克斯坦作家协会文学顾问、文学艺术自由杂志社副主编。哈萨克斯坦作家协会理事会成员。哈萨克斯坦共和国荣誉文化工作者。荣获“库尔梅特”勋章、俄罗斯国会奖章“文化艺术卓越贡献”奖、契诃夫诞辰 150 周年纪念奖章、白俄罗斯作家协会“文学卓越贡献”奖等。荣获 2013 年、2014 年总统文学基金会奖金。

著有数十本诗集、长诗集、政论集，其中包括《再见，向日葵》《同希望对话》《黄金牧场》《百灵鸟之歌》，以及自传体小说《向我讲讲你自己……》等。她用白俄罗斯语言节奏描述哈萨克斯坦大草原，编写了《俄罗斯的哈萨克斯坦人》《哈萨克斯坦的磁场：时间，人群和命运》，诗集《我永恒的祖国》《哈萨克斯坦—俄罗斯》文选等。

洗　马

嘿，洗洗马吧
那匹白鬃毛，带深色圆斑点的白马
让它进入努鲁山吧
像落入水中的木船
飞快地划过天空
带着皮肤黝黑的男孩儿
说着，喊着
冲着自己细长腿的女朋友们

哎，听
在所有的河岸
在所有的浅滩
面对这个胜利的召唤
面对这个大声的召唤
河流是如何回答的
破碎的回声放大了百倍
这是草原展翅马群的
远方之歌

草 原

阿基姆·塔拉兹
多么宽广的地平线
卡拉干达的冬天
用天空的里程标来测量
一眼望不到边

甚至连鸟的飞翔
甚至连骑手的奔跑
都无法做到。看起来
草原的冬天就是死亡

我的灵魂住在这里
在这风儿掠过的无边浩瀚里
对远方海市蜃楼的期望
没有被草原阻挡……

因努拉河的暗淡
因雪尘的孤单
完全在，完全在其他的时刻
这里的地平线融化了

列车漫无目的地在铁路上飞驰
离开车站
离开曾经的我，在一个世纪以前
连自己的铁路也不认识

用天空的里程标来测量
我们自己的路我们未曾标识
从空无的烟雾中看着草原
我认得它。我的债，我来偿还

叹 息

妈妈，你的叹息——
是肩头过于沉重的负担
——F. 文格尔森诺娃

在那里，春天的尘沙
渗入裂缝里
灌溉渠荒废了
在那里，吱吱作响的
摇篮
还是妈妈的叹息

在那里，天空
浸入眼底
别列津纳河
在白天与黑夜之间
听到了
祈祷的叹息

哎，妈妈的叹息
是肩头过于沉重的负担——
一切都很沉重
但是为什么—— 没有它们——
也不会变得轻松
只剩下病痛

……在哪里，在哪来可以冲破
云层
用你的飞机
母亲的叹息
飞云一般
随后飘过

苹 果 节

——致：瓦列里·米哈伊洛夫

摘下苹果，摘下苹果存起来
八月来了，苹果节也跟来

苹果躲进孩子的衣襟
多么幸福，这家乡的土地

苹果掉落在别列津纳河里
我也抓不住那波浪，是波浪在偷东西

啊！河流在远处流淌
从远处很难看得清晰……

从那时起我品尝到了苹果
我了解它们苦涩的秘密

河流的秘密被及时掀开
这是我生命的源起

法沃尔斯基山之光的秘密
对我来说至今仍是个谜

不是因为在大雾中迷离
多么悲伤，这家乡的土地

改变触动了我们么
苹果，苹果……苹果节

去往维什尼奥夫卡镇

——致：伊利亚兄弟

早上起床多轻松
去往维什尼奥夫卡镇取牛奶
父亲骑着自行车
我在后面跟着
在自行车后座上固定好罐子
他慢慢地踏着踏板
穿过村庄，在森林的高速公路上
我熟悉所有的路
我清楚他所有的习惯……
但我想要挣脱
啊！我多么想超越我的父亲
我快速地踩动脚踏板
不过我们有一条不成文的规定
他要在前面
我的眼中都是郊外的风光
汽车沿着公路疾驰而过
而我看了半个钟头的
只有父亲躬着的后背
这就是——这就是去往维什尼奥夫卡镇的转弯处
有什么混蛋东西拽住了我
我又阻挡了父亲
穿过公路，啥也不要看，快跑
不，没有发生任何的灾祸……
听到了警笛："呜……呜……呜"
毕竟那条路上没有人
而我将自行车调转方向

但我看了看，我能看清楚了
从高处看到了被隐藏的背影

天 竺 葵

守护天使
跟孩子说话
——M. 莱蒙托夫

……清晨醒来
童年的馈赠无法忘怀——
是那太阳和天竺葵的味道
是那窗帘上的大红球

谁用最纤细的手指——
将花瓣采集——
从这火热的花朵里
将活的火焰收集

云端的天使
透过无形的旅程
注视着那一点火光
携着歌曲的寂静

无论平静与烦恼
阳光把所有地方都注满
在他神圣的照顾下
开始新的一天

它从内向外发着光
为使天竺葵球长得饱满
躲不过慷慨的正午阳光
一直晒到傍晚

家族的故事
延续了书中的故事
童年——红色的天竺葵球
天使、奶奶和我

木屋所在之处

一
在山脚下的草地上
空中的梅登市很不一样
一双小天使
有格奥尔吉，有尼基塔

我伸出自己的双手
握着孩子的手
世界很美丽
因为格奥尔吉与尼基塔在这里

这道路没有尽头
给予帮助吧
帮助尼基塔与格奥尔吉吧
请保佑他们，请指引他们

二
木屋所在之处
那里山丘耸立
那里河水喧嚣
清晨从门廊上升起

阳光——如野兔般跳跃
从大门到屋顶
而后来到了尼基塔与何西亚面前
出现吧，美好的一天

出来吧，睡够了吧
别睡了，兄弟，夏天到了
开始耕耘
那土地吧

山谷

一

睡醒了，相互呼喊着
睡醒了，小鸟不知在哪里啾啾叫着
还有远处奶牛的哞哞声
周围的一切多么美好

清晨仿佛被吹了气儿一样——
闪耀着，洋溢着，玩耍着
与轻柔的微风若即若离
将榆树叶逐个翻起

在这图尔根山脉间
世界最为平静
大地是否会发生移动
夜里我们脚下的大地是否抖动

是什么，是什么在岩石洞中颤动
是什么让我们惊慌失措
你听！冷静冷静！这是一条鲸
轻轻地从地下的水中回来了……

开始了，这最美好的一天
洋溢着生命之光
还有邻家公鸡的歌唱
过去了，那可怕的夜晚

二

山谷安静地坐落于山的手掌
鲜花遍地，如同天堂
每次颤抖，都好似巨人
到底是什么呢——这大地的颤抖

大地温暖如春
大地的疯狂与腐败——不可计数
这一切，都是人的意愿
但是愤怒的时候，请不要放手……

塔乌—图尔根

——致：安德烈·科兹洛夫

迷雾在山上盘旋
一个下着雨的阴天
但是你却从中看到了一丝光亮
这不是深秋的昏暗

春天的雾气以及雨水
将那些绿色催促。
已经穿过黑暗亮了起来的
是未来的叶簇

那里，杏树的树枝颤抖着
摇落了雨滴
当这个颤抖出现的时候
就是这个世界刚刚开始的时候

推开迷雾的帐幔
突现天堂之眼
第一道光芒如同针尖
穿透了所有的山

天堂的边缘被触碰
山丘的王位被霸占
只还有一点点——一点点倾泻的光芒
将山丘与山谷点亮

伏牛花开的时刻

一

在山坡嘈杂的河流边
有团红红的火焰
昨天的世界还是绿色
但是现在已经是伏牛花开的时刻

在正午炎热的时刻
为冬季做着储备工作
希望生命能继续流动
带着那酸味的秋色

二

杂乱的野树枝
全是紫色与尖刺
其中野玫瑰热烈如火
好似伴娘的首饰

我越过那些尖刺
这是责任还是快乐
是关心还是嬉戏
你听！有人在树枝上吹口哨
——嘿，女朋友，别生气
第一次霜冻就要来临
乱乱的树叶会到处飞舞着——
还可以采摘浆果

你是对的，巫婆
毕竟对我来说这个晚秋

比夏天更珍贵的是
最后给予启示的浆果

三

在图尔根棕色的山坡上
天真的喧哗向下爬漫着
汇入河流之中，喧嚣着
在永恒的主体下流淌着

河流要延续，与无忧无虑的清澈声音
的联系也要延续
嬉笑着
生命之河朝着后代流去

金色的牧场

这是清晨日出时分的金色牧场——
是鸟儿的牧场，是蜜蜂的牧场
是把酒言欢的草原牧场
但是它朝哪里去，它朝哪里走
我的心灵与眼睛——这是金色的牧场么

这是傍晚日落时分的金色牧场——
阳光穿过铸铜的松树
心灵与眼睛永远也别想
偷走——这金色的牧场

这金色的牧场！这味道是蜂蜜
迷失在这绿色的世界里
蒲公英带着它漂起
只是所有的一切都将与我远离

这金色的牧场……

致：巴黑特·卡伊尔别科夫

呼吸之间有个停顿
感受到了四十年代的呼吸
这个时代是多么地狂热
智者面孔，我的同龄人

声音多么分明，多么相似
他们的眼睛，永远年轻
他们严肃的灵魂无休无止

他们都还在这里。还看得见
安静的时刻
不是为了，说完——
听完……

歌　曲

出现在我的眼前
叶尔缅套山
——伊曼居苏普

草原多么辽阔
在阴霾中融化——叶尔缅套
金雕在草原上飞旋
回来时已疲倦

骏马飞驰得如箭一般
回来时已经气喘
疲惫的太阳
就坐在远山

草原多么辽阔
无边无际 ——叶尔缅套
草原多么辽阔
为了追逐，为了战斗，为了荣耀

只有它的歌
瞬间飞遍每个角落
在大地上翱翔
并且高高的飞入天空

只有这一支歌
可以拥抱每个角落——
拥抱整个草原的辽阔
这才是诗人心里装着的歌

ddd

叶森胡勒·贾克甫别克

（1954—2013年）

叶森胡勒·贾克甫别克生于1954年，是诗人、记者、阿肯。1990年，毕业于哈萨克斯坦国立大学。多年来，活跃在阿肯弹唱会上，以其高超的即兴弹唱技巧和机智的口才，成为了哈萨克斯坦著名的阿肯。1984年，他成为首位在电视阿肯弹唱会上获奖的阿肯。同年，他的第一部诗歌也被收录在哈萨克青年诗人《燕子》诗歌集里。此后，相继出版《真诚》《我们俩》《跪拜脚下的土地》《美好的世界》《如果》《男子汉们》《终将流逝的夏天》和《杰特苏之歌》《山顶的积雪》《秃鹫的命运》《泛黄的窗户》，为哈萨克诗歌带来了不同的视角。在生命的后期，他经过多年的沉淀，写作的关于生活的秘密、生命和死亡、自然、爱情、命运、对社会思考的作品，充满哲思的诗歌，使他不仅被文学界所认可，还得到了读者的广泛喜爱。

叶森胡勒·贾克甫别克同时也是广为流传的的歌曲《深秋》《想念你》《艺术家》《星星知道一切》《有雾的夜晚》的词作者。他一生创作了约200首歌曲。此外，他从事阿肯弹唱30余年，曾多次获得国家级阿肯弹唱会大奖。

2011年，荣获哈萨克斯坦国家奖，受到总统专为奖励文学艺术人才而设立的国家总统基金会的嘉奖。

人　间

你不好——
我的心儿不会因这句话起波澜
你很好——
我的心儿为什么会为这句话而痛楚
你很好——
我为什么因这句话而生病
难道有人碰触了比你还羸弱的心弦
啊！人间！你为什么会这样

一般人看不出其中的黑与白
人世间，人际关系又是多么地艰难
你看看不同的嘴会说出不同的话
我的心常常为此而感到阵阵痛楚
我为什么那么惧怕吆五喝六的人
我的心灵为什么显得那么地虚弱
这个阿吾勒所发生的幸与不幸之争纷
对我来说，其中的黑与白都无所谓
因为奥革阿斯大院永远无法清扫干净
啊！人间！有没有改变这一切的办法

我不会为“我不好”这句话感到紧迫
不会像秋末瑟瑟发抖的树叶
你看，现在为了“你很好”这句话
我的心却已楚楚作痛
乌云密布的一天

只要阴沉沉的云朵聚集起来
乌云会密布每一个角落
乌云也会密布你的心灵
相比之前，我现在更喜欢你

无 题

团团乌云，团团乌云
团团乌云也蒙蔽了我的心灵
你是否也在生活中迷离
无法从重重乌云之中脱身

乌云密布的日子会哭泣
天上地下，浓云密布，一片阴郁
当我久久渴望你的时候
我喜欢如此乌云密布的天气

致 人 类

人们用仁慈的心灵呵护着我
他们常常展开宽广的怀抱
直到死去，我都依靠他们
生命就要走到了终点
我活在这样一个世间
我依然依靠祖国与人民
人们怜悯我，呵护我
人们疼爱我，理解我
高傲的人面对我的诗歌，变得渺小
大片的云朵会投下自己的影子
如果你切开我的胸膛看一看
里边装满了对人们诚挚的谢意

人们一直都在呵护着我
独自一人时，他们簇拥在身边
我原本像落下鸟儿就会打弯的嫩枝
现在被人们培育成一棵参天大树

当我身处令人焦渴的戈壁
他们会变成水滴滋润我的心灵
有时，愚蠢至极的人会令我痛苦
但世界上还有许许多多的好人

世上没有一个人超越过我
我也没有超越过任何一个人
现在我深深思考祖国与人民
只要有祖国，没有一个人比你还富有

无　题

如果他们认为我是多余的人
将我抛弃在荒野，我又该怎么办
我会说自己一生采集的滋养——
就是善良，就是诚挚的情感

现在没有比我更穷的人
而我的肉盘胜过达观贵人的肉盘
如果在生活中变得贫穷
我心里依然会铭记着他们的善行

每当我动情地想起这一切
眼里一定会盈满泪水
时代会逝去，一切都会陈旧
但善良是永不陈旧的黄金

致前来请教的诗人姑娘

亲爱的，有利的事情并没有诗意
这是与诗人言行相悖的事情
当你周围的人都获得幸福之时
当他们都无忧无虑地生活之时
你会以为某个地方也有属于自己的幸福
你会喊叫着诉说心中的苦闷

这个地方没有你的一个朋友
这与诗人的天空息息相关
即便你永远仰望天空
天空也不会降落搓好的长绳
等你的伙伴们都找到了幸福
你却像迟临春天的一只鸟儿
你总是离自己的幸福迟来一步

这种诗意没有益处，只有害处
这种诗意是朦胧的幻想之鸟
你无法跟上社会的驿队
只有呛尘的份儿，没有收获

虽然心中绽放着一簇簇鲜花
但哪一个诗人生活得闲适舒服
你的家人有可能在某一天离你而去
认为你只考虑一己私利

诗人姑娘啊！你的未来也是如此
我们也在经历着这样的命运
在大腹便便之徒横行的时代
我们却饿着肚子，眼前一片灰暗
即便如此，一种希望鞭策着我们向前
在白色幻影晃动的山间
我们从这座山梁跑向那一座山梁
在鲜花丛中一直奔跑

楚楚作痛的心儿

我的心儿楚楚作痛
仿佛自己被列入黑名单
你别问我怎么了
别问，别问，求你了

我屈服于达官贵人，还有命令旨意
就这样度过生活的每一天
我尊重每一个人，但没有——
尊重自己的一丁点儿权利

我没有知心人，也没有相互尊重的人
只是被迫去尊重某几个人
因为我没有一丁点儿脑子
所以常常使心儿楚楚作痛

即便蝙蝠看我一眼，我也会感到胆怯
除了唯唯诺诺，没有任何的办法
不要楚楚作痛，我的心儿，我的城堡
除你之外，我没有任何倚靠

诚实的人

他总是从恶棍那里期盼人道
他总是从洁白的黎明期盼惊喜
他不会从任何人那里找到恶意
他从不会向任何人隐瞒心事

他从来都是笑脸盈盈
就让大男人度过这样的生活
如果你用枪对准了他
他肯定以为你是在开玩笑

生活中的每一天都是考验
他总在为别人担惊受怕
面对贪赃枉法，你只会摇摇头
他却会为此感到痛心疾首

他将诚实与尊严当做生活的旗帜
悲愁难道能蒙蔽好人的双目
如果你为贪赃枉法不寒而栗
不知道他又会有什么样的举动

无　题

我思念着你，春天、秋天悄然逝去
我们奈何不了只有期盼的生活
我俩就像天上的太阳和月亮
渴望相见，永远彼此找寻

见到你，胜过见到其他任何人
我为无法用语言来将此告诉你而痛苦
你出生的阿吾勒和乡亲们有多么地幸福
他们每一天都能亲眼见到你

亲爱的，你是我佩戴在胸前的护身符
你孤苦伶仃，苦闷不已地过日子
见到你的人们都喜爱着你
但在生活中，只有我是你的同偶

我没有秘密

我没有秘密
即便有，也藏不住
我的心灵纯洁似一轮皎月
我会向诚挚的朋友们张开怀抱
就像一扇敞开的大门

我没有秘密，我已经全部诉说完毕
我每天向朋友们诉说心事
那些为了权力出卖廉耻的人
可能真的有秘密藏在心底

我没有秘密
如果有，你们会知道
你们可能觉得这有点儿好笑
那些无法无天的家伙
知道了我的心事
就会拿绳索套住我的脖颈

我没有秘密，我会诉说得干干净净
我的心底并没有鬼
少女啊！我只有一个秘密
只有这一点我无法诉说与你

诗歌，诗歌

诗歌，诗歌
我终身的消遣
某一个地方存在一种神奇——
我需要这样来迷惑自己

我写的诗歌是灵药，是生命的呐喊
我会为美而瞠目结舌
你那像美女一般的尊严
现在开始变得衰老

仿佛马上会骑上骏马飞奔离去
不知哪儿来的幻想依然在胸间
连城里那些乞丐流浪汉
都在我之前高唱过幸福之歌

即便察看，也无法从衣着找到瑕疵
但是谁又能看见眼里隐隐的泪水
我饿了，我就去购买白纸
仿佛它就是纯洁生命的救星

诗歌，诗歌
啊！我的消遣
你是生活永远不死的幽灵
它不喜欢苟延残喘的日子
它是心中的一头雄狮

诗人正从街上走过

没有了昨天前簇后拥的辉煌
诗人正从大街上走过
如果你用盛满仁爱的大碗
递给他饮料，他会怎么样

他义正词严，秉持正义，明辨是非
诗人正在走过，多么坚毅的诗人
在这个人还具有语言魅力之时
几乎没有不垂青于他的女性

尽管诗人让达官贵人身败名裂
但所有的男子汉都赞美着他
如果用心险恶的朋友将他推进河里
他那些志同道合的挚友们
会沿着河流呼喊着
奔跑着将他救出

他当然也会遭到小人的嫉妒
有小人的日子，他的声誉倍增
现在，连小人都成了一种奢侈
即便他们就像与花朵一样生长的毒刺

每当他捧出晶莹的诗歌之碗
所有的人都激动万分地将他注视

现在，没有了关于他的闲言碎语
现在，没有一场他不被驱赶的宴会
这个流浪汉正沿着大街行走
那模样仿佛一年四季从未洗浴

无 题

这个世界令我骚动不安
仿佛生命白白地流失
在造福于大众的美好生活中
我吃亏了，吃亏了

面对无耻之徒，我吃亏了
还有那些被认为是好人的行尸走肉
他们没有为祖国做过什么
甚至对民族没有举手之劳
我吃亏了，吃亏了
人们啊！不管怎么说，乌鸦总是乌鸦
即便长着金尾巴，它也只能是金乌鸦

面对许多人，我吃亏了
面对那些像吸足了鲜血的虱子一般的达官
还有那些为了迎娶可汗宫殿的公主
而去清扫院门的奴仆们

面对领头羊，我吃亏了
领头羊走了正路，驿队才能一帆风顺
像我们这样绵羊一般敦厚的人
哪里知道绵羊正站在肉食仓库的门口

面对冷酷无情的人，我吃亏了
还有那些以为别人个个都傻的家伙
有许多话已在心中死去
我常像一个就要被逮住的窃贼
尽管骑着高头大马

今天请大声说出来

我有心事，常令生命悸动
有一个夜晚，令我终生难忘
我还有债务要偿还给这个社会
我还有诉状要递交给联合国

沉默恰似空幽幽的墓地
有个罪恶始终没有得到惩罚
有许多奇闻轶事，证据确凿，但没留下印痕
有哈萨克人，但他们只有大门，没有正堂

身材魁梧的大汉埋葬了自己
还有女人从不让别人看到自己的胴体
有蠢货，不会说话，说起话来尖酸刻薄
有重重封锁，但肉眼看不到

为了不让蠢货们没话说，没歌唱
我们打破封锁，他们没有桎梏
真实却变得无比羸弱
就像兑了水的酒精一样索然无味

所有民众都为真实而忧心忡忡
所有的话都说了，歌谣诗歌不计其数
没有及时地说出来的真相
落后了整整一个层次

真理之多，已经无法计数
如果说得迟了，也没好日子可过
说出来吧，男子汉，现在就说出真相
如果你想让自己变得崇高

没有姓氏的人

请让那个人坐到餐巾之前来吧
你为什么让他单另独坐
不管境况好与差
在这个动荡的时代
也有许多人将丰盛的餐巾献给你一个人
请让那个人坐到餐巾之前来吧
在我们的时代，还有许多命运不济的人
他的祖国和亲人可能漂泊流浪
我们的祖国和亲人却安定富足
可怜巴巴地乞求别人，泪水盈眶
远离餐巾是最为可怜的情形

他的明天是否有一个目标
请问问他的家在哪里
祖国又在何方
他肯定被逼无奈离开了故乡
他的眼里并没有罪孽的意蕴

命运不像丧家犬，不像毒蛇
即便拼命捶打，它也不会发出声息
它已经变成了陈旧不堪的铁块儿
胸中盈满了阴郁的情结
他浑身上下是青筋，是瘦肉
你让那个苦命的人儿坐到餐巾前来吧
啊！失去了祖国，多么悲惨
如果让你去替代这个人
说不定你会像无主的饿狗舔食粪便

一个陌生的人将光亮洒到四面八方
你看看他打量人的慈祥眼神
他可能到原野寻找野马

他可能没有兄弟，也没有姓氏
不要让你的祖国和民众遭到他的眼毒
你不要向他炫耀自己的祖国

他既不赞美自己的祖国，也不谩骂
他只是在审视你的每一句话
命运你可以不赐予幸福与财富
但愿你不要让我们中了没有祖国之人的眼毒
在大地上还没有什么人认可你之前
要防备屋子背后藏匿的小人
在还没有丰衣足食的时候
不要去做关于祖国的美梦

手　表

还是不要让我遭到责难，还有闲话
老老实实地过日子，如何
在你夜里铺好的床上
落下了我的手表

为了生计是最累人的操劳
我忘记了一切，忘记了天堂
除了你，我真的忘记了一切
我的手表却落在了你家

我的手表日夜不停地转动
不耐烦地不停地转动
即便我的生命延续百年、千年
它也不会为一个夜晚停转

请记住那个珍珠一般的夜晚
它令你感悟到幸福
请你珍藏这个信物
这犹若金勺柄儿的信物

那手表的带儿是黄金的
可怜的媳妇还很年轻
有一天夜里我前来投宿
你头发蓬乱，出来开门

你满身香气地打开了门
如果那个夜晚悠长，该多么美好
一生中所有的欢愉
都不如那一夜珍贵

我只有一个愿望
但愿那个黎明被牢牢拴住，不再来临
那么，我自己就会变成手表
我的心会“突、突、突”地跳动

在思念我的那些夜晚
请你拧紧手表的发条
只要我的手表还在转动
就说明我依然在思念着你

乌鲁胡别克·叶斯道列特

（1954年出生）

乌鲁胡别克·叶斯道列特生于1954年，诗人、剧作家、记者。1977年，毕业于哈萨克斯坦国立大学新闻系，1985年，毕业于高尔基文学院。第一批诗歌收录在《青年之翼》青年诗人诗歌集。同年，出版了《我爱慕你的眼睛》的第一部诗歌集。此外，又出版了受到读者和文学界高度评价的《星光》《春分》《本性》《激情的心》《阿尔泰山水》《金贵之书》等，2006年，出版五卷本诗歌集。近年来，他出版的诗歌集对哈萨克诗歌的现代化作出了重要的贡献。

他将印度、芬兰、阿尔及利亚、乌克兰、阿塞拜疆、吉尔吉斯斯坦、蒙古等国家诗人的作品翻译成哈萨克语。同时，他的一些作品也被翻译成多种外国语言。

2017年，他创作的戏剧《泽列》曾在位于哈萨克斯坦阿斯塔纳的国家学术音乐剧院上演。

1982年，诗歌集《黑靴子》在全国文艺大赛中获得优胜奖。1986年，《白色篷车》一书获得哈萨克斯坦青年团列宁勋章。2002年，因诗歌集《金贵之书》获得哈萨克斯坦共和国国家奖。

清洗石雕的女人

阿拉木图东侧有一座山梁
山梁上
耸立着一位诗人的石雕
他的诗歌口口相传令人赞叹
他的身姿宛若大山一般雄伟壮观

诗人耸立在那里
茵陈与羽毛草簇拥身边
头顶萦绕着一首首诗歌
年轻的诗人们带着诗集
常常到这里将他拜谒

天寒地冻的冬天过去了
春天拖着绿色的缰绳姗姗而来
石雕今天看到了——
看到了平安抵达春天的人们

积雪开始融化，污浊的雪水流淌
石雕的面颊满是泥泞
一个女人前来清洗石雕
她心疼地给石雕打上了肥皂泡沫

诗人瞬间被裹在云雾之中
女人用洁白的丝巾包裹着头
全世界都看到了石雕在哭泣
只见晶莹的泪水簌簌滚落

你不想舍弃的金是什么
银又是什么
生活就映在他的泪水里
这时，忧伤的女人亲吻了石雕
诗人活着的时候
她可能没来得及亲吻

忙　碌

我们在并不忙碌的时候忙碌着
我们有什么必要隐瞒实情
我们刚刚上路就急着到达目的地
刚刚到达目的地又忙着离开
早晨为去幼儿园而忙碌
中午又为拿到酬金而忙碌
我们还会忙着责问他人的一丁点儿过失

有人去世，我们忙着为他下葬
我们刚刚相识又忙着成为朋友
我们刚刚问候又发愁如何告别
我们刚刚成婚又忙着离婚
然后又忙着再去恋爱

我们相互撕扯、闲逛、操劳
任何时候都在奔忙飘忽不定
难道我们已经失去忍耐，不再宽容
抑或心灵已经会像钟表那样永远摆动
我们总说没时间，没时间，膜拜时间
那我们究竟要去哪里

站到屋角去

无法忍受孩子的恶作剧
父亲又开始教训起儿子——
“站到屋角去！”父亲恼火地吼了一声
宛若民间故事中呼风唤雨的大力士

儿子因为惧怕马上站到了一个屋角
宛若一截黑树墩扎在了那里
他的双肩偶尔哆嗦一下
鼻子也时不时地抽搐着

每个房间都有四个屋角
孩子在那些屋角站了许多次
孩子总在心里想
如果我出生在没有住房的野蛮原始人家
我就不会站在这样的屋角
有时他也会对母亲说
我长大以后一定建造出没有屋角的房间

我则为这个调皮蛋儿感到欣慰
如果是我，一定会宽容他的恶作剧
啊！我们的父母是多么地幸福
他们出生成长在没有屋角的毡房

石人之歌

生活啊！我来了，又走了
我究竟做了些什么
我摘下辽阔天宇的金丝带
来澄清地界的浑浊

生活啊！我来了，又走了
踩着清晨的露珠
我向世间诉说着心中的悲苦
看他是否可以静耳聆听

我睁开又合上该死的眼睛
去眺望辽阔的天宇与大地
我是吞下了舌头的石人
以后，以后再也不要让我说什么

谁来抹去

画家正在抹去
画在纸上的画作
抹去那些给心灵带来阴影
多余的没有价值的部分

抹去脸
因为那张脸在假笑
抹去眼睛
只因为它怀着歹心打量着人间

抹去耳朵
因为那双耳朵善于捕风捉影
抹去双唇
因为那两片唇喜好家长里短

如此乐此不疲的可怜虫
生活中难道还少吗
与生俱来的险恶之用心
难道能用洁白的乳汁洗涤干净吗

是否有一种神奇的力量
消除他们亲手为你
留下的一道道伤痕
还有难以忘却的耻辱

不要向诗人询问时间

不要向诗人询问时间
他不会度过被限定的人生
无论你是谁，也别责怪他
也不要去原谅他的过失

他们鄙视没有理智灵魂的心灵
以及所谓的伟大、思想
还有财富和幸福
只有诗人能让时间复活
而你们都会让时间死去

他的生命是一堆火焰
他夜以继日熬过每一个黎明
不要向诗人询问时间
他的时间就是永恒

我爱慕你的眼睛

你那晶莹的眼里
有着清澈见底的泉水
我在那里消解心中的焦渴
那里有一盏明亮的灯
我在那里点燃心中的火焰

你那晶莹的眼里
有着尊严的底蕴
有着心灵的纯洁
我迷恋你的那双眼睛
就像一个喜欢吃糖果的孩童

你那晶莹的眼里
有着不曾走过的道路
有着你的生命你的梦想
有着你宽广的胸襟
甚至比天宇还要辽远

你那镜子一般的眼里
有着一个打开了盖的密箱
那里有心灵的裁定和指令
你的眼睛能融化我心中的冰雪
你的眼睛能驱散我心中的寒气
我被你眼里的火焰
千百次燃烧千百次灼烤

我从你的眼里
听到了你心中悠扬的冬不拉乐曲
还有夹杂着暴风骤雨的歌声
听到你的梦想冲出了疆界

我从你的眼里看到了一片火
然后心中的惊雷被唤醒
我从这一条路跨向那一条路
从这个黎明跃入那一个黎明
遗憾的是只能打一会儿盹儿
然后抖擞精神舒展眉头再度新生

我久久地凝视着你的眼睛
心中无边无际的愁苦像雾气一般消散
我因为欣喜而意气风发心潮澎湃
我就这样——
就这样爱慕着你的眼睛

信　件

《我爱慕你的眼睛》之二

每当与神奇的梦想攀谈
我会闭上闪着光泽的眼睛
若身边有一丝清风轻轻掠过
我会惊醒，以为那就是你

需要一首慰藉恋人的美歌
因为恋人有着自己的烦恼
如果雨水拍打着门窗
我会惊醒，以为是你来敲门

无论何时，你不要忧愁，一定要平安
除此之外，我对命运再无奢望
阳光下清澈的河水潺潺流动
我会欣喜，以为那就是你的笑声

如果你想知道——
生活就是一场阵雨
在这短暂的一生中
祈求你高兴，祈求你欢笑
对我来说，你的眼睛就像日月
让我一生爱慕

爷 孙 俩

黄昏时分
在山谷斜坡
一辆马车晃晃悠悠
一路颠簸
缓缓驶向下游的家

我和爷爷
漫不经心地走着
荒芜的山梁犹如一首歌谣
身体在风中飘摇

夕阳带着红扑扑的脸蛋滚落
用橘红色的光芒燃烧原野
我痴迷地打量着这一切
爷爷却转身开口道

孩子啊！别迷恋西边
夕阳属于我们这一代人
我们只能活到
融入地平线的那一天

时间就像嗖嗖飞过的子弹
会毁掉你的忍耐力
所以呀，我的孩子
在夕阳还未滚落之时
说出该说的这一切

爷爷这样说着
声音颤抖喘着粗气
夕阳的光芒
正从他的眼里一点一点散去

他的眼里满是忧伤
我心疼疲惫不堪的爷爷
他转回头来，长叹一声
仿佛从东方寻找着黎明

只爱你一个人

我只爱你一个人
只爱你
我爱你婀娜的身姿
爱你柔美的性格
在思念沉重的压力之下
我的心灵无数次被刺疼
无数次碎成了片

每当想起你的名字
就会低声将你呼唤
我度过了美妙的生活
犹如黎明的美梦一般甜蜜
若我感悟不到你的情感
就无法感悟雨滴的深度

你默默无语的一次回眸
会让我绝对忘记——
忘记这个险恶的世界
我会一声不吭地为了你
而放弃我高高在上的生命

每当你远离
我就会渴望，就会坐立不安
忍耐力也会冲出自己的界线
只有你温存的话语
可以治愈我心灵的创伤

我只爱你一个
但是，亲爱的
我没能成为你的伴侣与你共度一生
你会在黑暗中
点燃在深夜熄灭的心灵之灯

乌鲁胡别克大街

阿拉木图有一条大街叫做乌鲁胡别克
街道两边人口稠密热闹非凡
我们以你的名字命名了一条街
朋友们嚷嚷说你应该庆贺一番

阿拉木图有一条大街叫做乌鲁胡别克
人们甚至没有心思去打扫那里的树叶
一个乌鲁胡别克获得一条街很是光鲜
另一个乌鲁胡别克头顶总漂浮着乌云

阿拉木图有一条街叫做乌鲁胡别克
那里的清风召唤人们前去游览
它也具有与我一样多变的性格
有的日子它会显得闷闷不乐

它舍得将尊严赐予我这个人
我诚心实意亲近星相师
我们俩拥有一条街已经足够
我就是那条街上的诗人

石 书

唉，天上的黑书
——穆汗莫德·萨里克

我在父母双亲的墓地
用灰色的大理石
镌刻了一本打开的石书
我有时坐在石书之前
回忆亡人，思绪万千
在这万里晴空之下
石头也有想说的话吧
如果碰到了龙卷风，还有洪水
我就会来这里阅读这本石书
悲伤令心灵破碎
但又点燃了思想的灯盏
万里晴空也会俯身阅读——
这一本打开的石书
不论是夜里，还是白天
太阳、月亮和星辰都在阅读它
要想诉说心底的隐秘
恐怕一个世纪也不够
那些来来回回不停飘飞的白云
有时还显得阴沉
落下淅淅沥沥的雨水
也从打开的石书学会识文断字

领受了命运的种种威逼
现在威逼也临近了墓地
那本石书煽动着翅膀
正在奋起准备飞离

大海的暖流

夏天我去度假的时候
父亲用话语给了我致命一击
如果妨碍你写一封信过来
那么孩子，你就别再写诗了

从前他总是春风满面轻松愉快
掏心窝的话潮水一般滔滔不绝
但现在沉重阴郁的心情
每时每刻都映现在他的脸上

仿佛衰老挥着手渐渐逼近
双肩已疲惫无法扛起生活的重负
自从长子不幸去世
他就变得忧郁沉闷，还有尖刻

一头青丝已经变得花白
眉头紧锁，挂着沉沉的阴云
他从前善良爽直，古道热肠
现在却像北冰洋变得冷冰冰

只有在那一天——
孙子出生的那一天
他才舒展眉头心花怒放
渐渐地，脸上有了气血色
即便是大海，也会有一股暖流

冬季的花园

大雪落满了裸体小姑娘雕塑
见到的人们都为此心疼不已
大地凛冽的冬季
让她的前额眉毛挂满冰霜
大雪落满了裸体小姑娘雕塑

塔里哈尔因寒冷掖紧了衣角
一排排白杨因寒冷缩成一团
在落满大雪的花园瑟瑟发抖
幼小的姑娘是否也有生命
大雪落满了裸体小姑娘雕塑

难道雕塑家比冬天还要寒冷
你也该理解我这可怜孩子的愁苦
我愿终生成为雕塑艺术的奴仆
快让那个小姑娘走下来回家去
大雪落满了裸体小姑娘雕塑

晨 雨

黎明刚刚睁开了眼帘
密布的阴云又使它闭上双眼
雨水与柳树的落叶
敲打着我的窗户

晨雨飘过碧绿的河流
找到了通向你家的一条小径
亲爱的，我也曾经这样
这样敲打过你的窗户

现在我即便飘过碧绿的河流
再也找不到通向你家的小径
我再也不会去敲打
敲打灯盏已经熄灭的那扇窗户

在我想起你的那一刻
雨水是否瓢泼，晨风是否刮起
哭泣的究竟是窗户
还是我自己

叶森哈力·饶先诺夫

（1957年出生）

叶森哈力·饶先诺夫1980年毕业于哈萨克斯坦国立民族大学新闻系。同年，出版第一部诗歌集《甘泉》。1984年，诗集《克林托别》出版，预示着哈萨克诗坛诞生了一位为传统诗歌赋予新的生命力的诗人。诗人此后出版的诗集《启明星诞生前》《海霞夫人》《艾草遍布的荒野》也受到了读者的热烈欢迎和高度评价。他的作品将东方的古代经典诗歌、哈萨克传统长诗、哲饶诗歌与现代诗歌进行了较好的融合，找到了自己的标志性风格。《爱的思念》《阿布莱的忌日未曾提及的事》以及根据神话传说改编的《海霞夫人》《诺亚方舟》等抒情诗歌都以这种创作方式清晰地展现了各种主题和内容。

他的作品被翻译成俄语、立陶宛语、乌克兰语、保加利亚语、捷克语、吉尔吉斯语和乌兹别克语。他将乌兹别克斯坦的经典诗歌翻译成哈萨克语并结集出版。中世纪的历史故事《帖木尔宪章》也由他翻译完成并出版。此外，还著有小说《光之生》和散文《鸟是我们的朋友》等作品。

叶森哈力·饶先诺夫是哈萨克斯坦共青团列宁勋章获得者。2006年，获得哈萨克斯坦共和国国家奖。

无　题

我爱慕这个叫做黄昏的仙女
我豁出去了，管她是好还是歹
她悄悄来到我的身边坐了下来
将一双魔爪藏在了长袖里边

我冷漠地坐在荒芜的山梁
仙女则跌入了尘埃之中
她的指尖流淌着鲜血
在我的面前抓挠着地平线

一刹那，山梁变得一片橘红
鲜血在天边颤抖
我在险恶的世界见到的怪事难道还少吗
哎呀，鲜血是怎么回事？到底怎么了

大地再次穿上宝蓝色的衣裳
风儿则像个孩子再次疾跑
仙女渐渐走近
浑身散发着芬芳的气息
她说：只有我一个人懂得你

大地寂静
湖泊依然迷人
天穹也安然无恙
只有心脏在狂跳
苦难的世界
你还想让我怎么样
你以后还想让我做什么

人

柯坎拜瘸子要结婚了
这样的消息传开来
他的亲友们煞有介事地筹备婚礼

媳妇进了门
带来了不多的被褥
闲话四散开来
是真的吗？还是谣言
“这是个未婚先孕的姑娘啊”
“哎，只要柯坎拜娶到媳妇就成”

柯坎拜的穿着讲究起来了
开始吃起了现成饭
成了一个有模有样的人儿
除此之外，他还需要什么呢
他将四十年的老破屋
重新抹了一遍泥
又修理了合页损坏的门板

他的夫人腆着肚子
即将临盆
没过一个月果然生下了孩子
家里却没有用来伺候产妇的牲畜可宰杀
就在柯坎拜捉襟见肘之际
岳父家的人带来了肥硕羔羊

他们一次次地瞟看女婿
白胖胖的男婴也在一边咿咿呀呀
年轻的母亲坐在那里
脸色苍白
她的眼前一片迷茫
远处是无边无际的原野

四十天过去了
婴儿突然咳嗽不止
浑身发烧滚烫
多么可怜
柯坎拜一早起身
去寻找蓝鸽用于治病
不慎从山脊滚落到了谷底

婴儿紧握着双拳打起了盹儿
这时母亲低声轻轻呼唤
她想大声又怕婴儿惊醒
“我的小马驹呀”
“我的小马驹”

婴儿看着母亲
其他的一切与他何干
他看着这个既陌生又亲近的人
不久，婴儿就夭折了
生活呀
柯坎拜神志恍惚——
这究竟是真？还是一场梦

柯坎拜神志恍惚
他不停地抽烟
荒芜的山梁掠走了心灵最后一丝温暖
声音大一点怕惊醒婴儿
他只能低声呼唤
“我的小马驹呀”
“我的小马驹”

小　马　驹

小马驹
不论你躺在地上
兴高采烈地打滚儿
还是欢声嘶鸣
这戴着羽绒的世界只属于你
想当年我也是一匹小马驹
因为那时母亲还健在
你知道吗

我一路飞奔
一路向上爬到了山峰
有一天灾难却从天而降
有一个人抽掉了我的一根肋骨
然后笑着说：你要坚强

从那以后
我总窝着一股火气
无奈地摊开双手
将自己的肋骨当做一叶小舟
将母亲的尸骨送到了对岸

如果她健在
我的心还会冷吗
我的花朵会枯萎吗
从此以后
我很少再回到那个阿吾勒

我的小马驹
飞奔吧，前边还没有拦绳
那个拦绳会在一夜之间横在你面前
你的心儿会碎成片
你会不停地寻觅
然后就会像我一样渐渐变得冷峻

戈壁　梦想

在阿勒黑那个地方的阿拉戈壁
我有个伙伴叫梭梭
它茁壮成长枝繁叶茂
如果想询问境况
就看看我的这个伙伴
然后再看看我

见识过白雪皑皑的二月
寒风凛冽面目狰狞
别说沙尘满天
即便人们都已经迁离
我们也没有离开过故土一步

猎捕野山羊的日子捕获了沙鸡
疾驰奔跑，返回拴住乘骑
七月的日子捕获了松鸡
炎炎烈日暴晒大地

十二月来临酷寒将至
一场场灾难也会接踵而来
赐予我们坚韧吧
也赐予铮铮男子汉

天空再次露出凶相
苍茫的原野也在寒风中颤抖
兄弟即便坚韧不屈
也不能天天凝视天空

白云朵朵已经飘离
阴云没有带来瓢泼大雨
在阿勒黑的阿拉戈壁

兄长向苍穹摊开了双手
在阿勒黑的阿拉戈壁
兄长冲着天空奔跑
我想亲眼看到那么一天
他用青筋暴跳黝黑的双手
将那些乱舞的阴云
从天空一片一片扯下来

无　题

黄昏时分，影子就会死去
影子必须死去
大河的河岸
仿佛吞咽了鲜血变得乌黑

山梁也像吞咽了鲜血一般幽暗
沉寂的原野
我想聆听你的心声
孤独的白桦在大地投下阴影
仿佛一个披着黑纱的寡妇

请原谅，我的兄弟
这并不是我的过错
绿色的嫩芽摇曳抽泣
我今天又去埋葬了它们
但是谁都没有前来安慰我

阿吾勒坐落在大山的怀抱
太阳为什么烧得如此通红炙热
我在想亲爱的母亲
战争曾夺去她的丈夫、儿子、哥哥和弟弟

月亮出来了
露出了浮肿的脸颊
丛林之中一条小径伸向远方
今夜我可能又会辗转难眠
那些死去的人们——走进了我的梦境

我的戏剧

再见吧，我对沙漠说
如果安然无恙
我还会回返
你们不要悲愁
给骏马钉马掌，给骗驼备鞍
我就这样长大成人
我是这一带最后的诗人

我要走了
天空一片愁云
狂风刮来芨芨草瑟瑟发抖
你别这么看着我深棕色的单峰雄驼
没有人会骑着骆驼去阿拉木图

今天是告别的日子
三岁骏马使劲咬着嚼环
我最后一次将他牵出了马圈
对它说
你解放了，去吧
你走吧，我求你了

我的眼前一片朦胧
仿佛飘过了阴云
三岁的马转来转去不肯走
它可能以为我心中的愁苦不够多
它为什么让我落泪
为什么像敌人那样来折磨我
我却没有眼泪
泪水早就流干了
流尽了
该死的，快滚吧

我吼叫着
风儿刮走了阴沉沉的声音

我就这样离开了故乡
我见过驽马
也见过快马
过去的岁月犹如长鬃三岁马
常常在夜里将我惊醒

在柯堎托别山间
我那匹高大的骏马静静发呆
我能看到它的鞍具
还有它健硕的身姿
但它的头颅在哪里
它为什么没有头颅
多么悲惨
它为什么远远地躲开我
我泪水滂沱
我醒了，就像半路上死了同伴的可怜虫

组合马鞍的鞍头翘了起来
马蹄咔嚓咔嚓地碾碎黑石
迸出星火点点
没有头颅的长鬃三岁黑马
在古老的原野狂奔

一条黄狗

十月凉爽的黎明
摇曳着黛色的杨柳
自从黄肤色老汉去世
这条黄狗就没有了好日子

它将葫芦当成了狗食盆
又在地上刨了个窝
那个泼妇一般的儿媳
还有那个趾高气扬的儿子
怎么会懂得怜悯，懂得积德

他们不断地驱赶黄狗
总是说：滚！滚远点
人们怎么会知道狗的可怜境况
黄狗向山梁走去了
那是黄肤色老汉长眠的地方

它拖着疲惫的身体勉强走到那里
它在有气无力地抽泣
它用爪子抓挠着坟墓
整整一个夜晚

心脏跳动的节奏已经微弱
眼里的光泽也渐渐熄灭
伴着鲜血淋淋的爪子
鲜红的黎明降临了

可怜的黄狗
它让石头落下了泪水
甚至感动了沉沉的黑夜

我知道在鲜红的太阳下
有一只黄狗，它就在那里

尊严用黄狗微弱的声音
在问我：你是谁
飞舞的思绪
整夜都在抓挠着我的心

我不渴，是心渴了

我并不渴
是心渴了
是心渴了
因为母亲死了
我们阿吾勒的上空
有一片云朵
每次回返它都会把我迎接

我再也没有母亲了
希望灰飞烟灭
灯盏也不再燃起
有一片云朵
那是我的云朵
总是与我一起去墓地
停留在那儿
可怜的云朵
它也疲惫不堪了

它就留在那儿
在我的头顶膨胀起来
其他的云朵都一片片飘离
我说——
妈妈，我来了
只有那一片小小的云朵
听到了我的声音

妈妈
我来了
一切都好
信仰犹在
你曾经告诉我不要哭

一切都在心中
民族的秉性
还有先辈的习俗
我怎么会忘记民族的一切

我知道甜蜜的日子不会再有了
我的云朵勉强阻止大雨瓢泼
它躲得很远很远
释放着心中的愁苦
我可怜的云朵
一定会痛哭流涕一场

我说
妈妈
一切都好
信仰犹在
我怎么会忘记民族的习俗
我会忍耐
会一直忍耐下去
我之前也一直在忍耐
哭泣的，是那云朵啊

乌拉尔——古老的世纪

我曾经穿过你岸边茂密的芦苇丛
我是视死如归的雪豹，还能是谁
厄运降临的那一天
是尊严拯救了我
摆脱了尸骨遗落万古荒原的流放

我高高举起火炬和旗帜
将突然进犯的仇敌
引向遥远的地方收拾干净
只怕你看到血泊大地会害怕
天亮之后我返回一看
你让我喉头哽咽
夜幕降临之后我再返回一看
你像一匹高傲的骏马
转过了身
亲爱的乌拉尔河
我是你的一匹小马驹

若你是一条汹涌的河流
我就不会惧怕
只为你有打败劲敌的力量
你显得很无辜
很清澈
很敦厚
却将我投入了火海之中

我落魄地站在岸边
泪流满面
我无法让这千刀万剐的时代
懂得这样的道理——
儿子不应该为了践踏美
而应该为了捍卫美而出生

三十年前

有一个少年去了阿拉木图
他目空一切
全部心思就是写诗
我到今天都在寻找这个少年
他的故乡
在柯埁托别山峦的塞尔达

那个少年再也没有回到故乡
却有个无精打采闷闷不乐的人
说自己就是当年的那个少年
他偶然来一次
但我们的少年与他大相径庭

我们的少年
总是在清晨早早起身
总是在千里平川风风火火地走动
而这个人仿佛一尊石雕
一声不吭
一整天都坐在墓地

岸边是繁盛的红柳
不知开了多少次花
又多少次凋零
少年离开了柯埁托别山峦
已经迷失在了阿拉木图

无精打采闷闷不乐的兄长
即便寻找了许多次
也没有找到那个少年
啊！阿拉木图市

不会忘记

人民知道
怎么能不知道呢
贤明的祖父被铭记在人民心中
他的幽灵变作一条麻蛇
蜷曲一团常卧在墙角

整个地区
直到今天人们依然提起
他比逆风还要迅捷
他的意志无比坚强
祖父在人群中慷慨激昂
双肩高高耸起透着威严

有人会诋毁这首诗歌，随他的便
故乡的人们不喜欢好吹嘘的人
人们说贤明的祖父去世的那一天
那条大黄狗
曾用强劲的尾巴拍打着大地

我刚打了个盹又猛然醒来
仿佛滑着滑着戛然而止
蛇就是我的历史
在梦中，它总是爬过来
紧紧扼住我的咽喉

蛇总是麻酥酥地卷成一团
总问我：你想对先辈说些什么
我害怕，真的害怕
害怕这可怜的蛇
再也无法舒展腰身

我见过许多自诩为圣贤的人
我提起这个，他们都四散逃离
都是些信口雌黄的家伙
蛇蜷曲着身体静卧一隅
我该如何写出蛇的神态
我不知道

无　题

心脏急剧地跳动
铁路蜿蜒摇曳着蜜一般的夜晚
仿佛被汽笛吓了一跳
杨柳一路后退立于一侧

我提着寒酸的行李陷入深思
我常在梦中看到初次上路的那一刻
那时，我只有像自己一样幼稚的几首诗歌
其中总闪动着自己的身影

我硬是拽着自己走向了远方
凌晨起身呼吸着自由夜空的气息
睡意蒙胧的女伴们没有察觉
一个忧郁的少年从新城堡登上了火车

最初的日子，我总会主持一场场宴会
也会因为落下一些盛宴恼怒不已
也曾经登台引吭高歌
还是以前那个阿吾勒
还是以前那副旧模样
清风还像以前那样与嫩柳
耳鬓厮磨窃窃私语
什么也没有改变
只有路依然伸向远方
我再次将自己带回了这里

无 题

入冬已经有四十天了
人们遭受着严重的灾难
大多数鸟儿已经飞离
去了其他的国家

乌鸦在清晨聒噪
歌颂至高无尚的冬季
“我们祖祖辈辈都是可汗
所有的飞禽都是奴隶”

让乌鸦聒噪，让秃鹫胡说吧
对我来说
今天就是早逝秋天的——
四十大忌

1932 年的哈萨克斯坦

这里流传着这么一段话
人们大量毙命于这座山梁
对这个罪恶的世界
我又能说什么

苍老的天空
依然是那座山梁
十一月
除了这些
什么也看不到

诗歌的草丛若幽黑的天鹅绒
这块天鹅绒已经被流动的沙漠掩盖
许多年前，少女被沙漠埋葬
现在她的秀发裸露在外
诗歌的草丛，诗歌的草丛，哈萨克斯坦

管水员托烈别克

愿我们的阿吾勒安好
我还会在原野上生活很久
要跟上文明的步伐
不能再追猎山鸡，还有脏猫
我在城里只崇敬你们这样的人

阿拉木图，春天
大雨下个不停
阴郁的天空久久不愿舒展眉头
他不会去任何地方
天不亮又去了火车站

雨还在下，淅淅沥沥
托烈别克高兴地笑了起来
我今年将收割五次苜蓿
多给力啊

斯伟特哈力·努尔江

（1962 年出生）

斯伟特哈力·努尔江是著名诗人，翻译家。1986 年毕业于哈萨克斯坦国立大学语言系。第一批诗歌于 1985 年收录于年轻诗人诗歌选《观众》里。第一本诗歌集于 1993 年以《母亲》为名出版发行。在处女作中显露锋芒的诗人，在十年以后出版了以《当清晨悄悄来临》为题的三部诗歌集。此后几年，他又出版了《月光洒落的夜》《星星出走的早晨》等诗歌集。总的来说，他的作品涵盖了较为广泛的主题，在诗歌的技巧上也较为出色，民族的历史和命运、人生之路的抗争、伟大人物不屈的精神等都在他的诗歌中多有体现。与此同时，他的诗歌注重情感，读者对于他的诗歌评价极高。

斯伟特哈力·努尔江的另一个重要贡献是将诗歌模式和哲理的内容进行高技巧的融合，转换为民族的精神财富。与此同时，他翻译了《伟人之声》《欧洲诗歌》《欧洲古典诗歌》《四十奇迹》《无奈的证明》等书。

曾获得嘉林杂志 T. 阿伊别列艮文学奖、国家杰出青年奖和哈萨克斯坦国家“达仁”奖。

阿拉木图，心灰意懒

——致穆哈哈里.玛哈泰耶夫

一段时期以来，很难听到诗歌的动静
难以在阿拉木图容身，大声尖叫
我之前高亢的声音又在哪里
是低沉了，或是为了不从高处跌落

我对这座灰蒙蒙的城市百思不解
身处石头浴室却浑身脏污
回到故乡的原野
纯洁的山风涌满胸襟
甚至能治愈你的心病

但是没有路通向那边
我是一个被缚的人
思想被缚，生命被缚。写不出诗歌
血管里的鲜血不再流动
行尸走肉的坟墓不受待见

我为什么郁闷地穿上生活的外衣
我是否该去谒拜穆哈哈里的墓地
可以从那里找得到点燃光明的火种
他会跳起来说——我真正的诗人来了

他会跳起来，他会含着泪水
回忆起当代诗人托烈甘和哈斯木

他会问起又有谁加入了诗歌的行列
我会说起诗人艾布巴克尔，还有巴依波拉提
到时他也会说自己如何恋恋不舍，放飞鸽子
自己如何难以融入生活之中

他会朗诵自己在阴界新近写的诗歌
那是令阳界垂泪哭泣的丧歌

他会盘着腿，谈起自己诗歌般的一生——
看看我做的事情，看人们如何猜度我的近况

我会登临生命的高处——克恩塞山峦
然后我也会消失在回忆之中

我会唾你一口，瞎忙的残迹，说完这话
我就穿上了情感的衣裙

一切都留下了——石头城，还有贫瘠的房屋
我要去克恩塞山峦，到诗圣穆哈哈里的身边

诗歌——春天

鸟儿的歌声回荡在原野
弯弯曲曲的泉水在千山万壑间流淌
将所有的情感收拢在山梁
五彩缤纷，花园一般的原野长卧大地

报春花与郁金香在山间怒放
仿佛对我说——歌唱吧！心灵
我漫步在鲜花丛中
胸襟像春天的天空一般轰鸣

我用生命去感悟大地，与天空交谈
走过一片绿色的海洋
无数个画面
无数悦耳的旋律
令人目不暇接
我也随之放声歌唱

我今天处于诗性的心境
我想解开诗歌的一个一个情结
是否有人能感悟到我的心儿——
春天来了，生命悸动，还有神奇的情感

暴　风

几步开外迷茫一片
无数天使用白雪燃起了灯盏
暴烈的狂风追逐扬洒白雪
仿佛狂躁的苍狼卷起雪浪

当暴虐的风抽打大地脊背之时
狂暴的大海翻起巨浪拍岸
翻江倒海，仿佛百名巫师齐聚这一带
齐奏霍布孜琴，撼天动地

仿佛一匹烈马拖着悠长的毛绳
飞奔而去，四蹄轰鸣
又仿佛有人在拍打用白公驼的皮做成的垫子

有人用力搅动洁白的舒巴特，芳香四溢
由不得你不尝美味
心中已刮起了一场风暴
与原野上的风暴连成一片

仿佛十只苍狼与一只猎犬撕扯在一起
发出的狂躁吼声震耳欲聋
在风吹雪飘的苍茫中，我没有迷失
洁白的天使在前边为我点亮灯盏

秋

秋天来了，长满茅草的山梁一片萧瑟
鸟儿飞离去寻找远方的春天
心儿一般的树叶窃窃私语——
我们因为思念才变得如此枯黄

崇山峻岭，没有阻拦飞离的鸟儿
白额骏马冲着天空嘶鸣，在地上打滚
大自然可歌可泣的景象万千
苍茫的大地，为什么那么多嘶鸣
孩子们在原野欢快地奔跑
真想与鸟儿一起飞离

满是悲愁忧郁的鸣叫声不绝于耳
我也是一个绝望于秋天的落魄之人
我们无奈地摊开双手，失落万千
心情沮丧地留在了鸟儿的身后

山谷一片橘红色
秋风刮过，掠走了山峦的五彩衣裳
故乡的风景，我们那里也曾经有过
天上的飞鸟一生中有什么遗憾
它们一年一年不停地寻找春天

寻找五种兵戈

梦想令每个人神思飞扬
聆听吧，原野，聆听吧，森林
在阿依海尔山的梁上
我丢失了马鞭
多股鞭梢夹着灰铅鞭核
鞭柄裹着铜线
鞭声响亮实属罕见
鞭杆缠绕着锌丝
电动起来得心应手
苦命人会像猫一样缩成团
唯恐马鞭落下
是得心应手的一根马鞭
谁能找到线索
一定有厚礼赠送
这样的马鞭放在博物馆
象征着统治奴隶的辉煌时期
你听着，墓地
还有若沙丘一般堆起的城堡——
那个时代终于安然逝去
在那牢狱一般的时期
我也丢失了一柄宝剑
宝剑环箍上镀着金
剑身镀铜
旅行家周游世界一百年
所积攒的钱财也买不来
用它砍杀雄驼，雄驼“嗯”地一声就会倒下
用它砍杀大象，大象只会瘫软
只要挥手剑出鞘
恰似砍断烟火的一道白光
挥动刀剑，大展宏图
敌人们鬼哭狼嚎地逃离伊希姆河

灰头垢脸地翻越阿拉套山峦
丢盔弃甲地从玛尔哈湖溜走
万恶的人间已被抢劫一空
我面向平原询问不平
我在沙漠向疾风问个究竟
我在山峰高声呐喊
但它们没有一个说见过什么
没有找到一个人给出答案
也没看到俯首称臣的人
我还有一把饱满的弓箭
弓弦有力，赛过狂暴的花公牛
矢飞神速，赛过黑头白鸟
鞣革缝制的箭囊与利箭般配
只要弓弦哭泣
就会变成回声唤醒沉睡的险峰
恰似怒吼的乌云惊醒千古戈壁
如果让它在中午时分飞出去
能让征战中的敌人——
在血腥的黄昏以泪洗面
它的响声像先祖唱过的一支欢歌
像流星滑落大地，像电闪雷鸣
我顾盼剑声从某个地方响起
啊！我锋利的宝剑
你会赞叹这究竟是什么的鬼斧神工
在鏖战的那一刻
我曾经将剑刃与剑锋
浸在敌人的鲜血之中
我用灯芯绒缠着剑柄
在伟大的驿队被流放之时
在狂风暴雨来临之时
希望留在了旧营盘上
我出来寻找丢失的一切
手臂上挂着套索
恳求同路的伴侣

面向毫无音讯的外部生活
胸怀与信仰已被虫啃食
只有墓地上的木桩与我一起哭泣
我说要扛起重担
我说要吟唱长诗
但已经疲惫的手臂
举不起我巨大的心愿
我的心不停地跳动
众多的失去让我心灰意冷
我对正义之士已经绝望
他们令人恐惧似冰霜般心寒
我不想去寻找毁誉参半的大棒
头盔已丢失
铠甲破烂不堪
灾难已使它千疮百孔
盾牌已经破碎
只留下了轮廓
这也是不幸中的万幸
留着长辫的都成了短发
梳着刘海的都成了秃顶
生活到底怎么了
所有的日子都在寻找已被偷窃——
被偷窃的高贵之行踪
自从知道了五种兵戈已丢失
毁掉所有的规矩
心急火燎地挖掘墓地
将我正堂上的一切都当做食粮
陌生的公山羊在我的地盘上趾高气扬
我哭泣，他们则发话，觉得莫名其妙
我的栋梁之才们早已流产
我的雪豹们早已变成了猫在产仔
我的雄狮们已变成了小狗不断吠叫
还常常咬伤我的大腿
黑天鹅徜徉在银色的湖面上

扑棱着带血的翅膀
仿佛在召唤坏名声
雪白的海鸥在与乌鸦争食
良马与毛驴被驾在同一辆车上
如果我企盼助佑
魑魅魍魉马上就会——
一个个跳出来诅咒
回忆是多么的沉重
五种兵戈是多么的珍贵
我想掌控一切
魔鬼蒙蔽双眼
挂着丧幡的政权该信任谁
我还能向智慧领袖祈求什么
还能向颠倒是非的学者祈求什么
向宝藏被陌生人挖掘的原野祈求什么
向男人都怯懦、女人都放荡的城市祈求什么
只要，只要祖国母亲安好
我不会对断了牢马绳的思想——
绝断希望
坚信人们会找回五种兵戈挂在腰间
会端坐在属于自己的正堂
发出吼声为祖国讨要平等
坚信阳光亲吻刘海——
百战百胜的男子汉又会新生
坚信月亮梳洗头冠——
才华横溢的大丈夫又会出现
坚信黑夜捋着发髻——
思想深刻的男子汉又会诞生
有一天，他们会站出来
显示高贵的血统
在先祖古老的大地上
成为新一代
胎膜已经破裂——
圣婴呱呱落地

我愿意用一生所积攒的财富与信仰
去换取你们的平安
没有找到五种兵戈
我曾经向清风询问
我曾经向响声悦耳的山梁询问
但没有找到，枉费气力
因为没有找到，我才歌唱
我歌唱，我聆听——
聆听五种兵戈久远的声音
它们被掩埋在了冬布拉与霍布孜琴声中
如果我是它们——
不会在夜晚
只会在，只会在白昼死去

生命摇篮曲

你的光芒就是我洁白的殓衣
我想裹身于这样的殓衣
你就是我的生命摇篮曲
纯洁的公主，愿你的双唇来为我祈祷

那个时刻，这个世界发生了巨变
会用最美的措辞怪罪、发笑
如果利用鲜亮的殓衣来裹身
那我会永远为你朗诵诗歌

“就是你”——这么说吧
你胸前佩戴着花朵
灵动的睫毛
当诗歌与葬礼当了征婚者
一定会泪汪汪地举行婚礼

我要用欢乐的神态去呵护天空与大地
不沉浸于此，我不会忍受
从小天使嘤嘤哭泣的声音中
世界会找回歌与美

我的生命摇篮曲就是您——这么说

挽　歌

有时，黑云遮蔽着月亮
我默默不语，心力交瘁，满腹忧郁回到家中
然后疲劳不堪，便躺下入睡
睡梦中，我看到一匹骏马

我跃上马背向前飞奔，面向峡谷
我跨过群山，越过高峰
将光速留在了身后
我就是梦想，而身后的骏马
比梦想还纯洁

我激情飞奔，多么壮美
新颖的诗歌雪片一般飞卷
这时，骏马如何？我又如何
有渴望的生命随意飘飞
在很远很远的地方
有一个美丽的世界，只等待着我一个人

我今天也像白天鹅，可它今天的湖面是白霜
直抵美丽的世界，悲伤自会痊愈
我梦中的骏马啊
来看看我吧，再飞奔一次

最后的一口气

“大地在往下拽我”——
这是你的疾病所致
它想把你塞进坟墓
你背负着人间的所有苦难
当天就开始潜入地底

别以为牺牲的只有我一个
任何圣贤都没有得到思想的回馈
在最初分配责任的时候
就应该看看你的身体
再压担子

你死了，人们会举办喜宴
会给你穿上无袖的衬衫
人们会将你入土之时的悲伤
与你分开来，轻松地谈论

所有人都假惺惺地怜悯你
他们匆匆忙忙熙熙攘攘，赶往坟地那一边
墓穴张着一张血盆大嘴
仿佛毫不费力就会将你吞掉

可能会在地狱获得巴掌大的位置
但那边还没有传来任何音讯
等到你的肉体困苦疲惫
灵魂就会变成白云分离

对吞掉你的那个蛀虫有什么办法
你的伙伴——诗歌会在黄昏想起你
只有大自然会沉痛地哀悼你
使你的白云变成泪水涟涟的黑云

谢尔盖·叶赛宁在酒鬼的国度

叶赛宁，致你于死地的是布隆施泰因
因为你写了罪恶国家的丑陋
在内心我还数着你的罪名
可对于诗人，难道批评还少吗

你的另一个罪过是爱慕俄罗斯秃头
然后还爱吃俄罗斯香肠
还变成了一只鸽鹰
乐滋滋地看着大雁栖身崖畔的热闹
但这不是你的错

你曾经打得五六个人鼻青脸肿
这是他们罪有应得
你也没有顾忌五六个女人的呻吟
那也是她们自找的麻烦

你跑去用脑袋碰撞牢狱的大门
结果惹出了大乱子
你数次醉倒在垃圾堆上
躺在那些徒有虚名的人和卑鄙的小人身边

俄罗斯虽然是祖国
但又是陌生人的奴役
他们成立了反犹太主义法庭
如果我们胡说八道
父亲留给我的脾气是否也会发作

那些纯洁的夜晚在哪里
你进入了谁拉开的夜幕
是否染上了诗人带血的悲痛

叶塞宁，你在那一天被打死
在高大帝王与矮小兄长的城市

叶赛宁，你从千百次群殴中安全脱身
诡计多端的人甚至藏起了粪便
他们先把你打得遍体鳞伤
然后在安格列捷尔旅馆将你吊死

这是俄罗斯天使一般的诗人，人民挚爱
只是顶撞了权势人物而已
兄长啊！你别向着我们这边皱眉头
除了知道这一切之外，我还能做什么

谢尔盖，你没到我们这边来过
这里有真正蜜一般的美酒
你在自己的国度一直观望
那些秃鹫们终于将你的脖颈剁成了段儿

你如果追随岳父阿热斯坦老人
就不会有这样悲惨的一天
如果你那时就成为崇拜者
他一定会将你关照

海亚姆与哈菲兹曾是纯洁愿望的奴隶
但你没有进入他们的花园
面对广被恩泽的霍加·阿合买提
你也没有听见他深沉的规劝

那时阳光明媚，紫苏花吐蕊盛开
你一次次毁掉地狱般的婚姻
如果不让妖魔的毒汁渗入血液
那你也会受到酩酊大醉的惩罚

你曾经面向东方寻找了一番
但只从查金身边返了回去
因为那个大网式的社会
你没有进入真正的大世界天地

你是人间的百灵，来吧，在花园里歌唱
你不会面色灰白地躺在坟墓
异教徒们无知地将你送进了天堂
用你的鲜血清洗了罪恶

反对诗歌的地方肯定就会有伤痛
我也正在遭遇同样的事情
你可能沐浴着阳光，喝得酩酊大醉——
在真正的祖国，在诗人朋友们中间

高贵之歌

“它是天使”——都这么说
喂！可怜的高贵，我今天要像英雄那样去挑衅你

因为在你的眼里，我也看到了魔鬼
只要看到了魔鬼，我就会失去耐心

你眼里的魔鬼玷污了良心
扯着你的肩膀说：你怎么回事
然后将你踩在脚下

它像旋风一样，涌进你的胸襟
看到之后就开始挠痒痒
你这个苦命人瞬间就失去了耐心

从此有尊严的人
不再为明天指出方向
你也与整个世界的罪恶同流合污

你原本不会同流合污
但神秘的悲苦，尊贵的惆怅
无法融进你满是欲望的胸襟

那时，血管里可怜的血液会呐喊
在廉耻的心灵里，知耻的鸟儿在哀叫

知耻的鸟儿发出的哀叫
让你的双耳流血
虚伪，又与可怜的欲望搅在了一起

它不想失去
却奢望从蠢货那里
从全世界的妖魔那里
索取福分

凛冽的寒冬，迎面是风刀雪剑
寒冷彻骨令人发狂

然后你就会尖叫
向全世界索要回馈
崇拜亡灵们
他们个个都受冻而死

全世界所有罪恶——
所有罪恶的罪魁祸首就是高贵
在这个无耻的世界
只留下你向天吠叫的声音

即使固执地不愿离开
即使向天吠叫
欲望依然扼着你的咽喉

从此，我们也困惑不解地向天吠叫
那条肥壮的青公狗则向月亮撒尿

生　活

我面前的生活，赤身裸体
它伸出了舌头向我揭示自己的本性
——穆哈哈里·玛哈泰耶夫

我是谁
我是一个行尸走肉
心血来潮进入了动物之形
我黏在狗欲望的口水中
后来才知道自己走进了生活

知道了，又能做什么
什么也做不了
妖魔鬼怪成群走过
想洁身自好，那都是胡扯
只能躲避着来自鬼鬼祟祟夜晚的窥视

我来自于狗欲望
但不会像狗那样吠叫
我要活下去！——我像人那样说了一句话
我睁开了眼睛
怜悯我的笑容、情欲与怀抱——
生活就像巴丹杏儿一样赶来了

我马上闭上了双眼，来不及说出——
滚！灾星！滚远点
我不知从哪里祈求助佑和辅佐
那只是无法言说时的托词

那个假惺惺的面容留在脑海
幻想之火被窒息了吗，冒着青烟

我是玻璃一般的声音，晶莹通透
狂暴生活的声音将它打得粉碎

它给羸弱的眼里撒上了灰
将褴褛衣服当成了裹脚布
即便不睁开眼，世界也散发着刺鼻的臭味
一种粗俗的声音直钻你的耳朵

我不怕，不怕它的威逼
最了不起，只会伸出食指奚落一番
我忍不住睁开眼
它正想脱下衣服
啊！这个诡计多端的家伙

原野　夜晚　神秘　世界观

将每一种声音都染上浓浓的色彩
暗夜与神秘的恶棍相互拥抱
猫天空用月亮的舌头
将奶汁大海的奶皮子
一口一口舔食得干干净净

流星犹如冬不拉已断的弦儿
抑或者像撒了盐的肝
暗蓝色的天空若像飞鸽一样展翅
那双翼将扑打你的脸颊

孤独的妖魔在不远处叹气时
我默默地背诵阿拜的诗句
下定了决心
寂静的原野仿佛要窒息，筋疲力尽
即便这样，我也无法安宁

仿佛有人示意我去远处
我着了魔吗？我自己对自己说——
我究竟让谁偷走了生活
在黑夜的花园里捡拾星星

这个疑问，引领着我扶摇直上蓝天
这种感觉，只在传奇、达斯坦中才会有
我紧拽着星辰，仿佛要摘下来吃掉
慌乱之中趴在了大树的树枝上

七勺星的共鸣箱已经开裂
它是否让人想起了霍布孜琴声

它仿佛指着一个含混的地方

银河隐隐约约呈现出了轮廓

只要拨动霍布孜琴的琴弦
他们的忧愁都会醒来
孤独的魔鬼嘲笑着肥胖的魔鬼
随着霍布孜琴的旋律翩翩起舞

夜幕笼罩着四面八方
原野万籁俱寂
群山已经沉睡
给山峰洒下光芒的月亮也死去了
蜡烛之蕊也快燃尽

我随着感觉正在攀爬
我清醒过来啦
突然跳回地面
然后面向天空祈求
……蓝鸽一样的夜晚，不要从头顶飞过

眼睛用来观看
生命用来延续
叼羊是力的较量
后背若群马奔腾一般轰鸣
忧愁
还有妖魔都从我的天空逃逸
只有鸽子在黎明之时，呼呼飞来落下

怀念蔚蓝色的世界，还有春天

蔚蓝色的世界
是我永不熄灭的希望
我在清晨，怀念我广袤的夏牧场

冬天很神奇
漫长的日头令人筋疲力尽
蔚蓝色的光芒在我的眼里燃烧起来
虽然没有受到惊吓
但依然令人畏惧
那蔚蓝色的光芒，变成一团火
舔食着冬的衣襟

春天率领着一支郁金香的驿队
明天就会赶到天堂一般的家园

跨越层层叠叠的山峦，黎明姗姗而来
恰似有教养的姑娘粉面桃腮
三岁公马在山梁漫步
四岁公马则放蹄欢跑
夏牧场的情感驾驭着诗歌，而不是骏马

消融的泉水顺着山谷，幻影一般淙淙流淌
一路跳跃一路欢歌，玉喷珠溅
蔚蓝色的世界
仿佛幸福的窝巢
沙丘将心事藏在心底，露出了笑脸

幻影似蜜汁，溅洒缕缕金光
阳光灿烂，普照起伏的山峦
整夜未眠的月亮见证着种种隐秘
还未隐去，容貌惨淡灰白

然后，一个姑娘赶着整夜守候的羊群
走向山冈，带着满身的寒气
我则让整个大地蓦然回首——
骑着雪青马，翻过高高的山梁

姑娘那边儿传来了低声哼唱的歌声
地平线的衣襟浸在血红的霞光之中
蔚蓝色的世界倾泻着悦耳的旋律
怀着怜悯，以及淡淡的愧意呼吸

我跃上一处山冈，将白鬃马拌在一边
幻想成为花的使者，迷失在鲜花丛中
少女乳房一般的山冈敞开了淡蓝色的衣领
遥望天际，纯洁天使般迷人靓影楚楚动人

我仰面躺倒——
幻想再次被点燃
嘴里咬着一根绿草
差点迷失在情感之中

直到现在，这些都是我的幻想
凛冽的寒气依然逼人
冬季拉起一道白帘，朦胧一片，迷茫
甜蜜的幻想，瞬间就会被凄厉的风掠走

歌唱着无数神秘美妙的歌曲
春天一路吆喝着走来，步履轻盈

纯真美妙的旋律，衬映着天堂一般的景色
鲜花簇簇，万紫千红，染绿整个山冈

听到了我怀着诚挚的祈祷
春色整夜发出悦耳动听的声音
铺天盖地涌进胸襟

我们今天为朦胧的晨曦而心花怒放
山峦用彩虹拉起了五彩幕布
蔚蓝色的世界
千呼万唤始出来
蔚蓝色的世界

古丽娜尔·萨勒克拜

（1963 年出生）

古丽娜尔·萨勒克拜 1986 年毕业于哈萨克斯坦国立大学新闻系。1991 年，出版了第一本诗集《喘口气，一个红色的日子》。此后，出版了《生命》《空中的期盼》《马丽娜·斯维特耶瓦》（翻译）、《梦》《生而为人，我很抱歉》等作品，受到文学界的关注。有两本诗集曾在民族出版社出版。

曾获哈萨克斯坦国家级奖；哈萨克斯坦青年联盟奖；在阿拜诞辰 150 周年诗歌大赛、东方白杨诗歌大赛中获奖。

古丽娜尔·萨勒克拜对于生活有自己独特的看法，她的诗歌总能使读者感同身受。她一走上诗歌之路，就以新颖的诗歌形式得到了文学界的认同。她的诗歌，总是巧妙、真诚地表现人类微妙的心理。

无　题

就这样，天空坠落
就这样，群山呜咽
就这样，大海飘摇
它们向悬崖祈求助佑
即便如此，依旧热爱生活

乌云充斥着你的双眼
光明从你的眉宇消失
夜晚轻而易举地俘虏你
随之疑问也打开了门扉
即便如此，依旧热爱生活

被缚的心灵拼命挣扎
会冲向另一个地方
从黑洞里寻找着希望
你的生命就这样被撕碎
即便如此，依旧热爱生活

你咆哮着冲向月亮
你会从夜的眼里流逝
你就这样厌恶天空
成为一处小土坡
即便如此，依旧热爱生活

柔　板

白昼会死去
夜晚还在飘摇
你环顾四周找不到路
就像没有河床的河流一样无法流动

白昼会死去
夜晚随之会来临
你在幻想
还恋恋不舍
不会为立即遗忘而感到羞耻

你什么也看不见
就像紧闭大门的人家
你悲痛欲绝
还慌忙逃离
即便燃烧，你也不会死去

岁月匆匆流逝
偷走了心中的梦想
你从不与谁竞争
也从不落伍
气喘吁吁，每次赶来又会远去

你远去了
被拴在月亮上
你愁眉苦脸
你咆哮如雷
你只是被主人抛弃的声音

你就像一场还未来临的大雨
你就像一场还没刮起的狂风

你变幻莫测
还要躲避——
但不会屈服于任何力量

宴会围堵着你
纷乱的思绪拍打着你
你不会倒下
不会哭泣
甚至不会请求一次帮助

希望逃离了
疑问压顶而来
你不会再找到什么
不会阿谀奉承
也不会再插上双翼

你不相信自己
就像逃离天空的大地
你侮辱自己
你伤害自己
你埋葬自己

天空在哭泣
它会压向你
你会枯竭
你会止住泪水
你会与自己为伍
会兴高采烈

阳光会洒向大地
忧郁会被遣散
你会去医治
还会得到滋养
但世界依然我行我素绝不屈服

你会审判自己
还会白白地挥动手臂
时间是无耻的
幸福却是无限的
但你从不会看到这一切

等 待 你

等待你就像给蜂蜜添加佐料
就像露出笑脸在白昼等待月亮
等待你就像在火堆上添加冰块
就像高举鞭子狠命抽打

等待你就像阴云密布不见天日
而且因为快乐忘乎所以
等待你就像伸手去摘取虚无
就像鸟儿飞落的枝头折断的那一刻

等待你就像将水泼在沙漠里
就像丑八怪打开了门扉
等待你就像猛地照一下镜子
然后仓皇撒腿跑开

等待你就像用冰来点燃灯盏
就像佩戴用亮晶晶的盐块做的项链
等待你就像站在角落哭泣
然后品尝生活的苦涩

等待你就像一种异样的生活
就像挂在天空从不落下
等待你就像与身影搏斗
而且从不败阵

等待你就像迷失在了人群之中
或者就像在梦中看到了一块馕
等待你就像变成洁白的石头
显示出或笑或哭的神态

等待你是所有等待中最有趣的
也是所有愿望中最美好最端庄的
我会等待你，望穿秋水
直到这个世界不再五彩缤纷

我等待着你，双目明亮，誓言铮铮
谁能逃离这样的幸福
我等待着你直到生命坠落舞台
因为，你就是我自己

我一直在等待着你，但无处寻觅
仿佛有一天你会来点亮我的灯盏
我一直在等待着你，遥望大路尽头
无法继续扇动双翼

我等待着你，就像秋天荒芜的花园
我等待着你，就像可汗金色的宝座
仿佛你就是太阳洒下的银色雨滴
我等待着你，就像晃动的幻影

我等待着你，就像渴望雨水的原野
我等待着你，就像寻找糖果的孩童
我无法遗忘，久久地在街上徜徉
不顾双脚的困顿

等待中，夕阳落下，黎明来临
我等待你，将你从时间中分离
随你一起走来的那个女人
她为啥不死去
她怎么能承受得起这样的幸福

无　题

与春天相遇，趣意盎然
你会幸福地流下泪水
会发出一声声赞叹
还会享受温暖的阳光
甚至没发现秋天的来临

与春天相遇，趣意盎然
恋恋不舍地与它相望
还没去畅游理智的森林
就已经迷醉

与手帕相遇，趣意盎然
用它来擦拭双眼
要从脑海中抹去——
明天就会尾随你的闲话
还要抹去你自己

与椅子相遇，趣意盎然
它面向着大海
还未列入生活的目录
就开始数起了时间

与潮流相遇，趣意盎然
它会将你拖得很远很远
你没有逃离这不和谐的世界
便开始再次舞动

与树叶相遇，趣意盎然
它的黎明刚刚来临
大街上的白昼夜晚都有眼睛
含着微笑在走动

与红花相遇，趣意盎然
它为你而活了过来
从那以后在爽风中飘摇
变得美丽妖艳

与大海相遇，趣意盎然
咸水汪洋
它不相信任何人，任何事
却欣喜万分

无 题

如果打起了盹儿，你别叫醒我
不要去模仿别人，不要改变自己
如果去流浪，你别费时间去找我
那是我最想消失的时刻

如果我迟到，你就成为黎明来迎接我
成为一首歌来激荡我的心灵
如果我旧了
你就让我变成一轮新月闪银光
不要为难地说：这该怎么办

如果在另一个世界另一个地方
你的双目渴望幸福
如果你不想忘记自己
那么就不要忘记我

如果我不追随任何潮流，脱离了一切
你也别感到惊奇
你该像任何时候也不会背弃的朋友
如果我像乌云
请你像大地一样迎接我

如果我迷失或者癫狂你别可怜我
你不会责备我吧
如果千年之后我被找到
你会从纸堆中了解我的一切

如果我不在那些宴会
你不要去费神理解
还有我走过的那些道路
如果有一天我驻在了你的心间
我一定与雨后的诗歌在一起

我与泊涅罗珀

我们是极少数永远怀揣梦想的人
月亮的光芒
太阳的烈焰
就是我们的模样
对有些人，我们比死人还要沉寂
对有些人，我们比活人还要灵动
我与泊涅罗珀

所有的英雄都在战场拼杀
最后战死于群山，痛饮云朵
我们在等待——
劲风毫无怜悯地揪扯
然后像秋天最后一片树叶般抵抗
我与泊涅罗珀

我们是只有心灵驻扎的宫殿
我们也值得获得幸福
终日坐在那里编织一张网
我们不后悔
不看别的，只看窗外
我与泊涅罗珀

雨　伞

雨伞在大街上游走
遮蔽着我们的面孔
我不知道它有多少岁
也不知道它来自哪个世纪

一切都留下了，还有焖着的米
还有人们知道的喜悦
等待是我最主要的工作
我只为等待而来

善于宽恕的心灵编织的图案
已经被拆散了
路边站着一个女人弓着腰
只有心，没有脸

阿拉木图的花园
对水不感兴趣
它只对苦难感兴趣
手中装馕的布袋里
放着不曾寄出的信件

以后任何人都不会认识它
它擦着眼睛很后悔
周围都是泥泞，都是醉汉
也可能只有一个人认出了它

太阳会寻找月亮这个伴侣
即便无法相见
也会托乌云带来深情的问候
一个没有忧愁的女人落在世界之外
从很远的地方将我打量

她好像已经死去
但希望好像又复活了
她眼里的疑问在闪动
但我没有转身瞧她一眼

雨伞在大雨之中移动
有什么能比得上这样的日子
最终我会喜欢你——
那一把可以避雨的伞

无　题

我的灵魂——树叶冷了
我的躯体——树木
站在那里发呆，真是傻瓜
太阳睡眼惺忪
只是偶尔睁开眼睛审视一番

生活就是进入幽暗的洞穴
然后绝望

我浑身发冷，继而得到温暖
我笑着又恼怒成羞
我招惹了不该招惹的
我呵护着我的灵魂——树叶
夜的眼流出了——
流出了一首诗歌

无　题

失去耐心，你就眺望天空
自己要忠诚于自己
如果你像白昼的月亮一般失去价值
泪湿手巾又有何用

思念会引领希望一路走来
它的鲜花滋养我的眼睛
然后疑问会留在山脚下
露出假笑，形影相吊

生活需要我给予什么
我怎么能欺骗自己
我向聋子一般的铁块诉说心事
抚摸着它冰冷的额头

宽　恕

请宽恕我——
当我在这广袤地域居住的时候
恳请你们大度地宽恕
我请宽恕我吧
正因为这样
我才来到了人间

请宽恕我——
曾经像火一般去燃烧去恋爱
等待着风的寒冷
为毫不值得的一些事情去流汗
白白耗费了生命

请宽恕我——
我爱戴你们每一个人
但是只想从高处看到你们
然后烧掉自己所有的一切
落得一无所有，悔恨万千

请宽恕我——
毫无理由地相信
相信色彩缤纷的命运
还有我像废品一样破烂不堪
被扔掉的美好时刻

请宽恕我——
没能及时地识别
识别奸诈之人的诡计
即便我的雨衣千疮百孔
我也从不会皱起眉头

请宽恕我——
我因为不理解你们所有的人
有时会感到心灰意赖
请你们宽恕我的心灵，我的诗歌
还有它们的梦想

请宽恕我——
宽恕我异样的理解
以及很难成为现实的梦境
还有已经褪色的长裙
以及毫无意义的作为

请宽恕我——
等待的一切都已经破碎
还有那些迷茫的时刻
我泪水满眶无法流出
只能流向心灵

请宽恕我——
宽恕隐藏已久的伤口
我任何时候都不曾包扎
请宽恕我手中的这支笔
它的奢望从来未得到过满足

请宽恕我——
宽恕我即将出版的诗集
它不曾说出任何真理
请宽恕我为等待奇迹出现
而怦怦跳动的心脏

请宽恕我——
宽恕我这样的一个人
她没有条件去积极行动

如果你们做得到
请宽恕我变得荒芜的河岸

请宽恕我——
宽恕我还没写出卓越的诗句
宽恕至今还平安的我
宽恕我总是满怀深情
凝视你们的那双眼睛

无　题

我将自己
将自己抛在大街上
电话里传来了幸福的声音
我醉了

没有这些，生活是虚伪的
是一座孤寂的墓地
我知道了
我笑了

犹如没有酷寒的冬天
没有鸟儿的夏季

恰似一片阴影本身
看不到任何人
我跟随在心灵的后边姗姗而行

无 题

天空也没有成为你的永栖之地
到我的身边来吧
冲着我的泪水，来吧，唯一的月亮
看看那一颗颗星辰
正在闪烁，它们只为划落而生

来吧，唯一的月亮
谁需要你的斗争
地球只有一个，忧愁也只有一种
人群哄笑，可能是因为他们愚昧
应当让他们知道——月亮唯一

有一天，我会摆脱悲伤，你会拨开乌云
悲伤与乌云会共饮苦涩的泪水
你追不到太阳，这是显而易见的
我也曾经在半途遭到了抢劫

无　题

雨夜时分，心灵会哭泣
有什么比生命更珍贵
情感在大街上漂泊
抚摸着梦想留下的印记

快乐与悲伤会交融
心灵的眼睛常常盈满泪水
从别人那儿逃来的幸福桀骜不驯
会与你来拼杀

雨夜时分，心灵会哭泣
有没有人会劝慰呢
构成风景的树木，已经枯萎
也没有树叶来装点

这里的纠纷惊慌逃离
雨滴会送来和平的旋律
这种甜蜜使心灵隐隐作痛
将你拖向沉重的悲伤

我的悲伤输给了你
我的声音是否能传达到——
我那雨夜一般的亲人那里
我那雨夜一般的对手那里

玛热勒泰·热依木别克

（1969 年出生）

玛热勒泰·热依木别克是著名诗人。毕业于江布尔师范学院美术系。他是一名画家，但一直笔耕不辍，写下了大量诗歌。他曾任哈萨克斯坦作家协会副主席。

玛热勒泰·热依木别克是一位凭借处女作就崭露头角的诗人。他的第一部诗集《月光》被授予哈萨克斯坦青年联盟奖。他的第二部作品《月亮》获得哈萨克斯坦国家“达仁”奖。他还三次获得哈萨克斯坦总统专为奖励文学艺术人才而设立的国家总统基金会的嘉奖。

他流传最广的诗歌有《初次心动》《榆树》《膨胀》《你会想我吗？》《幸福》《红色诗》等。

自 画 像

我像苏莱曼一样向野兽和飞禽哭诉
用自己写的诗歌来污蔑自己
就像遭遇劫难变成灰烬的世界
找不到哪怕一丁点儿亮光
我无法收拢纷乱的思绪
我从时间的身边走过
恰似深陷悲痛难以找到知心朋友的人
恰似在尊严的深渊找不到伴侣的人
我形影相吊，不是因为行善，而是因为被冤枉
恰似一个被盗了皇冠、财富和钻石的人
我的灵魂掉进了一个——
一个可爱动人的驼羔心里，啊！生活
我从坟墓中引领我的身体走出来
我在大地寻找自己丢失的灵魂

他就像被埋在四月积雪之下的花朵
也与我一样，壳里有着梦想
在这个世界上，没有梦想的人就没有地位
难道我也是被蒙骗的一个人

我像戈壁的荒草一样扎根深土
能让我躲开劫难的只有诗歌
我可能破坏，抑或建立，我是谁
年届三十，我支着下颌儿坐在这里

我对生活究竟有用还是没用
我说了什么，我的诗歌你要说什么
朋友和敌人都知晓我的性格
我是能说出真相的那个人
在阳界与阴界
我的足迹已经成为道路，被人民认可

苍蝇落在弦上，忧郁将滑落
顿时，你浑身上下会一阵阵疼痛

犹若滴入奶汁中的红墨水
我那像霍布孜琴一般心灵的琴弦就是月亮
所有人的眼睛都盯着圣地
却将拜垫压在身下当床铺
那些从没有颠沛流离的人们啊
你们看看我是否还像自己

经常迷失的人儿

啊！乌拉尔河，我双眼的瞳仁
我也是一头漂泊的野鹿
每当天际升起一轮明月
我总会焦急地眺望西方

唉声叹气，将亡灵当做依靠
将大披巾挂在高高的枝头
清澈的乌拉尔河，是先祖的银腰带
银腰带已经散开，掉落在地上

我也从你的腰间散落离开了
从那以后没有人再娇宠我
这一切令我一生心急如焚
犹如迷失了母亲的白驼羔

心急如焚的男儿并不少
洁白的浪花中溅出美妙的旋律
乌拉尔河，我在世界上唯一的亲人
我哪里比哈孜吐汗还坚强

我什么都比不上过去的先辈
鲁莽的人们却嘲笑我的先辈
额头的霍布孜琴诉说了什么
苏格尔创作的《灰母驼》已经说得明白

我的诗歌，我的魄力，都与我相辅相成
我只是说出了内心的痛苦与挣扎
总有一天我会回到你身边
就像结尾精彩纷呈的小说

巫 师

看起来杨树也有纯洁的尊严
鸟儿们请你们放声歌唱
我是有邪气的
当邪气来临之时
连英雄也会仓皇逃离

他的笑声中有婴儿的纯洁
他的步履中有天使的低语
霍布孜琴的一角有着呐喊
它们会在夜里成为光芒，沐浴大地

如果我死了，希望能变成光芒
我当然知晓希望永远不死
我会来到人间，再度新生
我会与春天的花朵一样生长繁荣

不知那是秋天，还是春天
一个姑娘唱着歌儿拨撩着我的心
在淡蓝色天际的淡蓝色幕布下
她总是站在那里向我招手

直到今天我都爱慕这个姑娘
那种情感会一直伴随着我
有条麻蛇总是围着火灶转
啊！难道它就是我的命运

魔鬼与天使相互理解认知正确
所以大地上有谁比他们更亲近
我摊开双手，祈求福祉
灵魂默不作声

那条蛇，腹部为银，背部为金
我现在常常思念
如果我在梦中长期见不到你
谁又能理解我心中的痛楚

一窝蛇舒展着身体，闪着金光
珍贵的皇冠、富丽的宝座价值连城
如果你知道就应该说出来，诗歌之王
金子为什么冰冷、阴郁

石 人

只要拿起霍布孜琴，我的愁苦就四处弥漫
我经历了各种各样的命运
归根结底都是亲戚，愁苦都相似
我的铁石心肠，看到你就变得柔软

质地不同，形状不同，知道什么
但意义相同，共同抛洒鲜血
我那心灵满是悲伤的知心人
我的铁石心肠，看到你就会哭泣

啊！石人，你是本地人，我是外来人
这有多么神秘，仿佛阿拉伯口诀的谜语
我看着你，看到你之后
你会使我的灵魂扶摇直上蓝天

昨天还在地面的时候
魔鬼就在近处闹腾
将自己的死亡与自己的盛宴相连
生于天空，死于地面的人难道只有我一个

清晨时分，美丽的姑娘在嬉戏
变成毒蛇，多次钻进了我的怀里
三九时分，才能得到我的敬重
别让我背负他人的孽债

谁能改变自己的前世
你说坟墓，你看，坟墓已经挖好
也没有像狮子一样凶猛的敌人
否则我会让他哭喊着死去

太阳这个神主给了我力量和滋养
我期待着比太阳还明亮的光芒
只有去化解仇恨
才能调解人的心魔

一声声啄着青灰色的岩石
眼里喷洒着火焰
正在哭泣的不正是你的灵魂
正在滴落的不正是我的心血
啊！石人，我的兄弟

半人半马的怪物

我要成为广袤的原野
骑着骏马桀骜不驯的儿子
在敌人挥动刀剑的时刻
朋友啊！属于我的许多花朵曾经凋零

你别说我脸上的皱纹很深很深
我为什么看着今天会感到疲惫
雄鹰竟然扑向了麻雀
湖面上再也听不到白天鹅的鸣叫

我们说力拔千斤的精神来自于天宇
使先辈们与敌人英勇搏斗
他们说热爱，便会将生命付出
像狮子一般出生，又会为尊严而死去

如果知晓自古以来的诗歌根基
我会像阙特勤那样彻夜无眠
发达文明的理念
并不想认可我这个诗人

在那久远的荒蛮时代
先辈们曾经征战半个地球
如果人将人踩在脚底践踏
不停流逝的时间必须沉思

我的理想不应该夹杂忧郁
好像常年的疾风要孕育一个男孩儿
它像人，具有桀骜不驯的心灵
昨天……我们所知悉的隐秘

桀骜不驯的心灵，长得像人
先辈们今天不会出现在梦境
这是他们遗留下来的心灵
我的心灵为什么不会狂叫

悔恨的情感烧燎着我
像霍布孜琴一样的胸襟弹起了什么
突然我的后背长出了长鬃
犹如明天将要发生的事件

那个时刻就那样开始了
我乘马飞奔踩碎了石子儿
我冲上云霄似一道雷电
我的骏马如金，像月亮一般

险象丛生，吼叫着逼近
唤醒了我的亡灵
我面向东方，吹起了长笛
愿先辈助佑，并慷慨赐予

眼睛与闲话

我经常很晚才从作协回家
这种时候
我常常感觉许多房角都有眼睛
窥视着我

仿佛后背有一双眼睛盯着
仿佛后背有一双眼睛盯着
仿佛长着金蹄的骏马
正从我的身边飞奔掠过

我曾经历无数艰难困苦
谈起过去，让人记起玛汗别克式的仇恨
阿拜也在诗歌丛中悲戚
天上落下了一匹雪青马
雪青马在哪里？光彩夺目的存在

那是神奇的雪青马
一个小马驹一路奔来
冲进了作家协会的大厅
我成为了这支队伍的哨兵
身边没有可以信赖的对手和朋友
马神汗巴尔的孙子们
每当太阳落山都会聚集此地

他们整夜都被牛牤叮咬，到处乱跑、刨地
他们整夜互相拼杀，互相撕咬
他们为啥不能像人一样和睦和谐
一起度过漫漫长夜

我想起了赛侃，想起了沙比提
哈德尔为啥不酗酒，穆哈哈里为啥非要酗酒

艾德里失踪了，埃米尔汗被烧死
这是多么沉痛的梦啊

仿佛后背有一双眼睛盯着
仿佛后背有一双眼睛盯着
可能是死去的那些人的眼睛
也可能是活着的那些人的闲话，我不知道

静　物

笔留在了他的书桌上
纸留在了他的书桌上
灯在那里，没有被点燃
金贵的图书，依然如故
太阳升起来了，仿佛不再落下
仿佛落下就不会再升起
还有一只美丽的黄花
应该先说一说关于黄花的一切
即便世界的每一个角落都已经陈旧不堪
钢笔与纸又有什么错
是呀，这个鲜花会变成鸟儿的世界
书本靠在钟表上

与大地告别

绿色掩映着大地
在这里看不到我的吉星
最终我会自己去寻找它
我能感悟到

到了那时，我会长出翅膀
光明的宇宙让我忘记曾经的哀泣
我会飞起来，渴望的时辰已经来临
它将我热爱生活的胸襟一劈两半

你满足吧
你喝过蜜汁，也饮过毒液
哎，我充满悲苦的脑袋
出生在大地成为诗人是过错
你曾经是一个酒鬼
也是一个真正的哈萨克人

要去隐秘的地方，彼此分离
绿色的星辰，让双眼盈满泪水
不知是否回返，是否再见
曾经在这里度过了一些日子
微醉的瞬间

月　亮

没有底部的世界，如果底部满了
我就将生命的光亮送去永不归返的地方
当浅灰色的身影打了一个踉跄
满月的时分，胸间一声长叹

我是活着的人
他也是活着的人，身体是花朵
我们曾经相遇，但最后走向失败
我视他若自己
像泪水一样低落的微黄光亮

满月时分，我背运
我痛心疾首
又形影相吊
心中喷出火焰，面向天空

她心中有我未觉察的罪过
如果纯洁的爱情令你不安
那就让双唇靠近我头上的月亮
并谒拜天上的月亮

夜半时分
掀开夜幕
星辰滑落，那个星辰属于谁
归根结底，我们要交汇在一个点上——
天上月亮和地上月亮的肚脐眼儿

拥有的时候

喂，有信仰的人，慈悲为怀的人
你不会因此而变得一贫如洗
为了慰藉生命，为了诊疗心灵
为了生活，请斟上一百克酒
我的生命就在于喝一口白酒

是否让我们加入行列都在于你
谁知道呢
也可能我们会成为朋友
也可能咱俩会一起去旅行

喂，有信仰的人，慈悲为怀的人
谁知道我背负着什么样的命运重担
哭着哭着在银河迷失
神智不清的人又能毁掉什么

成为毁掉年轻生命的混账
匆匆地来到人间，又匆匆地离去
我没有能并排站立，举首朝天攥着拳
并能直视我眼睛的朋友

喂，有信仰的人
慈悲为怀的亲爱之人
我这样的凡人怎么可以欺骗你
我的天使啊！是否真有天堂

塔娜阔孜·托力坤

（1977 年出生）

1977 年出生于阿拉木图市。1999 年，毕业于哈萨克斯坦阿布莱罕国际关系与世界语言大学；曾获得法国斯特拉斯堡罗伯特舒曼大学国际法学院（1999—2000）的“未来计划”奖学金。

她的诗歌之路是在校园开始的。她的诗歌和文章在几乎所有的国家级报刊上都发表过。代表作有《我从山上来》《思念你》《不得不说》《我爱的》。此外，她还从事法语—哈萨克语诗歌翻译工作。

曾在哈萨克斯坦国家电视台担任制片人。1994—2001，担任“青年诗潮”文学会负责人。2002 年，获得“灵感”艺术奖。2008 年，获得俄罗斯总统德米特里·梅德韦杰夫提名的文学大奖。2008 年，获得“收获友谊”国际诗歌大奖，并受到塔吉克斯坦总统埃莫马利·拉赫蒙的接见。2010 年，获得哈萨克斯坦总统专为奖励文学艺术人才而设立的国家总统基金会的嘉奖。

祷 告

你要学会冷静——
在被最信任的人出卖的时候
你要学会感悟
当智慧占上风的时候

大街上，轿车将泥水溅到了衣裙上
使洁白的长裙变得脏污
你要学会不去诅咒
你还要学会不欺骗幼小的孩子
即便我在欺骗自己

在别人污蔑我的善心之时
你要学会冷静
你要学会从没有信仰之人身上
看到善良之念

在最为悲痛的日子里
你要学会像婴儿那样安睡
在受到伤害的时候
你要学会看着月亮去沉思

在傻里傻气的爱情来临之时
你要学会默不作声
请你像向日葵一样
学会在没有阳光的日子去生活

在整个世界变得狭隘之时
你要学会宽大为怀
在我受了伤，躺倒之时
你要学会治愈受伤的人

最起码，在这个世界上
你要学会毫无疑虑地去相信一个人
你要学会战胜自己
你要学会在罪孽深重的世界
不带偏见地看待世界

在最美的语言变成最沉重的语言时
你要学会绝不倒下
在情感满是污垢，感觉陈旧之时
你要学会绝不哭泣

在本身羸弱的人伤害我羸弱的心
你要学会原谅他们
当貌似纯洁的人，弄脏了纯洁的世界
你要学会只恨自己一个人

当最亲近的人听不到我的呐喊之时
那就学会一般地去爱他
你要学会失败
你要学会退步
如果让想让命运改变
就要学会悔恨地低下头颅
拜托了

无　题

你为什么这样麻烦我
我醉着进入了你的世界，醒着离开
我爱慕着你的这颗心，就是我的敌人
我就是自己的劫难

我与你的云朵连成一片一起飘飞
不要让愁苦只盯着我们的眼睑
鸟儿的欲望也会给它带来灾难
相比你，我更是自己的仇敌

我本是为了飞翔而出生
是我自己扑进了你的大网
我找不到治愈苦闷的良药
我只能像咽下毒汁一样饮下你

我要解放愁苦的风儿，给你自由
请你在我的心里逗留一些时间吧
请你逗留在自己燃起的大火边

无　题

我将头依偎在你的肩头
我将头依偎在你的肩头
激情喷发，又立即压下
不要让心儿狂跳不止
不要让世界变得沸沸扬扬

我将头依偎在了你的肩头
心头则像可汗宫殿一样豁然开朗
可怜的心儿藏起了挣扎
睫毛也藏起了叹息声

我照着你的样子学会了洗漱
你看来会成为诚实的楷模
当我将头依偎在你的肩头之时
我宽恕了——
宽恕了全世界的背叛

你要离开了

你要离开了，闲言碎语碎也会离开
唯一的朋友——风儿会留下来走乡串户

你要离开了，嫉妒之人会消失
太阳会留下，只剩下光芒

你要离开了，生活也会随之而去
诗歌要留下，为生活而搏斗

你要离开了，命运就会失去意义
风儿也会失去意义
太阳也会失去意义
雨水也会失去意义

宽　恕

我宽恕背后放冷枪的人
我宽恕明里背叛的人
我用自己的光明，压下了你的黑暗
凭借宽恕让阳光洒向四方

我宽恕阻止我追求进步的人
我宽恕不能面向太阳生长的人
因为宽恕，恶人的气焰被压下
我让仇恨的念头远离恶人

我宽恕给纯洁的人背上黑锅的人
我宽恕吹毛求疵的人
如果有人让我给幽黑的人画像
我会从幽黑之人那里描绘出灿烂

许多人被自己点燃的大火烧燎
蓝色的旗帜容纳了我们所有的人
我不会与黑暗争斗变得漆黑
只为了让这个世界依然光明一片

不要沉默地坐着

不要沉默地坐着
天气为什么显得寒冷？你说呢
不要沉默地坐着，说点儿什么吧
告诉我你会怎么去爱
说说你如何开心地坐着
如何哭泣
如何燃烧
如何心急如焚
如果你说不出
那可以问我该做什么
如果说不出，你可以哭泣
关于爱情，只让露珠去说
关于爱情，只让哭泣去说
关于爱情，只让恼怒去说
让它们说，让它们痛快地说
不要轻描淡写地说
而要斩钉截铁地说
关于爱情，不仅要让心去说
还要让骨头去说
关于爱情，让你颤抖的下颌去说
即便阿岱冬布拉的弦断了
也要让弦木去说
关于爱情，让那些苦盼我们
神魂颠倒的人去说
关于爱情，让声嘶力竭的人去说
不要沉默地坐着
与其这样，还不如哭出声来

我想死去

我想去死，我想死去
我只想见到你
你看着我，我浪迹天涯
你需要风儿传讯吗

我想离开
我想亲吻
我想像一片云彩落入死亡之中
我想拥抱一个人
诉说满腹的知心话

我想没有目的地逃逸
我想用火焰去烧燎心儿
不是我，而是思念来了
翻山倒海的洪流来了

我想去死，我想死去
不，如果相信我
这是大地所需
不需要空气、月亮和太阳
我只想见到你

无　题

不需要光亮，不需要灯盏
你坐在那儿无法摈弃教养
我坐在你面前朗诵诗歌
你凝视着我，阅读着我的生命

我虽然能令千百颗心灵燃起烈火
但我的声音却没有抵达这一颗心灵
我喝着咖啡，令你大为光火
你用眼睛吞噬着我

那是水烟，即便我吃尽了苦头
这个世界也不会改变，您来了
大街穿上了春天的衣裙
如果秋天来临，让她脱光衣裙才好

还是它们
还是那些沿街的餐馆
送我出去，给我穿上坎肩
这不是我的，而是春天的过错
一不留心，让我亲吻了送过来的脸颊

无　题

天又黑了，再见，太阳
夜展开了巨大的翅膀
我想与一个人成为朋友
能在凌晨三点叫他过来长聊

处处都争雄夺冠，伟大的诗人
变成了积雪，马上就要坍塌
在这个夜晚，他令人彻夜难眠
但没有一个人摇铃警告

当没有预约就有人来敲门时
凌晨三点便开始热上一壶茶
你崩溃的时候需要朋友
帮你收拢四分五裂的心灵

家里有四部电话
只要天亮，我将通通扔掉
别问为什么
只要铃声吵醒了你
那就真的是孤独，真的

无　题

看看我的心脏，快去治疗吧
它勉强能从今天活到明天
越是想念心里越是恐惧
恐惧见到你时心惊胆战

如果你突然走进了电轨车
这么狭窄的空间怎么容得了我
我是否装作没看见，赶紧跳下车
渴望见面的愿望又去了哪里

罪人因思念而吃尽了苦头
他既是天使也是吝啬鬼
为情感搏斗了无数次
然后带着自己赶紧逃逸

爱慕你，寻找你的不是我
想到这些，我真想化为一堆灰烬
我为什么与你眼中的魔力玩耍
我为什么要与爱情闹别扭

你是来窃走我心中情感的窃贼吗
你为什么总留在情感的角落
时间没有治愈这种病疾使之加重
指尖上留着我的命运

看看我的心脏，快去治疗吧
它勉强能从今天活到明天
越是想念心里越是恐惧
恐惧见到你时会心惊胆战

无　题

我宣布自己为皇帝
因为我所具有的孤独属于皇帝
爱情属于金钱
我的天鹅不是天鹅
仔细看看原来是猫头鹰
我在春天的呐喊
不是我的声音
是锈迹斑斑的合页发出的声音
虽然对我已有九十九次宣判
但心中的真相，谁都不知道
谁摧毁了心中的花园
我宣布自己为皇帝
因为我的不幸属于皇帝

无　题

我的心儿充满了悲苦
又要求它说话必须诚实
娇嫩的花朵劈开了石头在生长
因为知道自己被一个人垂慕

如果一个陌生人送来一束鲜花
左侧的心脏会狂跳不已
这是什么样的感悟
一个心灵知道另一个心灵需要自己

我总是从糜子中，从鲜花里获得思想
我心急如焚，并不是心血来潮
知道有一个人热恋着自己
有时我想飞翔，有时又想死去

无 题

心中的话儿似千钧之重
面前是我最亲爱的梦想
以后没有人会抢劫我了
因为没有什么可以丢失的东西

悲惨的真相咀嚼着我的心
只有你一个人，一个人留了下来
只有丢失了所有一切之后
你才会找到真正的幸福及其生命的意义

冰冷的话语寒彻心扉
一种悲愁在吞噬心灵
我离去了，没有什么不舍
亲爱的，生活原来就是这样

关于你的挽歌

一

爱也如此，死也如此，啊！
你像龙一样在吞噬我
因为你是唯一的亲友
别丢下我，带我一起去遭受苦难
邀请我吧，我也要亲赴你的不幸

宰杀我的刑台没能宰了我
没有你我活不下去，枪毙我吧
说一定会吞噬了我了事，说得不假
爱也如此，死也如此，啊……

你会舍得给我两米的容身之地
留下生命作为施舍
爱也如此，死也如此，但是——
你们别碰，因为那是我自己的死亡

二

我不能只爱一半儿
我爱起来便会燃烧
我特别恶心那些不会嫉妒任何人的人
我无法与他人来分享自己
因为无法分享，所以吃尽了苦头

我不能只爱一半儿
我爱起来就会燃烧
当生命与生命相互结合
才能算作真正的联姻

如果你在海滩犹豫不决
我会变成海浪卷走你
我会让你粉身碎骨
我会让你伤痕累累

我不能只爱一半
我会让你神魂颠倒
因为无法相处
我就会没有目标地去流浪

让我们唱起大雨之歌
你为什么闷闷不乐
我爱起来就是如此
我只会让心灵充满悲苦
没有一丁点欢乐

三

我的气息中有薄荷的芬芳
寒冷之时会带给你温暖
我走在一大群人之中
那些孤独的人总会认出我

我的气息中有薄荷的芬芳
许多姑娘不得要领，相互嫉妒
她们不知道在秋季应该去找谁
没有找到意中人便孤身一人

你就是那个薄荷，我的芬芳
命薄得到了要死的时候
最后的一口气就是你了
受到伤害时，曾经乘凉的树荫

我的芬芳形象之中有你存在
就像我初次见到你时那么晶莹
如果真有你不存在的生活
啊！那就在这个秋天让我信服

四

为了不让生命在他人门前哭泣
我准备将命运交出去
让诅咒去祈求善良
让我的沉默去替代谩骂
让巨大的宽恕替代回忆

你不要让她哭泣
我让怨恨去了有去无回的远方
让浑浊的疑虑去了马驹泉
让我去追逐爱情
让那声嘶力竭的叫喊
去一个叫做“冷静”的荒漠
让情感的渴求放逐深沉
把我的悲苦换成诗歌

艾丽亚·达吾列特巴耶娃

（1977 年出生）

艾丽亚·达吾列特巴耶娃 1977 年出生在哈萨克斯坦阿特劳州，毕业于阿特劳国立大学语言文学系。哈萨克斯坦作家协会成员，诗人、作家、翻译家。

2008 年，获得国际“灵感”艺术奖。在纪念哈萨克斯坦著名作家保尔江·马木什诞辰 100 周年的活动中写作的《我为保尔江歌唱》，在纪念托烈汗诞辰 350 周年诗歌大赛中获奖。在国际东方梧桐诗歌大赛中获奖；在哈萨克斯坦 50 周年国际纪念日上获得文学奖。

2014 年，在法兰特出版社出版了诗集《美人如斯》。2017 年，出版了《生命之音》一书。她的诗集中还收录了《月亮下有一个湖》和《涌泉》这样的长诗。此外，她还写了读者比较熟悉的《写诗需要天赋》《真理所在》《无言的爱》等散文作品。此外，她还曾翻译诗歌和《安提戈涅》等戏剧。

2016 年，她受到了哈萨克斯坦总统纳扎尔巴耶夫的接见。

2016 年，她的诗歌入选了哈萨克斯坦驻俄罗斯大使馆选编的《哈萨克斯坦—俄罗斯诗歌选集》。

无　题

成为诗人是天赋
而成为一个人则在于自己
在愁苦满腹的日子里
稀少也是一种寄托

我是自己的敌人
倒霉背运顽固不化
苦难深重的生活
一定会让人屈服于它的铁律

我的心灵空空荡荡
只是微弱地跳动着
你可能无法理解
背运之人殷切的期盼

悲愁涌满了心灵
又有谁在意这些
我可不是最后一个
破败颓废的诗人

我凝视着夜的怀抱
声声叹息心生悲戚
我正为自己死于襁褓的一组诗歌
举行送葬仪式

无 题 诗

我的心儿为什么愁肠百结
谁又能怜悯别人
我有幸获得的生活
犹如破了底的褡裢

真的，这是真的
你不相信是怎么回事
没有思虑的日子
已经翻过山梁面向黄昏

我在希望中澄清毒汁
我还喜欢过妖魔
我还让一个人发了疯
而他也让我痛哭流涕

那些在幻想之中破败的日子
一个个都变成传奇
那长睫毛的姑娘
常常书写着永无回复的情书

我们以行善之名
背负着重重罪孽
我们因为迷失而长吁短叹
然后不再受骗

会笑的只是我的眼睛
您别说自己会相信
只有自己知道的真理
才存在于诗歌之中

无　题

真理能登上的殿堂只有牢狱
而我自己的真相
还有外人不知，难以启齿的龌龊
谁都无法证实的盗窃
都在我个人那一座——
谁都无法打开门扉的牢狱里挣扎

我确实有一座个人监狱，亲爱的
假装伪善是我最为拿手的绝技
我干嘛要大声揭穿他们的把戏
不知有多少人千百次撞向悬崖
等我的马车和诗歌跌落在谷底之时
我的日子甚至不如一只乌鸦
然后，然后嘴角挂着一丝微笑
我也拉起了一道幕布
就像妓女的恶名一般破破烂烂

想着祖国便去鼓舞那些没有祖国的人
又想起那一年受苦的祖父
想着我前途未卜的小驼羔
想完这一切又会思虑整个世界
我想给风儿诉说心中的夙愿
我的人民终于将我们——
快马和慢马一起拴在马桩上

无　题

我与你是同病相怜的人，你怎么样
你千百次伤害我，又千百次抚慰我
我想最后不要受冻，也不要燃烧
但在不经意之间我们再次流浪天际
我与你是同病相怜的人，你怎么样

你真的没有什么担忧吗
那你为什么久久凝视
所以我才赶紧给予鼓舞
你的眼里满是忧虑

当洪水像涤荡芦苇一样冲刷时间
交错纷繁的路径令人大伤脑筋
每当我见到你一次
我就让生活更加困苦

没有你，我的生活已经很纷杂
我又能向谁解释什么
今年的秋天冷吗
这是怎么回事
我的希望才迟迟绽放鲜花

安宁早已远离了我
我不理智，亲爱的，说说为什么
我不想去爱
但是又爱了

无　题

我现在没有智慧
它有什么用
因为没有它，我也能活下去
因为有满腔思念在心
我爱慕你的笑容

你的笑容在我的心中燃起了火
羸弱就是我的过失
因为能让我爱你
所以我对命运感到心满意足

没有你的岁月就没有美丽
我的命运啊！无比多舛
人群之中你用眼睛抚慰着我
我情不自禁地被你融化

如果爱你是罪过，可怎么办
那就让他们去审判吧
只要你们不再——
不再打扰我的梦想

我现在没有智慧，别问为什么
现在几点了
这是哪一天
我的所有心思都在你那里
甚至不再听从内心的声音

你是黑夜

你是黑夜，亲爱的，双眉紧锁
从很远的地方愁苦地打量着我
我疲惫不堪地赶来扑进你的怀里
瞧我折了翼的情感多么可怜

我扑向你的烈焰，引火烧身
然后，然后气喘吁吁，还被窒息
你曾经这样燃烧了我，令我沉醉
你抛洒着倾泻生命的火花

你就这样诱惑了我，我的自由之鸟
我曾经发誓绝不相信
但现在我又相信了
即便这个世界有一百种诊疗办法
你是不是我不想治愈的伤痛

该死的激情，我哭泣着走来
诗歌，今天是你让我泪流满面
谁说不幸与幸福之间的距离遥远
实际上只相距一步

你是黑夜，亲爱的
那可是无影无踪的地方
它会像雨水那样冲刷我的双眸
顺服于你是我的愚蠢之举吗
我的镜子已经破碎
难道也是我的过失吗？你说呀

无　题

我的故事为什么还讲不完
为什么只有我一个人忧伤满腹
你醒来就留下吧，成为一种幻影
或者离去吧，没有你，我也能生活

你离去吧，没有你，我照样过得精彩
就这样吧，让我的所有疑虑都飘散
也可能我崇敬你，会将你写成诗歌
那只是我自己想象出来的一派胡言乱语

不要寻找，也不要打电话
也别将希望的花朵戴在胸前
我们的情感已经习惯于满足——
毫无益处的爱或者被爱

我们的情感早就习惯于经受种种考验
也习惯于将爱人从高处推落
只有你的莞尔一笑令人心生爱慕
只有我的诗歌在哭泣

只有我的诗歌让我悔恨万千
也让我躲过了那些荒蛮的日子
你离去吧，不要再回头张望
没有你，我也能活下去，决心已定
你就这样离去吧

无　题

在后一段日子里，我有些异样
忧虑一次又一次遮蔽了我的笑容
以前那些从不间断的闲言碎语
也不再从四面八方涌来令我不安

仿佛所有的钟表都已经停摆
别说忍受，我的耐力已经达到极限
我度过了一段忧虑惆怅的日子
我找不到哪怕一件想做的事情

朋友没有诚意的笑容
还有他们的神态都难以分辨
谁能怜悯我的梦想
谁又能理解我的内心世界

岁月就这样吞吞吐吐地流逝
急切地与时间相互交汇
我坐在这个花花绿绿世界的一个角落
神情怯懦也没有人理睬

我呐喊的声音已经传得很远了吧
天空因此而怒吼起来
即便雷火劈地也没有受到打击
你说说看，你的耐力有多么大
不要杀死我

八月已经面向秋野

那是一段流蜜的日子
八月已经让我失去了耐力，汗流浃背
我渴望听到你讲述的那些令人生厌的故事
也渴望秋天讲述的美丽传奇

你厌烦一切，我也一样
可我们曾经相信心灵的耐力
就像围在瞳仁周边的珍珠
八月，八月的月亮已经圆了

八月，八月已经面向秋野
我们也应该显示恋恋不舍的情怀
你的眼睛是调皮的涟漪
我的眼睛则是闪动着思念的清池

我们没有气力去接近或者远离
我们没有气力去忘却或者厌恶
谁也保证不了再也不会欺骗谁
谁也保证不了不会再让你哭泣

我们就像误了船的旅人
为什么在海岸显得如此萎靡不振
没有我们，这个世界也没有什么智慧
但愿我们在来世变得理智
好吗

我那愚蠢的爱情

我那愚蠢的爱情
没有我
没有忧愁，没有光明
你过得怎么样

我曾经深深爱慕你的一笑一颦
而你那边只刮过一阵轻风
有谁理解我们的境况
只有令人眩晕的思念，以及千百个疑问

你的双眸没有渴望，而且疲倦
我的双眸则渴望着你的温暖
我还能等来什么？我的光明
你带给我的不是欢乐，统统都是悲伤

如果我渴望沐浴别的光芒
看不到你的眼睛，也无所谓
如果我永远舍你而去
就是一个被幸福迷醉的糊涂虫

如果因为嫉妒而热血沸腾，怎么办
我再也无力与你争斗
哎，我漫不经心的爱情
没有诗歌，没有太阳，没有光明
你过得怎么样啊

无　题

我想象出了你
只为诗歌
只为不朽
只为让你成为幸福的印记
黄昏不再陨灭

只为在厌恶一切之后
还有希望冉冉升起
只为你成为自己——
打一个盹儿的缘由

我幻想中的爱人
变成了一只婉转啼鸣的鸟儿
对自己的这个“罪过”
我从未感到过羞愧

我想象出了你

无　题

从不屈服于思想
从不与真理看齐
无法从世上寻找收获
知晓活着的人从不会抢走它

其他人无法体悟
我自己也不理解
任何时候都无法入眠
任何时候都难以忘怀

你不能说不存在
但也不能说存在
明智的人们不会相信
总在试图诱惑我

不会让任何人看到
不会让你离开半步
活着的时候不会厌恶
用一根看不见的丝线拴定

我有唯一的形象
你别问他是谁
我自己也不认识他
但总是在将他歌唱

阿拜的语言

阿拜的语言就是母亲的语言
它们相互关联无比神奇
世界的悲苦令人彻骨寒冷
所以我们才成为诗人去生活

我不知道自己将背负什么样的悲伤
又丢失了一些什么
我曾经在石人旁边过夜
曾经度过许多心惊胆战的岁月

我在孤寂的森林里长大成人
我可以毫不自卑地谈起它
有几个年头，我曾经度过——
像死了母亲的孤儿那样孤苦地生活

那些日子的孤苦难以忘记
那是毒汁与蜜汁混杂一起的日子
一侧腮帮里是鲜血，一侧则是油水
我的灵魂变得赤裸裸

母语变得空虚索然无味
我今天却拜倒在它的面前
你鲁莽轻率的儿子已经迷失
欢乐冲出天穹已经远去

我们竖起蓝色旗帜
我凝视着蓝天
我们的根基是什么
忧虑重重的心灵茫然若失
圣人阿拜，请辅佐我们

又见霍拉依

——致诗人玛汗别特

我们在春天也在秋天去过你的墓前
终身寻找平等的兄长正在酣睡
我们能理解你作为流放犯的窘迫
所以今天沿着你的道路一直向前

在这虚伪的世界，谁能理解你的内心
我们惊愕地看着你度过困苦的日子
我的慷慨大度当然无法企及他
但我会成为高举他之灯盏的那个人

无论是在冬天还是在夏天
他都显得神情严峻
过去的霍拉依显得灰暗萧瑟
在热闹非凡的天穹之下
哈萨克所遭受的无情折磨历历在目

我不顾孩子是否体悟是否明白
只想让他带上足够一生的精神食粮
我今天带着他来到了你的墓前
看看能否让他获得一丁点儿你的坚强

阿克别仁·叶勒格泽克

（1980年出生）

阿克别仁·叶勒格泽克毕业于哈萨克斯坦国立大学历史系。著有诗集《光影细语》《极限之光》和中篇小说《未曾拥有的童年》。

他的作品经常在各大报刊、媒体发表。曾翻译过德米特里·梅列日科夫斯基等俄国作家的作品。曾与叶尔兰·朱尼斯合著诗歌集《双胞胎的书》，得到读者和文学界的好评。

曾获国家塞佩尔青年奖、T. 阿伊别尔艮诺夫奖，国家杰出青年奖和哈萨克斯坦“金笔”文学奖。

霍布孜琴——心灵

在白昼与黑夜交替神志含混之时
各种疑问在脑海中浮现穿行
世界上所有的声音在一个轨道相遇
只有悦耳的霍布孜琴声格外动听

一个人回想起来与幽灵共舞
心中的掌灯人拨动着心弦
如果悲伤的旋律令人心碎
你就会理解这个世界有多么狭小

这首伟大的乐曲在一刹那经历千年
棱狐草像海潮一样涌动在眼前
突然一种神奇的力量会使你迁移别处
四周仿佛有灰秃鹫展翼飞翔还叹着气
巨浪会冲走这个浑浑噩噩的世界
阿吾勒那边的坟墓在空气中飘浮

霍布孜琴声响彻清澈天空
轻柔的云朵在争抢巴掌大的土地
然后，天宇夜晚的寒风嗖嗖刮来
一颗颗星辰像豆子一样簌簌落下

那是暮色苍茫的黄昏
你要静静地观察
天使与幽灵们纷纷落入凡间
然后开起会来
霍布孜的乐声是永恒的
那边会落下乐曲的暴雨

我的心儿也随着乐曲起伏激荡
但是，但是，要小心，不要让妖魔知晓
知晓令我浑身为之一震的琴弦
霍布孜琴——心灵
不能让它在某一天沉寂

梦魇

梦中那些黑颈乌鸦令人费解
成为我的疑虑，哈哈大笑，又成为恐惧
然后它们在我的发际筑起巢
变成可怖的话语，潜进感觉中

我的感觉正中有风暴旋涡
拽我走进中央，脑子旋转起来
我在梦中哭着问着寻找——
我那间根本就没有修建的屋子

我的过去就生活在那个黑黑的屋子
我的兄弟们，他们对我没有印象
看到那些乌鸦，在院子里啄食
我当年的情感鸽子早已丢落在那里

在那个黑黑的屋子里
父亲、祖母、哥哥，还有母亲
还像以前那样，生活在一起
我无法跨进门栏，备感难受
手中的提箱变成一条黑狗

明天的风会像以前那样呼呼刮起
我知道人们从四面八方监视我的言行
我要去流浪，拽着黑狗的带子
我围着屋子奔跑，我从窗户上张望

我以为任何人都不会注意我一小会儿
看看窗户那边，父亲有时会叹气
我舍弃一切，去追求虚无缥缈
我已经不是自己，而是被风吹起的衬衣

瞬间，一声叹息传到遍布墓地的原野
灯光因此而飘忽不定
我被惊醒，摸索着墙壁
黑黑的房间——手提箱

老 小 孩

城郊
到处是垃圾
夏季闷热的一天
流浪汉们在渠边低声吟唱
每天，都有一个孤儿从这里经过
在弯弯曲曲的街道走着
厌恶他们粗俗的语言
还没长大，心就死了

他出来乞讨，神情像一个老汉
他很小，只有七岁
我知道这是一个患了某种疾病的苦孩子
因为悔恨，因为悲痛，嗓子蠕动着
对我来说，所谓社会就是这个孤儿与其他人
他想只要花帽里滚进了钱币
就能治好疾病
将手中的树枝当做天空来玩耍

在这个严酷的世界，这个孩子在找谁
他想用没有韵脚的诗歌令你迷醉
对他患有疾病的身体
对他满是幻觉的念头
来来往往的人们不会怜悯不会关注

今天，这里处处还是垃圾
异常闷热
水渠里的酒鬼们呻吟着蠕动着
老小孩儿将树枝当做天空，哭泣着
啊！树枝发出了霍布孜琴的声音

乌　云

原野上的乌云——
由我满腹的悲伤构成
乌云深处有一位天使
双翼滴落着天空之光
我会不会失去耐力
手表上滴落着时间之光
茵陈蒿的芬芳
窒息新生婴儿的低泣
清香的雾气无法冲破壳儿
温暖的话语无法从嘴里说出
思想已经被猎杀
成为疑问的牺牲品
哦，多么悲惨！境况太严重
仿佛翻着白眼的风暴
白色的朵云
在乌云的笼罩下
仿佛有一个空空荡荡的哈萨克阿吾勒

我走在傻里傻气的伙伴儿们中间
折断的光影投进了脑海
浓浓的乌云与我……
我怎么会说出“我”——
其实，我与乌云没什么两样

天 真

所有的天真都一样
——艾热涅叶提·莫里达耶夫

天使仿佛在重复自己的一生
在镜子里我才觉得心安理得
星辰在瞳仁里歌唱
月亮因黑沉沉的天空之光而盈满

不会为过去而悔恨万千
就像到达了人间乐土的部落
我从镜子里看着自己
仿佛看到了仁爱燃起的大火

就像手中已经没了主人的笔
这个世界的未来没有神灵
乱成一团麻的宇宙根脉
追逐着洁白的光亮

天空漆黑笼罩着萧瑟的原野
灯盏亮着，灯光颤抖
我的灵魂飘飞在空间寻找
在异乡寻找一盏亮起的灯

先辈们遗留的天真
在黑暗中注视，能要了命
在光怪陆离的镜子世界
我找不到自己备受折磨

秋天的城　下雨的傍晚

窗户的那一侧是过日子的办法
过日子又有多少意义
你需要像动物那样吼叫
在双眼
变得幽绿，烧起来之前

窗户的那一侧是灰蒙蒙的大街
它的三只眼
轮流在眨动
为了诗歌痛饮，那就喝吧
要用满腹的悲伤去喝

窗户的那一侧马达的轰鸣声
来自于——
蓝色的燃气
只有高架桥能将这一切记写在……脑海
写下来的话语充满仇恨

窗户的那一侧是孤雨，像乞丐
女人们的脚后跟……
如果在树叶上写下秋天的诗歌
那我的心儿会豁然开朗

窗户的那一侧是乌云，是宇宙
我打了他嘴巴……把他的钱……
有一个人坐在那里觊觎着我
眼睛绿幽幽的

雨滴与石头

今天这个夜晚不是夜晚
月亮从空中俯视
雨滴与风儿低语
半卧在石头之上

泪滴
这完全是幻想
这是多么有趣的镜头
我自己也不真实
是他人虚假的念头

眼里的泪水
是忧愁构成的，没有伤悲
落下雨滴的石头
恰似已经昏厥的光亮

染发剂散发着香气
它也喜欢胡闹，是个骗子
泪滴比石头还沉
而石头则是幽黑的大泪滴

我知道黑夜也不是黑夜
黑夜是血管的跳动
我自己也不真实
我是埋葬着思想的坟墓

而泪水仿佛要熄灭
仿佛协议被破坏
石头好像要跳起来
揭下自己黑黑的皮肤

今天绝对不是夜晚
能听见最后的声音
我躺在雨滴中
思念着一种模糊的幻影

填字游戏

我用感觉戳了一下那个神秘
黑夜渗入了地平线
谁会理解怜悯多愁善感的人
我心中有一个人在叹气

我用心戳了一下宇宙
嘈杂声包围了我的脑海
我来到了哪里，又困在了哪里
我开始可怜自己的母亲……

之后我又戳了一下天空
所有的星辰都变得怯懦
我刚想取下面具
我的脸面呀，却丢掉了

我用睫毛扇动一下空气
它却不得要领
思想从谁那里来，又向哪里传递
语言的大雨又从哪儿倾盆而来

我戳了一下月亮，它没有下移
我啥也不知道
有一个人在天空写一首诗
写在脑海的填字游戏表格上

欣 快

叹息一声，后背的双翼抖动了一下
没有梦想，有一天，我像天使一样飞起来
我转着圈跳起来
扶摇直上高空
我哭得一塌糊涂，在蓝天窒息
“如果能找到治愈满腹悲伤的药方
我会用每句话爱抚你
我还会去拥抱月亮”——
可怜的灵魂马上欣快起来，这是自由的口号

从未获得如此欣快的心儿
我知道它想变成一只鸟，在我之前飞离
我看到像光影一样飞奔的幸福
神秘之处的甜蜜光芒抚摸着我的智慧——
“这是天堂吗？智者们曾无数次描绘
如果是天堂，我想进入

你看，你看，像我一样长着双翼的家伙
偷偷潜入了天堂，一个接一个
有的人既与儿子，也与奴仆相遇
他们只通过脑子在交谈，听不到声音
人们个个兴高采烈，我怎么可以袖手旁观
我对一条头冠美丽的蛇说了一句什么

不知是女人，还是魔鬼，那条蛇，那个无辜
神态里有暗夜涌动，眼里映着月亮和幽灵
我是苦命人，没经允许擅自进入天堂
不知是谁用鞭子狠狠地抽了我的后背

没有双翼的我失落了，落在了生活中，落在底层
从那以后，我就惧怕自己没有双翼的身体

孤　独

在无边无际的宇宙边缘
大地和星辰感到孤独
在那颗星辰的脸上
你也孤独，我也孤独

孤独者的世界里
你爱大家，我也爱大家
蜘蛛在为蝴蝶
编织着美丽的网

艾蒿孤独，铜也孤独
所有的原子弹也孤独
鸟孤独，还有所有的诗人

心灵孤独，脑子孤独
被点燃的烟也孤独
月亮贪婪地看着你——
美丽的脸庞

一切都孤独
劫难不一样，尊严也不一样
生活的意义，追根究底——
就是蜘蛛与蝴蝶

在六月一日的晚上

黑色的鸟像黑色的水滴
向下滴去
百无聊赖的人们，长着没有睫毛的眼睛
医院发出呻吟

战场的灰尘，战争的精神
死掉的马匹
是什么画面，谁在喃喃自语
天啊！停止吧

我用心灵的眼睛发现，
叹息飞走了
黑暗的彩虹
正颤抖着摇晃，消失了

什么使你冷静下来
是月光的阴影，是色调的音阶
还是光明的音乐
在誓言的字里行间，有人永远
揉搓着梦境

已经是夏天了！风带来问候
低声说：“睡觉吧……”
回声离开了，慢慢地变成五颜六色
春天的味道也离开了……

女广播员

某人的喉咙发出弹片碎片的声音
就在这黎明时分
在一个小小的文字基点里
夜晚的脸蒙着纱巾

声音很平庸
是空气的缝隙
雨水会淹没神情
但大门被打开，是因为寂静——
是高跟鞋的回声

外来世界的音符
在某处音乐音影上断裂
如同虚幻的尖锐碎片一般掉落的
是那着了魔的竖琴的音节

……这是我坐着的形象，对我来说
好像是无深度的音节的声响
我们熟悉的声音
再一次低声地说，从那遥远的地方！……

夜晚的哀歌

我们生来就不是——十四行诗
撕破了面纱的夜晚，出现在安静的房间
我们的思想就如同河岸上的秋天
它们跳着舞，跳上诗人的棺木……

我们不是在永恒的痛苦中出生
也许被安排了别的问题……
这个房间——是个安静拥抱
或者我们要像幸存者那样哭泣

我与你几乎从来未曾相遇
在这无法理解的悲伤色调里
这个房间——是暗淡的一笔
只有在和弦的温柔下我们才狂野无比……

可以轻松穿过蜡烛的烛光
冒着消失的危险，就像阴影一样，
如果在这些边缘，找不到我们
那为什么，我们还是如此的悲凉……

黑色的阴影……

黑色的阴影留在纸上
清晨醒来变成白色的光
也许有时候我想要变成一名魔法达人
但是保留着天真与愚蠢

地平线在东方
我学会了什么是痛苦，如何将痛苦遗忘
夜晚触动我的是它温柔的流淌
但是心灵一定会哀嚎着悲伤

路上洒满灰色的石头
我用坚强取代了自己的温柔
我以一种难以理解的，另类的自言自语
一遍遍地亲吻着自己的耳力……

阳台：站着，吸烟和哭泣……

阳台
站着，吸烟和哭泣
有人低声跟我说“写吧！”
“很明显，我什么都不是
我只是伟大灵魂的影子……”

黑夜有着巨大的双眼
把一切都看穿……
不要呼吸
星星般的眼泪
只有婴孩才匹配……

我是个孩子。父亲就在那里的某个地方……
他是个孤家寡人。他一直围绕在我近旁
请告诉我，我是谁？没有答案
请告诉我，你是谁？黑色的烟尘

跟他在一起的生活就是我的童年
而作为一个孩子，我是多么地与众不同
我不得不回到天空中
回到我亲人的家中

娜孜热·别尔达勒

（1980 年出生）

1980 年出生于江布尔地区。2001 年，毕业于哈萨克斯坦国立大学。

她的诗曾发表在江布尔州《启程》期刊，她的诗歌作品被收录在几部诗集中。曾出版《雨夜》《爱之心》《美丽世界》等作品。

2004 年，获得 T. 阿伊别列良文学奖；2014 年，获得总统专为奖励文学艺术人才而设立的国家总统基金会的嘉奖。

你在哪里

一个问题：你在哪里
是呀，真的，我在哪里呀
我沉浸在诗歌与生活的思索之中
我笑脸盈盈，朝气蓬勃
我不像您说的那样无影无踪
我不能迷失——我这样给自己鼓劲儿
你哭了，但谁又需要这样
还有长吁短叹，还有跌倒在地
即便跌倒在地，也不能让人知道
因为有一种力量在鞭策，我能站起来
如果站不起来，我会插上翅膀飞起来
我总会想出一个办法
不要对任何人诉说灵魂的怯懦
不要对任何人诉说背运的事情
快点洗却灵魂的污垢
急急地扑向地平线，扑向梦想
不要对任何人诉说心中的痛楚
不要让伴侣，让朋友，让兄弟知晓
那不是因为你孤苦伶仃
而是因为这是你接受命运规律的必经之路
不需要嘲笑，也不需要诅咒
我的力量在于手中神奇的笔
我没像您说的那样无影无踪
我在这里，我只在手中的笔下

服丧的美人

漆黑的夜，可能服丧的美人悲痛欲绝
黑色的眼睛紧闭着，怀抱敞开着
黑暗中，飞蝶扇动着翅膀
向着亮处飞去
美人眼里凝结着尚未滴落的泪水
飞蝶并没有过错
如果命运让它变得火急火燎
飞蝶一心灵
这可能是生活的一条规律
爱情可能是这个人的幸福
也可能是那个人的苦难
锋利的刀正在剜割心儿
黑夜无法带走含糊的话语
即便拿走了愿望
除此之外，什么也拿不走
服丧的美人因为愁苦
最终会悲痛欲绝
瞎了眼的飞蝶
无论如何也不会生活在——
没有光亮的地方

这是我的心脏

如果黎明将洁白的头巾挂在夜空
欢乐的鸟儿与黎明同在
匆匆升起来，挂在你的窗户上
太阳张着笑脸凝视着你
这就是我的心脏

爽风一阵阵吹来，亲吻着你的秀发
瓢泼大雨呼啸而至，拍打着你的毡房
大雨从彩虹之光汲取滋养
簇簇鲜花装点着万古荒原
这就是我的心脏

春天，山峦呼吸着绿草的芬芳
蟋蟀在夏季高唱欢乐的歌儿
元旦带着诚挚的祝福
落英像流星雨一般纷纷，挂满枝头
这就是我的心脏

红　裙　子

红裙子
我今天没有穿
谁不垂青于穿着红裙子的美人
抑或我是一朵红花
谁都不能采摘

没有任何理由……
但总有一个缘故
使我们陶醉在你浑浑噩噩的境况
诱骗双目，践踏嫉妒之人
红裙子，红红绿绿的世界

世界，我登临你的高峰
金色的太阳亲吻着大地
我与你最强硬的对手搏斗
太阳陨灭之后，眼里留下一片黄昏

我不想引起任何人的注意
很想穿起一件幽黑的长裙
黑暗，还有安静得以延续
没有纷乱的思绪、悔恨和悲愁

黑裙子
诗人玛赫帕丽曾经把你歌颂
我只享受黑匣子的乐曲
黑裙子，我今天要脱掉你
今天仿佛要降临一个别样的黎明
它不是由红霞，而是由洁白之光构成
我要用红色的火去烧掉过去的一切
我要用黑色的雨水浇灭它
我要从脑海中灭掉一切

只有我来掌控自己的命运
我要穿上轻盈洁白的长裙
纯洁的希望、绚丽的梦想、美好的愿望
有没有不穿洁白的寿衣
得以净化的生命

无　题

春天，见到你，我没有引吭高歌
还像过去那样
我没有登临山梁，迎接回归的候鸟
这是为什么
最初潜入胸间鲜花一般怒放的感觉
别遭遇冬天最后一股寒气的侵袭
心中满是怨恨
依然没有暖和起来
虽然我从天空看到了海鸥
但曾经在春天里等待候鸟

不知是否中意
这不，春天又来了，这是城市的春天
城市，春天，夜晚
那是人工制造的卫星
又开始喧嚣，还有夜晚漫长的歌谣
我走过去，在阳台上喊道：春天来了
我摘下种植于花盆的红花
心绪与夜生活无法相适应
幽暗的怀抱，为什么
夜晚，你的怀抱像石头一般寒冷
我走过去，将写着鸟儿之歌的磁带
放进了音响之中
我的心儿孤寂，没有温暖
乐曲也没有响起来
情感的阴影就是留在山间的幻影
春天，我怀念你
不仅仅是这一个春天

在 旅 途

处在醒着与梦境之中
我不吃，也不喝
在你脑海的深处
有一个轰鸣的声音
仿佛没有别的乐趣
我认为那是金柱
一列火车飞驰而过
我从窗口张望着
一年又一年
你们何以从我的脑海溜走
从前的时候
我好像在这个站台停留
快速地从我的眼前掠过——
难以理解的文字
房屋，原野，公园
还有人们的神情
有时显得很熟悉
我细细打量着
外边儿是沉沉的黑夜
读不完生活这一本书
我好像不会走下这列火车
谁留在这里
挥动着手臂
我无法辨认，站了许久
那个难道就是从小一起长大
却在一个瞬间将我出卖的发小
我独自一个人
身边还有一个旅伴
先别对他诉说心底的隐秘
在那个春天
送上一束鲜花的少年

却留在一个角落
阴暗处闪动着一个身影
那可能就是母亲
我在七岁的那一年
送她去了远方
她那时藏起眼里的泪水
眼里的泪水之中
分明含着悲愁
父亲、母亲还有我
我无忧无虑地坐在那里
母亲坐在那里挣扎
而父亲的故事却趣意盎然
我可能需要为这个瞬间
为这个脑海中铭记着你的瞬间
坚强地活着

雨 呀

你下了吗
你是我黎明的花园
夜晚的财富
是春天的报信者，是喜悦
也是那个春天的忧郁

在雨水中聆听喜宴的歌声
眼里的雨水就是泪水
脑海中却有一种质疑
从雨水不停滴落的欢愉之中
我看到自己青少年时代的靓影

你这是为什么？为什么忧愁翩然而至
喜爱歌曲的心儿被窒息，呼吸急促
因忧愁而生的情感铠甲
一层又一层，仿佛被拨撩的水池

把云朵挂在高高的天空
一场雨水使山山洼洼注满洪水
舞者是雨滴，季节是春天
下着温暖的雨
我早就对你们怀着爱慕之心

无 题

神奇的欢乐，我的到来成为喜悦
芳草萋萋的原野，穿上最美的衣裙
沉浸在朦胧之中的山梁
仿佛张开怀抱喊了一声——
来吧，我的女儿

刹那间，茵茵绿草碧连天
展示出美丽原野的风姿
天上洁白轻盈的云朵
飞舞飘移
仿佛我娇宠的妹妹无比妩媚

阳光亲吻着我，仿佛慈爱的母亲
轻柔的风儿
则像嫂子一样轻轻拂面
看哪，极目不见令人沮丧的地平线
就在那里挥动着手臂

熟悉的山峦，还有熟悉的湖泊、花园
我迈着大步游览，依然没有看够
故乡啊！我由你的雨水生成
然后，然后在远方变成一道幻影

无　题

你要从花园知晓秋天来了
绲着金边的秋天
还是课程、电影新闻、话语
正在被背诵
还有希望
露出笑脸，从黎明询问你
我的生命变成树叶在大街上被踩踏
你们每一个人都在踩踏
然后索要更大的幸福
谁知道命运在前方还会遭遇什么样的考验
没有得以改变的诗歌就是我
金色的城市
你用秋天来诱惑我
你不要灯红酒绿地闪动
你在欺骗，在欺骗
我就在装满柴火的大盒子里
我伫立在九重枢纽之中
又熄灭了
暂短的一天又熄灭了
我是暂短旅程只住一天的旅客
我是你的旅客
我是秋天的旅客
我只是这一个

又是一天

又是一天过去了
夜晚悄悄潜来敲打着窗户
在无比孤寂中，我独自一人
舞台的幕布已经落下
我们是演员
我们是歌唱家
我们是诗人
我们在喧闹之中变得理性
我们在喧闹之中变成勇士
我们在喧闹之中变得美丽
我们租住在被称为“地方”的大小房屋
在里边生活着
餐桌上是已经凉了的晚餐
还有茶壶，还有鲜花
如果思念，那就成为夜晚
敲打窗户
没有观众的大厅恰似我的情感
已变得空空荡荡
灯一个一个熄灭了
妆被抹去了
愿你平安
还有明天
也会被夜晚赢走
只有四堵墙
令人想起了灵柩
从此以后我不再喧闹
我请你原谅
这个角色已经令我生厌

秋　天

秋天
机场
心里惴惴不安
我会怎么样
过一会儿，你的飞机就要降落
既然命运不让我们终成眷属
既然你马上要离开
我们为什么还要相见
不安的秋天
毫无意义的黄昏
你笑着走来，旧的忧愁消失了
我们为什么要聆听——
穿过全身奔流跳跃的乐曲
如果你现在就要飞离
如果你的故乡在别处
如果你真的要离开这里
你为什么又落在了我的眼里
我看到你非常英俊潇洒
今后，没有你的岁月会流逝
没有你的千百个好日子会慢慢游离
我依偎在你的怀里
我可能得到了温暖
但是最后一次
我化作最后一滴泪水
挂在了你的眼帘
这一切应该完全是另一种模样

质　疑

蓝色的火焰让白色的茶壶发热
生命——
就像任何时候也没被知晓的诗歌一样
灯光，厨房，孤独
夜里一点半
只有我俩
尽管如此，我还是孤独
忧愁在窗户上画出一道道印痕
瓶子里装着已干枯的丁香
“三·八节”的悲苦
冬天不会改变
春天不会改变
秋天不会改变
夜晚也不会改变
呆头呆脑的城市就在那里
不会令你哭泣
不会带来寒冷
你什么都感觉不到
只有一颗闭着眼睛的丁香
天空洒下的不是阳光，而是忧愁
我对花儿，也对你，千百次抱怨
我会像罪孽沉重的湖泊那样泛滥
在春天，太阳升起的那个时辰
我可能会从你的眼中消失
我们也像春天的阵雨一样毫无用处
你能觉察到吗？然后，我们就是陌路人
我们是否永远天各一方

独 处

我想独处
如果能遇到，我也会欺骗观望的人们
这种悲愁——
仿佛是打击最重的一次
我不喜欢近在咫尺的自己
最可悲的是我也不恨自己
为了它已经感悟到——
我为什么要怪罪心灵
为了渡过悲伤的大海
我义无反顾脱掉衣服
你留在岸边吧
为你将我的幸福变成苦难
为你让我的精神崩溃
我宽恕你
当我急切地盼望明天
盼望那一天的黎明温暖如春
谁料到又被粗俗的夜晚打赢
为了被欺骗的梦想
为了你留在岸边遥远的地方
我要忘记你——
我的甜蜜无比的悲伤
严酷、陌生又熟悉的悲伤
我不会变成风，去抚摸你的头发
我不会变成希望，与你的恐惧厮打
为了赢得永久的幸福
我会远离你
我赤脚踩着岸边的卵石
唱着一首悲伤的歌儿
我正在游离
你会失去我

天空落下了一片秋

天空落下了一片秋
我不会捕捉你
夜幕遮蔽天空
我的悲伤弥漫开来
无论如何你都不属于我
无论我怎么样千百次嫉妒
如果我有双统枪
说不定我会打死你
如果还有可能
我可能还会抚摸你
无论如何你都不属于我
我已经解放了你
再次听到——
听到了那一首歌
不，那是雨滴奏出的旋律

你究竟遭遇了什么灾难
即便我今天摔落在低处
依然会将你捧得很高很高

保尔江·哈拉克孜
（1982年出生）

保尔江·哈拉克孜生于1982年。诗人。

2003—2004年，他在国家级杂志《阿拉斯》担任记者。2005—2008年，任《阿斯塔纳》杂志记者站负责人、执行秘书、副总编辑。2008—2011年，担任哈萨克斯坦共和国国家图书馆《图书之王》杂志副主编。2011—2013年，担任科克舍套市的图书信息系统办公室主任。哈萨克斯坦作家协会阿斯塔纳分会主任；哈萨克斯坦共和国文化和体育部下设立的青年诗人作协联合会会长。哈萨克斯坦共和国文化和体育部长顾问。

2011年，获得了爱国者奖章。两次获得国际创意青年节“灵感”桂冠。

他的诗集《世界名都——阿斯塔纳》曾获得大奖，入选在哈萨克斯坦共和国独立20周年之际举办的以“哈萨克，我想对你说”为主题的国家级马赫江艺术节。在哈萨克斯坦阿克莫拉地区举办的青年评选中获得“杰出青年”称号。2014年，获得哈萨克斯坦共和国国家奖。

摇 篮 曲

这个夜晚就像疲惫的希望发出的声音
宇宙的娇子——夜晚的脸颊圆润，还有刘海
它仿佛呼唤我们去另一个地方
听到这个声音，我想起了很多
像骏马一样嘶鸣

这个夜晚
可能就是我已经失去方向的道路
在这条路上，我安抚心灵，蒙骗生活
这个夜晚
难道不是想念死亡，渴望死亡
已经衰老的梦想疲惫不堪的形象
我为什么无法入睡
这个夜晚

这个夜晚
是随着永恒声音翩翩起舞的语言之家园
仿佛有誓约、持久永恒、情感牢固的婚姻
热爱光明
在光明中死去
从光明中走来
然后又去追逐光明
黑夜，睡吧
睡吧，黑夜

大　地

大地呀
我惧怕虚伪的悲愁
惧怕没有祈祷的夜晚
惧怕已经变成墓穴的眼睛
惧怕洗刷着有罪睫毛的无辜之泪
惧怕从来不忏悔的人

大地呀
祝福从天而降
纯真的仁爱也随之而降
是的，这是真的
我们是被抛弃在大地的孤儿
被虚无所迷醉
或者被仁爱之光迷醉
我们是健忘的小不点儿
是迷失的一群

大地呀
我惧怕自己
惧怕怀着仇恨的忍耐
惧怕被淹没于嘈杂声中的虚伪情感
大地，你看呢

迷失的生活

一

你说他们都是人
你说会在世上找回迷失的生活
等到厌倦一切之后，来找我
请来找我吧，迷失的生活

在自己惧怕自己的那一天
在自己逃避自己的那一天
你的声誉一定如日中天
独自一人苦闷的时候
请来找我，迷失的生活

我把他们都当成了朋友
我喜欢他们每一个人
啊！小人太多了，生活啊
我从已经失明的眼中看到泪水
来找我吧，迷失的生活

迷失的生活
请你直视询问我的眼睛
那带着忧伤的眼睛
每当一个人独处之时
一定要远离所有的迷失

那些被夺去的信仰
被掏空的情感
总有一天会见天日
我等待着你，迷失的生活
无论如何，你都要来找我

二

我不是父亲的独子
我也远远地享受过母爱
迷失的生活
我不会说自己绝对孤独
就像在众多生灵中只信仰唯一
就像孤独中的你，我也一样
迷失的生活来了
我已经厌倦了
厌倦了，亲爱的，真的
有谁懂得我们的内心
所以我常常酩酊大醉，大闹天宫
所以我扑向我自己
自己躲着自己
把用晶莹的泪水做成的项链挂在心中
我在寻找你，迷失的生活
所以……

三

每当大难临头
连影子也不会靠近你
每当大难临头
你就会忘记皓月如何升空
忘记时间无情的背叛
你会厌倦一切
会孤独地坐着泪水涟涟
这有多么神奇
你会觉得卸下了千斤重担
会从阳台凝视生活
生活也会凝视你
生活就像一个长者
痛苦的泪水涌满心间

满腹苦水在翻腾
你咬紧牙关忍受着
你会为情感的呜咽而痛苦
当漆黑的夜晚抚摸你的头
你会因无法忍耐而哭泣
多么神奇

四

哦，你已经回到自己
你的话语里充满温馨
你自己需要自己
你丢失了自己
也就丢失了感觉
它们又有什么用呢
你回到自己，回到自己
迷失的生活
你用心灵的眼睛看一看啊
迷失的生活
你是否看到——
在遥远的情感地平线上
当已经吐蕊的花朵亲吻额头之时
在整个宇宙信步旋转之时
在不停旋转的命运之中
迎着雨水芬芳的那些旅人呢
或者没有看到
或者已经迷失

哦，你有什么样的愿望
只有你自己知道
你的心灵会久久地痛楚
夜幕降临之时
扼着咽喉的尊严发出的纯洁质问
就是你眼里粉色的泪水

在它的边际
一丝微光带着祈祷悠然呈现
就像浩荡的芦苇丛
嘴边滑出的一句话
如果变成一滴泪
就会闪出责怪的念头
但你的命运并没有罪
请不要让时间从眼里滴落
然后，你不要再离开自己
迷失的生活

五

迷失的生活
来吧，让我们痛饮夜的泪水
不要让灵魂颓废
让时间来摇曳心中的苦楚
这才有趣
不要像那些不把你当人的家伙低下头颅
让我们举手拥护政权
让他们来助佑
许多世纪
我们都遭受蒙骗
许多世纪，我们都在漂泊
迷失的生活
今天我们永远而又莽撞地发出回声
阿拜
让那个回声永远不断
再回响千年
岩壁上的回声就是西西弗斯的命运
好吧，别再提他了
让我们呵护——
像蝴蝶的翅膀一样羸弱而美丽的情感
不要让我诉说并哭出声来

不要让我的精神颓废
精神！精神！精神的别名叫“诗人”
这是最初创造的誓言
迷失的生活

邂逅锡尔河

这条河流是祖国最珍贵的传奇
是祖国的天堂，是一条大主流
在我的这条大动脉
先祖的精神，后代的梦想
轰鸣作响，奔腾流淌
恰似霍尔胡特动人魂魄的霍布孜琴声
像美人一般妖艳迷人
像骑士一般精神抖擞
然后一泻千里滚滚流淌
静静地流淌，流淌

遭受着呼啸而至的劫难
仍在流淌
扼着死亡的咽喉
嘲笑着流淌
默默地流淌
碧绿色的生活也在流淌

许多世纪
都从我的这条大动脉流过
背负着苍天的誓约
遭受着命运的磨难
眼里流淌着殷殷的血水
诗中流淌着晶莹的泪水
人类的历史叹着气滚滚流淌

啊！人间
为了尊严，心灵遭受无数次冤枉
托密丽斯女王割下头颅这种深仇大恨
也在这条大河流淌
还有那些受到胸怀大志的智者

受到信念无比坚定的圣贤
年年月月熏陶磨砺的阿拉什伟人们
所具有的不朽思想也从我的这条大动脉流过
我迷醉于鲜红的幻觉，泪流满面
还有因哭泣而窒息的悲苦也在流淌
我的大动脉——
锡尔河在流淌
它是那么清澈，那么敦厚
它流淌着，希望哈萨克人获得福祉
希望他们吉星高照，繁荣发达
希望他们填补遗憾，走向圆满
我的大动脉

让语言长上翅膀的夜晚

祈求吧，向自己祈求
你拥有许多永恒的时刻
让在每个时刻丢失的念想回返，然后绽放
如果绽放，你的眼里会滴落晶莹的诗句
一个奇异的世界会入驻心灵
太阳会从祈求中冉冉升起
向自己祈求吧
别失去自己的尊严
在这个哈德尔之夜
你的质疑会萌芽
如果这样
可以用一滴泪水书写别样的世界
从一滴泪水读出真相
你的掌心会放飞思想
会放飞同担命运的诗句
他曾经对时间起誓
那么，现在究竟谁有尊严
谁又失去了尊严
都写过，这一切都曾经被写过
读一读你自己吧
在这个哈德尔之夜
不要让你的欲望膨胀
这个夜晚
天上一定会降下美丽如画的诗章

如果用敏感的眼睛去观察

如果用敏感的眼睛去观察
我正走来
可未来呀，我可能已经离开了你
我为什么如此急于到达你
为什么那么爱慕你
我不知道
但到了用思念的声音洗脸之际
我就会知道了
到了吉星高照的那一天
到了正义在眼里闪动的时刻
我就会知道
在充满仁义的声音喊出之时
在爱情扇动双翼之时
我就会知道

当燃烧的嫉妒变成灰烬
像河水一般漂流
在那条河变成圣水的那个夜晚
贪污行径被人民抛弃，被埋葬
在埋葬它们的山坡
绽放着洁白花朵之时
我就会知道
你是那么美丽
是那么娇柔，亲爱的
想起你时身边就会响起歌声
睫毛上挂着晶莹的旋律
我怀念你，我的知心人
亲爱的同伴——我的未来

冷漠

当黄昏念诵着诗歌的时候
许多人都在大街上捡拾诗句
明天，希望会从东方窥视
明年，暖雪会在春天哭泣
而你整天都在做梦
又整夜生活着，思索着
月亮升起之时
白色的根茎可能无法理解风的忧愁

我

他去世了，但没有死
——P.S

爽风从西边刮来
只有瞎子能看见它
只有哑巴能阅读它
只有聋子才能听见她
他们一生都远离闲言碎语
不打搅任何人
这个就是真理
而真理从不迷失
厌倦了灵与肉相吻
有一个人的爱情变成话题
而我非常爱慕那个人
我忘记了
是忘记了，还是去了远离时间的地方
从一本奇异的书中阅读自己的生命
在遗憾中得到安抚
从花朵眼里滚落的泪水中
从春天的桦树叶发出的笑声中
从绿草咿咿呀呀的话语中
从萧瑟之秋飞舞的树叶发出的歌声中
从大海传来的抽泣声中
从宇宙发出的轰鸣声中
过去之时与未来之时终于交汇
又哭又笑
又笑又哭
泪水中快乐微笑着
这太有趣了
究竟在争什么呢
在寻找谁

干什么
然后又会怀念一个人
怀念是假的
是假的
假的
他有时逃出思想
当东方露出晨光之时
当太阳亲吻大地之时
抑或在风儿呼啸穿越夕阳之时
在暗夜颤抖着叹息之时
又会去崇拜他
也可能已经习惯于被奴役
如果他理解了生活的意义
回忆起忘却的一切
然后他就会——
就会将死亡当做诗歌轻轻朗诵
那么，天使们会来到凡间
亲吻他的双唇
多么美好

时间——没有了

时间不在这里
我自己也不在这里
我们没有时间去思索
我给你们说说大地的叹息
对你们来说可能很有趣
它在我们中间计算着未来的时间
东奔西跑，没有闲暇
我安然无恙
托福了
忏悔了
即便如此，我也没有胡说八道，自以为是
也没有酝酿悲痛，窥测忧愁
你会理解
也可能不理解，我不生气
我只是被万千思绪所束缚
心中感到一片惆怅
什么是思想
我在思想中思索
也在自己的框架内思索着
也崇拜某一个人
也像星辰那样耀眼
什么是思想
就是从我的天宇流逝的星辰
与相适应的光芒相容
也可能伟人还没有产生
我的心所以空空荡荡
我们能否从明年秋天的雨滴里
从比它小百倍的尘埃里
看到命运真实的模样

我不是思绪不清或者闲来无事
整日出卖面子不停奔波的人
谢谢，今后一切都会好起来
我为什么要自己折磨自己
为什么将一切深深藏在心底

与作者对话

你说我们的去处是大地
你说那是虚无
我要死了
我说你不会死
谁说死亡就是消失
你自己说的
理解幸福与不幸
你眼里的悲苦在哭泣
你的话语浸满了愁苦
看起来你在笑
心里却因为盲目而发飙
我们要去的不是大地
大地就是坟墓
是无限……
这纯粹是假的，你不相信
明明知道却装着不知道
明明看到却装着没看到
抑或真的看不到
抑或真的不知道
幸福因人的心灵善恶而降临
时间则按照时针在转动

空　灵

如果测量一下悔恨的范围
过去的生活与诗歌——
会从脑海中快速掠过
在思想之外长叹之时
我会这样说
毫无来由地痛哭流涕
就是那样
我感到身心释然

那些让你发笑的朋友
是否让你感到疲惫不堪
这就是原因，你哭吧

我们在哭泣
即便不是爱哭的人
你哭吧
哭泣的那一刻——胜似圣人
你哭吧
带着心灵的悲痛去哭吧

所有的孩子都爱哭
你哭吧
我们曾为悲痛而哭泣
我们曾为美丽而哭泣
多么幸福啊
那么，来吧，为生活而哭泣
我们没有为祈求什么而来
您就哭吧
就是那些哭泣着的灵魂的指令
时间看起来重重叠叠
一层又一层

但只有一条根脉
我们的生命由泪水构成
我们都在唯一的时刻出生或者死去
生活变得空空荡荡
没有一个人
你哭吧

一 个 点

他的诗歌从高贵的灵魂获取滋养
我从他散发着阳光的诗句中寻找尊严
我逗笑生活又能获得什么
算了，谁没有为寻找生活之路而漂泊流浪
现在，灵魂正在痛哭流涕
窃窃私语，低声吵杂，还有大声叫嚷
夏日的夜晚已经厌倦，已经疲惫

你可能被那些强取豪夺的人所累
他们太积极，俐齿伶牙，奔波不停
我怕孩子们的进取心受到挫折
被冷言冷语的火焰烧燎
我要寻找一条特别的路
你要做什么
有一天你会因为孤独而爆裂
你的心儿会被尘土包裹

时间的影子

在我还未变成尘土之时
我也像你一样感受过孤独
当我与自己相拥之时
光明的世界瞬间就被创造
在黎明亲吻额头之时
我在一个秋天来到人间
在看到他面容的那一刻
我遇到生活
我的生活啊！已经厌倦了自己
当我与美丽无比的诗歌诀别之时
你会为我朗诵诗歌

无　题

你是否曾经——
被星星的嘈杂声吵醒
人类呀，垂头丧气
你们是否还未降生
就已经死亡
那不是精神而是思想
被吓得魂飞魄散
你的思想为什么如此卑微
你为了神秘而又光明的语言
拼命疾飞奔跑
你思索着话语的涵义
整个宇宙都在你的眼里
你病得很重，很难治愈
你感觉所有的一切
你是否知道？我的光明
你存在于所有的地方

叶尔兰·朱尼斯

（1984年出生）

叶尔兰·朱尼斯出生于1984年，毕业于江布尔州国立大学语言文学系。2001年，出版第一本诗集《诗与宝贝》，随后出版《圣夜的祝福》《潺潺泉水》等诗集。叶尔兰·朱尼斯的诗歌具有鲜明的后现代主义特征，被认为是哈萨克诗人向着世界文学进军的象征。叶尔兰在自己的诗歌写作中进行广泛的文学尝试，具有创新性的诗人风范，他的诗歌受到读者广泛的关注。

2006年，获得哈萨克斯坦国际“灵感”艺术奖和哈萨克斯坦总统奖杯。

在谷兰达书店

阿拉木图
九月
下午
书店
老板，你别看表
我能理解她的家人在等待
但我不愿意从这里出去
城里正在举办情感的什么宴会
没有鲜花芬芳的城里人
那边是无所不晓的人们在喧嚣
这边则是敦厚的才智
高傲的才智——
蕴藏在书中
已经厌烦了自己
明天我也会像这些书籍一样
来到这里
我有所感悟
老板呀
无论如何我都要来
你要理解
那时你会高价卖给姑娘们
为了今天的善举
你会赢得我祖母的祝福
书是你的
就像美人的纤纤细腰，款款扭动
老汉们的重量够份儿
我的双手像有教养的儿媳
递过茶碗，但手指不沾茶水
我怀着晶莹的渴望与热忱
轻轻抚摸一本本书籍
我能感悟到每一句话的气息

一个时代的气韵结结实实地凝聚在了心尖上
温暖的时代溶解在脑海
人群边还站着一个孤独的人
才智——
是默默无声，是宁静
它只在书页里呐喊
这里也有一群老汉倚老卖老
他们与我开着玩笑
如此之傻，如此之呆
这个孩子最终也会加入我们的行列
然后下颌抖动，看着我
仿佛已经读懂了我那高傲的思想
不会将任何人从幽深的洞里拉出来
然后他们自己一个个都变成了幽深的洞
老汉们，我爱你们
我从没有用心去爱过任何人
希望人们向你们学习如何死亡
我自己也能学会死亡
我的伙伴儿并不多
思虑重重，母亲忧心忡忡
玛合江和叶塞宁
依然活在我的心中
博尔赫斯与艾吕雅
还不知道我的存在
而哈菲兹就像舅舅唱起的一首歌谣
我准备好不管不顾地去抢劫
穆拉维——
则像一位神秘的美人
他会在不知不觉中让你神志慵懒
昨天，这些豪气万丈的人
这些心绪不宁的人
好像容身在了敦厚的书籍中
像风一样的诗歌会飘飞
那些传奇会迁离

会消失
那些消失的会高于生活而存在
阿拉木图
九月
傍晚
书店
我轻轻关上了门
门外孤独在等待着我
我是它唯一的朋友

朦　胧

前方是否有一个灯光闪烁的地方
否则你停下，我要下去
我要去小酒馆和宾馆
去痛饮自己的悲苦
去痛饮自己的哀愁
我那个春风满面的亲爱之人
一定会笑声朗朗地迎接我
指挥家朋友会笑声朗朗地说——
“口香糖”来了
为了“口香糖”，他端出美酒
端出醇香的美酒
招待员的眼里满是温柔
令我眼前一亮
闪过的光亮仿佛在说：别后悔
沉默不语是圣人
话语常令人深陷泥沼
指挥家朋友会朗诵《孤儿们》与《养父》
令一切呜咽，令世界呜咽
朦胧的希望，朦胧的念头，朦胧的梦想
这个世界不会像我一样去写诗
我却会像这个世界那样去写诗
我能写，已经写了，准备继续写
眼里流出的泪水太多太多
世界之所以如此羸弱
就是因为尊严最伟大之处——
在于懂得廉耻
喂！美丽的姑娘们，请朗诵诗歌吧
否则心中的渴望会白白死去
如果诗人们惧怕什么
那么美人一定会遭遇什么
够了，闭嘴吧

把灯也关掉
我瘦骨嶙峋
失去了理智
我郁闷憔悴
我曾经思念
我曾经爱慕
但现在已经厌倦，请原谅吧
朋友啊！我厌倦了一切
我捧起心之鲜血来啜饮
我捧起眼之泪水来啜饮
我为自己被誉为“伟大的诗人”而痛饮
虽然我个人不相信这一点
我再也不喝了
请你将我从小酒馆儿带出来
送到远方的大路上去
前方是否有一个灯光闪烁的地方
前方是否有一个通透的心灵

瞬间的思念

星辰洒下光亮之前
我已经开始思念你了
你从我身边站起来离开之前
我已经开始思念你了
蝴蝶张开翅膀之前
我已经开始思念你了
城市万家灯火亮起之前
我已经开始思念你了
一滴雨水还没有落下之前
我已经开始思念你了
一根树枝还没燃起来之前
我已经开始思念你了
还没对一个念头产生悔意之时
我已经开始思念你了
还没等一句话说出来
我已经开始思念你了
还没等一只鸟儿飞落下来
我已经开始思念你了
返程的情感还没有低落之时
我已经开始思念你了
还没有等受到你的折磨
我已经开始思念你了
还没等背负你的行装之前
我已经开始思念你了
刚想登上远处的山坡
我已经开始思念你了
还没等你说知道这一切之时
我已经开始思念你了
还没等你说不要再思念了
我已经开始思念你了
与其说爱情死了
还不如把我杀了

如果久久凝视

如果你久久凝视雨水
太阳会容身于一滴雨水之中
我从没有诅咒过自己的命运
因为面对一切，我感到羞愧

太阳和雨水一起落入大地
仿佛是幻想的光芒
我从没有说过坏人的坏话
因为面对好人，我感到羞愧

我将感悟渗入到每滴雨水之中
然后将它注入心灵
我常常从美人身上移开目光
面对爱人，我感到羞耻

仿佛像黎明之时梦中的天使
我从大自然获得神奇无比的馈赠
我从来没有对任何人大声喊叫
面对长辈，我感到羞愧

有人从高处滑落到深渊
我看到后，一次次想到死亡
我没有对诗歌说谎
面对未来，我感到羞耻

有时我会想

有时我会想
我真的存在于生活之中
我可能是一片树叶
一掬土
或者一滴雨
我是它们中的一个吧，不，不
也可能我只是书中的一个人
也可能是郁闷、迷失的一个人
还要继续
从梦想之中
从思念之中
怀着满满的希望
浑身上下都是对生活的挚爱
每一个时刻都携带着梦想飞翔
思绪没有边际
你的行走，你的凝视，你说的话
都好像是真的一般，我相信了
有时，我会爱慕这一切
不，也可能我是一只鸟，是一束花
我对自己有时熟悉，有时陌生
抑或是美人梦中的形象
抑或是爱侣心中的忧愁
我可能存在于世间的生活
在那么一个角落，在那么一个地方
我是否掠过一位美人的双目
我是否在爱侣心中怦然跳动
一次又一次，在几年之中，在几日之中
有时我想活下去
我可能真的存在于生活之中
我曾经一层层剥离——
那些忧心忡忡的人

那些圣人、贤者
那些长途跋涉的人
所拥有的纯洁梦想
来了
喂，人们啊
我真的存在于生活之中吧
我不知道自己来自何方，又住在哪里
是否在太阳上修筑宫殿
是否在月亮上修筑城堡
也可能我是诗人，谁知道呢
在世界重重的叹息声中诞生

无　题

百合花说：我爱一个姑娘
去爱吧
能爱的人才是这个世界的主人

百合花说：我想见到那个姑娘
去见吧，如果见不到，这个世界会变得陈旧不堪

百合花说：请把我献给那个姑娘吧
好吧，我也想给美人献上一束鲜花

我献了花，这时姑娘说：我爱你
啊！我有什么错呀

无 题

这双眼睛是我的亲戚
这片嘴唇是我的兄弟
没有从情感感受冷漠
没有从心灵感受痛楚
相见的那一天记忆犹新
记得是一个羞涩的夜晚
你是否感觉到这一点
你是否知晓了这一点
记得你的眼里满是忧郁
就像还没有被阅读的诗句
这双手是我的挚友
这是怀抱，跟我很亲近
你说让我来，别迟到
我没有去，反而远离
你的念头就是我的邻居
你的话语就是我的熟人
亲爱的，从此以后
一路不顺，倒霉背运
如果有人喜欢
但从此不再持久
而我看来
我会逃离
因为世界在我的眼里是妖魔
我感到自己十分陌生
我是自己的敌人

请保护我的心脏

请留下你的心脏
在这个喧嚣的时期
在这个乱哄哄的时期
白昼需要心脏
黑夜需要心脏
如果对你没有价值
那鲜花需要心脏
要激活你的心脏
要激活我的心脏
如果你自己不去爱
就不要说别人也不爱
呵护你的心脏
呵护我的心脏
它勉强在跳动着
仿佛在为苦难跳动
请聆听我的心脏
请聆听你的心脏
不要让它漂泊荒原
不要让它陷于悲苦
请善待你的心脏
请善待我的心脏
心脏就是美丽
心脏就是诗人
请保护我的心脏
请保护你的心脏
啊！请你给予眼睛
给予心瞎了的人以眼睛

无　题

你注意到了吗
世界的法则很离奇
对柔弱的花朵来说
一切都柔弱
它以为所有的东西都是花
让它想去吧
它的柔弱又是谁的错啊
大家都以为黑石头都又黑又硬
以为黑醋栗也是黑石头
为了证明不是铁石心肠
我们不知经过了多少斗争
直到年轻的心灵受到伤害
为了其他人变得崇高
首先你要变得崇高
为了其他人的爱慕，首先你要去爱
不要用黑石头法则制作花瓶
为了盛装洁白鲜花的泪水

泪　水

在我原谅了自己喜好责怪的缺憾时
乌云从我的头顶飘移
我学会站在高处
从我的一滴泪水之中去感悟

还记得童年时代在山梁追逐幻影时
在初春的第一场雨中
流下了人生第一滴泪水
那是一滴命运的毒汁

啊！我那时就该感悟
我将度过许多困苦时光
世界会变得面目全非
诗歌也会发生变化

在眼里落下一滴泪水之前
这个世界曾经是另一番模样
那一滴泪水
来自于黑夜与白天

泪水落下
发出“啪”的一声
沉沉的大地颤抖了一下
大地的存在有了变化
它改变了花朵，改变了鸟儿
还改变了心灵

再说
我应该知晓过去的一切
已经难以回返
会在世纪中变得天翻地覆

我从眼里落下的一滴泪水中
学会了站在高处

从此以后
群山哭泣，原野哭泣
但任何人也没问清其中的缘由
也没有一个人知道其中的缘由

他们也随之发生变化
诗歌也一起发生变化
我一直在审视着
不让一滴泪水落下，落下来

哦，那些阴云密布的年代
即便经历了悲愁
我再也不会寻找那些丢失的年代
再也不要让我哭泣，我的天空

到你身边

我会在黎明之前到你身边
不管你住在大山还是住在原野
我会打开你的窗户
将一束山花放在你的枕边

我会在夜晚之前到你身边
直到城里无数灯盏熄灭之前
我会给你掖紧被子
将一束原野的鲜花
放在你的窗边

我会在自己之前赶到你身边
因为思念，因为忍耐，我会提前到达
即便无法从你的嘴里听到我的名字
即便无法从你的眼里看到我的样子

我会在愁苦来临之前赶到你身边
我会在这些严酷年代之前赶到你身边
因为不顺，因为你的命运，因为折翼
因为你现在孤独一人，因为哀泣

我会赶在希望之前赶在梦想之前赶到你的身边
我会赶在被废掉、被扔掉之前赶到你的身边
我会赶在衰老之前，赶在年轻生命溃败之前赶到你身边
我会在那些不理解你，偶遇的人之前赶到你身边

我会在你泪水涟涟之前赶到你身边
在你后退、失意之前赶到你身边
我要成为在白天，在夜晚，在你受到伤害之前
让你不再忧愁，不再哭泣的天使

让无情的时间瞠目结舌
让严酷的人收起伸出来的黑手
要让你知道我虽然身在远方
但一直站在离你最近的那个地方

如果我们在梦中相见
你就当那是现实
如果我们在狭小的空间相见
你就当那是空旷的空间
如果夜的天空划过一道亮光
你可以看做那就是提前赶到你身边的我

来自外星的女孩

那个姑娘问候了我
在自己的世界里，她就是公主
她是一个孤独的人儿
来自外星的女孩

她有一双大眼睛
回眸一瞥，就会令你燃烧起来
她像小兔一样胆小
又像蝴蝶一样美丽

看到鲜花，她会惊诧
看到一切，她都会惊诧
她不会像别人那样去想事情
她不会像别人那样去感悟一切

她的世界冰清玉洁
她会对我提出各种问题——
树叶为什么会落下
天空为什么会下雨

她的惊诧漫无边际
也会询问琐碎小事——
人们为什么会接吻
人们为什么会拥抱

我只能笑一笑
我沉默不语，她就会责怪———
为什么天空湛蓝明澈
为什么鸟儿不会摔落

女孩们说她“精神失常”

男孩们说她“娇生惯养”
受到老师们的责怪
她数次泪水涟涟

那时我们在校
她的生命之花很早就绽放
如果我没忘记
那一年，她刚十四岁

她是一个孤独的人
只因内心世界异常丰富
那个姑娘问候了我
她为什么会想起我呢

你　知　晓

你知晓一切，一切的一切
知晓心灵的风暴，心灵的大雨
知晓那个春天，候鸟迟暮来临
知晓那就是我心痛欲碎之时

你知晓哪一句话治愈了我的心病
你知晓哪一段旋律令我沉静
你知晓哪个季节鲜花早早衰败
你知晓我没有再去找你

你知晓情感在夏季的歌声
你知晓火焰在胸膛的燃烧
你知晓少年在何时度过这个时辰
你知晓少年何时差点被烧毁

你知晓命运对我的打击
我会像大山一样摇动，然后平静
你知晓我在哪一场大雨中仰望天空
你知晓我曾经默念哪一句话

你知晓我究竟喜欢什么
你知晓我想找到什么样的理念
你知晓我在早晨念诵什么样的祷文
你知晓我在傍晚阅读哪一本书

你知晓娇宠的姑娘，知晓一切
除你的心之外，我没有向任何人付出真情
你知晓我在什么样的夜空做什么样的梦
你知晓我没让任何人觉察的心事
你知晓我没被收入任何诗集的绝句

你知晓所有一切的征兆
你知晓我的诗歌为什么充满愁苦
也可能这是我的过错
虽然你知晓一切，却不知晓我需要你

无　题

奇怪的是一百年也不厌倦一个人
不厌倦，是因为他吞下了自己的气息
在八月的夜晚已经长大成人
就像还显幼嫩的思想

谁能揭开羞涩念头的秘密
谁能窥见我的心事
看吧，十八岁的那个夜在思虑
仿佛你沉思的那个瞬间

十八岁的夜晚是多么甜蜜
啊！你的同龄人是多么娇宠
她站在夏季最后一场雨中
她站在夏季最后一朵鲜花旁边

你们像鸟儿盘旋飞翔
我也默默伫立感叹不已
在八月的夜晚，长大成人
你像十八岁的诗歌

无　题

你的夏季在哪里？我的树叶
你们感悟到了无法歌唱夏季的痛苦
所谓感觉就是色彩的曙光
整整一年，我都在铭记着绿色、红色、灰色
还有黄色、黑色、白色的光泽
在五彩缤纷的色彩之中
我却没有找到铭记你的色彩
我的树叶，太阳在你眼里微笑
我无法丢弃，也无法告别
谁又知道，你会独自留在夏季
谁又知道我会独自进入秋季

等 待

到了秋天，我想去转一圈儿
但没去成，没见到您，没见到朋友们
生活已经转换到其他的轨道
虽然情感已经漂移到了你那边

还没等说秋天来了，山里已是一片焦黄
小路弯弯曲曲，多遗憾，无法抵达
小鸟飞来飞去，多遗憾，无法到达——
大地偏远一隅的那座房屋

猛回首，眼里是带着雨水的天空
你是否又向前一步
你是否依然眺望着路的尽头
依然没有拉上自己家的窗帘儿

当代哈萨克斯坦诗歌精选

受哈萨克斯坦共和国文化与体育部委托翻译出版

参与此书翻译出版工作人员

艾克拜尔·米吉提　张若璞　李有明　牙库甫　彭学云

欧光明　巴克特拜克·吐哈塔西　哈依夏·塔巴热克

宝贵敏　古丽巴哈尔·毛拉　李静　刘然

图书在版编目 (CIP) 数据

当代哈萨克斯坦诗歌精选 / 哈萨克斯坦民族翻译中心编；哈依夏・塔巴热克，刘然翻译 .—北京：民族出版社，2019.9
ISBN 978-7-105-15857-7

Ⅰ . ①当…　Ⅱ . ①哈… ②哈… ③刘…　Ⅲ . ①诗集—哈萨克斯坦—现代　Ⅳ . ① I361.25

中国版本图书馆 CIP 数据核字 (2019) 第 219345 号

特邀译审：艾克拜尔・米吉提
策划编辑：巴克特拜克・吐哈塔西
责任编辑：古丽巴哈尔・毛拉
出版发行：民族出版社
地　　址：北京市和平里北街 14 号
邮　　编：100013
网　　址：http://www.mzpub.com
印　　刷：河北鑫兆源印刷有限公司
经　　销：各地新华书店
版　　次：2022 年 1 月第 1 版　2022 年 1 月北京第 1 次印刷
开　　本：787 毫米 ×1092 毫米　1/16　字数：650 千字
印　　张：38.25
定　　价：96.00 元
ISBN　978-7-105-15857-7/I・3011（汉 2863）

哈文编辑室电话：010-64228006　　　发行部电话：010-58130628